Valse fauve

Pénélope Rose

Valse fauve

PLON
www.plon.fr

92, avenue de France
75013 Paris
Tél. : 01 44 16 09 00
Fax : 01 44 16 09 01
www.plon.fr
www.lisez.com

Dépôt légal : août 2022
ISBN : 978-2-259-31207-3
Mise en pages : PCA

À Mimi

Dans un autre monde, dans un autre temps, la petite trépignerait. Elle sautillerait de wagon en wagon. Elle se régalerait de sandwichs, nous regarderions le paysage en rêvassant. Devant nous, il y aurait un paquet de cartes, et tout cela ne serait qu'un grand jeu de joie. Nous aurions réservé un hôtel miteux mais nous y serions heureux car nous serions tous les trois. Nous irions au cinéma regarder des choses qui n'existent plus, voir des visages qui ont disparu. Nous nous régalerions dans des bistrots qui sentent le tabac noble, nous irions visiter des musées qui possèdent des collections venues du monde entier.

Mais nous étions dans ce train, dans ce monde, dans ce temps. Michèle ne sautait pas ni ne rêvait de la ville. Elle était blottie contre moi, elle ne prononçait pas un mot. Les cartes à jouer étaient restées dans mon sac à main. Je regardais les Salauds passer dans les allées et je tremblais à chacun de leurs contrôles. Parfois, je me laissais aller à rêvasser un peu, imaginant André, là, dans le fauteuil d'en face, avec une pipe et un journal. Je le voyais faire semblant de ne pas nous connaître, puis baisser légèrement son journal pour m'adresser un de ses regards, de ceux qui me font danser l'estomac. L'homme qui m'avait offert les tickets de train nous avait parées d'un laissez-passer digne de ce nom. Dès qu'un Salaud l'examinait, il disait à Michèle : « Bravo, et bon courage ! », puis il se tournait vers moi en souriant : « Ça doit être la plus jeune du concours ! Félicitations ! » J'acquiesçais et forçais un sourire. Mais ma fille était moins bonne actrice que moi. Son visage réprimait difficilement les méchantes grimaces qui se dessinaient sur ses traits chaque fois que l'un d'entre eux s'adressait à elle. « Ma cocotte, sois plus discrète, tout de même », je lui chuchotais à l'oreille. Elle haussait les épaules : « Ce n'est pas moi, c'est ma peau qui ne les supporte pas. » Je rouspétais : « Eh bien, maîtrise un peu ta peau. » Ma fille était devenue plus intègre que moi. Car, à force de feindre parfois, il m'arrivait de croire qu'ils n'étaient pas si dangereux que cela. Il m'arrivait de me laisser berner par l'envie de vivre tranquillement, comme avant. Il m'arrivait de m'inventer une existence paisible dans un pays paisible, dictée par des Salauds paisibles, qui tuent des gens mais qui ne tuent ni ma fille ni moi. Il arrivait que cela puisse me convenir. Ce sont des choses que je n'avouerai jamais. Même sous la torture. Je ne l'avouerai jamais car je passerais pour un monstre. Je ne crois pas avoir été un monstre. Je crois avoir été fatiguée d'avoir l'espoir que cela cesse. Je crois avoir été lasse d'espérer qu'André revienne. Je crois avoir été bien usée de me battre contre le vide. Au point que mon palpitant me glissait : « Il faut se faire une raison, Rose. La vie, c'est comme ça, désormais. »

Je ne laisserai personne juger mes moments de résignation. Dans ce train, le sens des choses m'échappait encore une fois. Alors, comme souvent, je replongeais dans mes souvenirs et me refaisais le chemin.

Premier temps

I

Les bûches palpitaient. Le feu illuminait leur cœur et les colorait. Elles semblaient reprendre vie au sein du brasier. Les écorces valdinguaient à travers la cheminée. Il se créait un rythme musical dans toute la maison. Les percussions de l'hiver. L'odeur se baladait dans la cuisine, crapahutait dans l'escalier et parvenait à ma chambre. « ROSE ! » L'hiver, comme toutes les odeurs de toutes les saisons, s'accompagnait du cri de ma mère. « ROSETTE ! » Elle parlait peu, alors elle parlait clair. Pour être sûre de ne pas avoir à se répéter, elle propulsait les mots de ses tripes. Sa voix transperçait les pierres campagnardes et on y percevait le trémolo de ses angoisses. « Elle a mis sa robe ? Il faut qu'elle se lave les mains, elle ne va pas se laver les mains… » Je me suis décidée à descendre, enfin. En bas des marches, ma mère avait les poings sur les hanches et son torchon humide coincé entre sa jupe et son chemisier. Son air insatisfait. « Va falloir changer cette démarche, bon sang, Rose ! Dix-neuf ans que tu te dandines comme un oisillon blessé. » Chaque pas était un calvaire à cause de cette robe qui me cachait les pieds. Deux fois j'ai manqué tomber et, je l'avoue, j'aurais bien aimé trébucher de tout mon poids pour me casser deux ou trois orteils. Ma mère ne m'aurait pourtant pas dispensée d'aller au bal ce soir-là. Même avec des orteils en moins : « Fais voir un peu. Tourne-toi. Ben tourne-toi donc, enfin, cocotte ! » J'ai tourné, j'ai soupiré. Elle m'a filé un coup sur la tête, avec un sourire en coin. Au fond, j'aimais cela. Il se passait toujours quelque chose entre elle et moi. Une sorte d'amour si intense qu'il ne fallait surtout pas l'étaler. Je l'exténuais, elle ne me comprenait guère mais elle m'adorait. Plus j'étais une étrangère à ses yeux, plus elle savourait nos différences. Puis elle a sorti une cigarette d'entre ses seins. Elle s'est assise et s'est mise à fumer. Elle m'a désigné la porte d'un geste sec, la clope entre ses doigts me montrait la sortie. « Allez, hop. Va… La paix ! » Je la regardais s'enfumer le cœur.

« Mais tu ne viens pas avec moi ?

— Et ça va aller, non ? Si ta mère t'accompagne à ton âge, qui, tu crois, va vouloir danser avec une fille pareille ?

— Je n'ai pas envie de danser.

— Dis-moi, Rosette, tu veux finir avec un mari comme celui que j'ai trouvé ?

— Certainement pas…

— Alors va au bal toute seule, je te dis !

— Qui veux-tu que je rencontre là-bas ? Les jeunes, les beaux, y en a pas, en ce moment. J'irai au bal quand la guerre sera finie.

— Et si ça se finit dans dix ans ? Comment je vais faire, avec toi dans les pattes ? Ceux qui ont réussi à rester, ce ne sont pas que des vieux ou des estropiés ! Y a des malins, aussi… comme ton père.

— Des fourbes, en somme. »

Elle a ri. J'insultais mon père, et ma mère riait. Je crois que ça lui faisait du bien d'entendre à haute voix des choses qu'elle n'osait pas penser toute seule, en bêchant son jardin. Le bal, je n'en avais que faire. Je détestais les bals car je redoutais l'Amour. Ça ressemblait plutôt à de la compagnie. J'avais vu ma mère. J'avais vu ma mère avec mon père, j'entends. Il disait peu de choses, les mêmes à moi qu'à elle : « Embrasse le maire », « Fin de la discussion », « Ça suffit avec le pain ». Voilà. Quitte à choisir, si l'amour était un moyen de combler la solitude, j'aurais préféré un chien. Si j'avais été ma mère, je n'aurais pas choisi mon père mais un bouvier bernois.

Je sortais de la maison en traînant les pieds quand sa main m'a rattrapée par l'épaule. « Tu as changé. » Elle ne m'avait pas vue durant six longs mois mais, plutôt que de me dire : « Tu m'as manqué, Rose », elle m'a scrutée, a cherché dans mes yeux ce que je voulais lui cacher. « Tu as vu un garçon ? – Certainement pas ! » Silence. Savait-elle me lire ? Non. Et c'est pour cela qu'elle m'aimait tant. « Alors c'est bien, mais ne change pas trop non plus. »

Dehors, le froid pénétrait sous mes frous-frous pour me geler les cuisses. Christiane était adossée au lavoir. Elle a ri en me voyant me battre avec mes jupons. Elle était devenue violette par ma faute. Cela faisait une demi-heure qu'elle m'attendait devant la maison. Frapper à la porte pour croiser le regard accusateur de ma mère, jamais ! « Plutôt crever ! », s'exclamait-elle. Elle grelottait, le bout de son nez, ses mains, son visage tout entier étaient devenus aussi pourpres que sa robe. Elle n'était plus qu'une grosse robe de fille avec des pieds et des dents.

Nous nous sommes étreintes comme deux vieilles amies se retrouvent après vingt ans. Je n'étais partie que six mois, mais nous n'avions jamais été séparées une seule journée depuis notre naissance. Je revenais ce jour-là de chez mon oncle, de là-bas, du Sud. Il y possédait des terres majestueuses entourées de collines. Il y faisait pousser des légumes dont le goût n'avait rien à voir avec ceux d'ici. Les tomates étaient les fruits sucrés du quatre-heures et détrônaient les fraises de ma région. Six mois chez mon oncle, six mois de labeur, sans une plainte, et mon père acceptait enfin de discuter de mes ambitions. Cette période aurait été la plus heureuse de ma jeunesse si cet homme, celui qui apportait le foin, n'avait pas existé. Un dégueulasse qui faisait les choses comme bon lui semblait, même celles pour lesquelles il était nécessaire de demander l'autorisation. Lui n'attendait pas la réponse, ou plutôt, il ne se fatiguait pas à poser la question. Ce dont j'avais le plus souffert, c'était du silence qui avait pris place en moi. Un silence auquel je me sentais contrainte, par honte et par détermination. Je n'avais pas osé dénoncer ce dégueulasse à mon oncle. J'avais eu peur qu'il me trouve fragile. En ce temps-là, j'étais la première levée, la dernière couchée, je gagnais face au soleil. J'étais plus éveillée que lui. Je tenais tête à la sécheresse sans verser une larme sous cet astre de plomb. Et pourtant, je n'avais pas su me défendre contre un imbécile.

Sur le quai de la gare, mon oncle m'avait serrée dans ses bras. Il m'avait promis que cette ferme serait la mienne un jour, si cela était vraiment mon rêve. Puis il avait ajouté que les rêves ne servent qu'à se donner des directions. Qu'il ne fallait pas que je m'écorche le cœur à m'y cramponner. Que la vie offrait découverte sur découverte, que c'était mieux que les rêves car c'était imprévisible. J'avais ri car je trouvais ça idiot, puis j'avais sauté dans le train. La bienveillance de mon oncle avait effacé mes idées noires. Le temps du voyage m'avait permis d'extraire les souvenirs désagréables de ma cervelle. J'étais arrivée dans mon village, j'avais retrouvé ma mère en même temps que j'avais oublié l'inconfort des nuits précédentes. Déjà, si jeune, j'avais le talent d'effacer tout ce qui pouvait entraver ma joie.

Christiane me parlait des lettres qu'elle m'avait envoyées, elle savait que je n'en avais lu aucune. Je n'ai jamais supporté les séparations. Elle aussi allait au bal en traînant les pieds. Ses chéris – car elle en avait un tas depuis la maternelle, qu'elle menait à la baguette – étaient partis se faire tirer sur la tronche. Comme moi, ça ne l'amusait pas beaucoup d'aller danser avec les vieux beaux ou les abîmés qui avaient évité l'appel. « Mais, si tu n'as rien lu, ma poulette, ça veut dire que tu ne sais pas, pour le Petit Vannier ? Il a échappé à la tuerie, lui. Il est là, et bien là. Et frais et beau, avec un corps tout neuf comme on en a pas vu depuis des mois ! » J'ai haussé les épaules. « Alors tu vas passer une belle soirée, tiens, lui ai-je dit. – Ah non ! Il n'est pas pour moi. Mais tu n'as rien lu du tout ?! » Non, bien sûr, que je n'avais rien lu. Je portais les lettres en horreur. Elles me ramenaient à l'absence. Christiane s'est mise à hurler de joie, cela lui donnait l'occasion de me faire des commérages, bras dessus bras dessous, dans les rues glacées de notre enfance. Quelques années plus tôt, elle et moi ne parlions que de forêts et de cabanes. Mais à l'âge que nous avions, Christiane ne prononçait plus que des noms d'homme. Aussi, depuis quelques mois, depuis cette drôle de guerre, nos mères étaient prises de panique, persuadées qu'elles ne caseraient jamais leurs filles car les seuls mâles restants n'étaient pas très soyeux. Alors les hommes et le mariage étaient devenus des sujets de prédilection. Dans notre village, c'était la guerre aussi : la guerre des poupées en fleur. À celle qui serait la première mariée avec le dernier pas trop mal en point. Ça se tirait les cheveux dans les lavoirs ou sur les places de marché. Heureusement pour moi, la certitude que j'avais depuis petite de vouloir reprendre la ferme de mon oncle permettait à mes parents de m'envisager autrement. Une sorte de « femme-homme », comme disait maman. L'idée lui plaisait à elle, mais pas à mon père. Il râlait : « Tu es beaucoup trop belle pour finir vieille fille. Si tu ne te dégotes pas un mari, les gens vont penser que tu es une Marie-couche-toi-là. » Il avait le talent de me complimenter et de m'insulter dans la même phrase. La guerre et mon obstination l'avaient finalement convaincu de me laisser partir *au sud* avec comme prétexte qu'au moins, là-bas, les hommes qui restaient devaient avoir bonne mine. Mais voilà que ma Christiane, qui avait trop longtemps laissé traîner son nez et sa tête dans des angoisses de cocotte, ne savait plus me parler d'autre chose que de bonshommes. Je me suis permis de lui dire qu'elle était en train de devenir comme les autres. « Une fille à marier. » Elle a répliqué qu'au plus tôt elle trouverait un mari au plus vite elle pourrait avoir des amants. Elle en avait, des arguments. Je l'aimais tout entière. Surtout pour ses faux airs de liberté. Nous avions toutes trouvé le nôtre, de faux air. Le sien était ainsi, le mien demeurait dans la terre sous mes ongles, que je n'enlevais jamais.

On avait les doigts desséchés par le gel. Pousser la porte de la salle de bal était pareil que s'épiler les sourcils. Ça me donnait la larme à l'œil et me demandait pas mal de renoncement. Je suis tout de même entrée, entraînée par Christiane, en ronchonnant déjà contre la joie surfaite qui triomphait là. Je n'ai pas voulu relever la tête tout de suite. J'ai longtemps continué à regarder mes chaussures. J'aurais voulu qu'elles me chuchotent : « T'as bien raison, viens, on rentre à la maison. On a qu'à dire à ta mère qu'il n'y avait que des bourgeois. » Mais Christiane m'a tirée par le bras et m'a conduite directement à la buvette. Nous avons commencé par nous réchauffer le cœur grâce à la gnôle de notre village. Elle était connue dans toute la région pour ses vertus. J'ai porté le verre à ma bouche, je l'ai bu cul sec. Et c'est la tête penchée en arrière, le tord-boyaux coulant dans ma gorge, que je l'ai vu. Le Petit Vannier. Posé sur sa chaise, le doigt en l'air marquant la cadence. Et Un. Deux. Trois. Terriblement charmant. Et taciturne. Je l'ai observé fixement. Au centre de la salle, les robes se mêlaient aux chairs. Les mains se perdaient au bas des reins, les bouches se cherchaient avec ardeur. La foule ne devenait qu'un mouvement. Les filles et les gars tournoyaient comme les aiguilles d'une horloge. Pressés, mais lents. Recevant chaque geste, mesurant chaque regard. Et de l'autre côté de ces danseurs unis par le rythme, il y avait lui. Immobile. La seule silhouette statique. Il ne les regardait même pas. Il regardait celui qui les faisait aller ensemble : l'accordéon. Des jambes infinies. Les échalas d'un danseur de jazz. Une taille à rendre jalouses toutes les cocottes. Sa peau avait un air de grand voyage, elle semblait avoir accumulé la chaleur du soleil printanier. Tout en réconfort. Je me suis décidée à l'approcher. Sur le chemin qui m'amenait à lui, les danseurs marchaient sur ma robe. Je tentais d'esquiver les talons de ces futures dames qui n'étaient, pour la plupart, même pas l'ombre de demoiselles. Je me suis assise sur le siège laissé vide près de lui, j'ai décidé que ce serait le mien, comme persuadée qu'il m'avait gardé la place. Je l'ai contemplé de plus près. Des yeux gris et vert et jaune et noir, dignes d'un oiseau de chasse, et une odeur étrange, comme un parfum de vacances. La première fois que j'ai vu cet homme, c'est cela qui m'est apparu : un épervier en vacances. Il m'a souri timidement puis s'est remis à taper le rythme du bout des doigts. Un. Deux. Trois

C'est la valse villageoise
Que nos âmes apprivoisent
Nos corps, joyeux, se confondent
Venez, entrez dans la ronde
Il y a tout pour rougir
L'émoi, ses promesses d'avenir
Des pensées qui vagabondent
Une danse pour repeupler le monde

« Vous ne dansez pas ?

— Si, mais pas devant tout le monde.

— Alors pourquoi venir au bal ?

— C'est mon accordéon.

— Celui sur lequel joue Robert ?

— Non, celui à gauche, le plus sobre. Celui sans chichis ni paillettes, au soufflet rouge et aux touches blanches légèrement nacrées.

— Ah… Il est à vous ?

— Oui.

— Vous êtes accordéoniste ?

— Oui, mais pas devant tout le monde.

— Devant qui, alors ?

— Devant la cheminée. »

Je voyais Christiane s'égosiller auprès de ses conquêtes. Sur le chemin, elle avait pris soin de tout me raconter de lui. Le Petit Vannier. « Sa manie de tendre le doigt en l'air délicatement, de fermer les yeux sur la musique, ça le rend différent. Il est si beau. Il est trop beau pour être un homme comme les autres… » Elle avait ajouté : « C'en est un de l'autre bord ! » Au village, on ne parlait de lui qu'à moitié. C'était le petit-fils du vannier venu reprendre l'affaire, il y avait quelques semaines. Il débarquait de la ville où il s'était réfugié à la suite de prises de bec avec ses parents. Les plus vieux se rappelaient les disputes orchestrées par son père, qui s'échappaient de leurs fenêtres pour se répercuter sur les pavés de la place. Il aurait fui sa famille car il aimait les hommes. Il était revenu dix-huit ans plus tard afin d'honorer l'atelier de son grand-père. Au fond, j'aurais apprécié, moi aussi, d'être de « l'autre bord ». Nous aurions eu, lui et moi, dès nos premiers échanges, des conversations profondes. Vivre une différence assez taboue pour que personne n'ose en parler, mais dont tout le monde parle tout de même, devait être cocasse. Je ne le souhaitais pourtant à qui que ce soit. Vivre en fonction du regard des autres était une chose que je ne connaissais pas ni ne comprenais. Je croyais avoir beaucoup de chance d'aimer quelqu'un du sexe opposé, car passer son existence à se battre pour ce qui ne s'explique pas, c'est comme passer ses journées à compter les étoiles. Inutile et fastidieux.

« Mais vous ne dansez pas non plus, mademoiselle ?

— Non.

— Vous n'aimez pas la musique ?

— La musique si, mais les cocottes, non.

— Vous n'êtes pas une cocotte, vous, j'imagine ?

— Certainement pas !

— Et qu'est-ce qu'une cocotte, pour vous, alors ?

— Une femme à marier. Point à la ligne. Fermez les guillemets.

— Ah ! "Une femme à marier." Et c'est tout ?

— Oui. Une femme qui se marie parce que c'est la seule chose qu'elle sait faire. Ça, c'est une cocotte.

— Donc toutes les femmes qui se marient sont des cocottes ?

— Oui. Un peu. Enfin... non. Il y en a qui se marient parce que c'est pratique, mais pas par dessein.

— Quand vous serez mariée, vous serez une cocotte ?

— Certainement pas !

— Certainement pas ! Certainement pas, qu'elle dit ! Ha !

— Je me marierai parce que ce sera pratique, voilà. Je me marierai parce que ça rassurera mon père. J'emmènerai mon mari dans ma ferme du Sud, il en aura ras le bol, il partira et je serai tranquille.

— Y a pas beaucoup d'amour, là-dedans.

— Je n'ai jamais parlé d'amour.

— Eh bien, si vous prenez un homme pour lequel vous n'avez pas d'amour, il n'en aura pas non plus pour vous, et ce sera bien triste.

— Ce serait triste pour une cocotte, oui ! Pour moi, ce sera pratique. Allons bon, faut suivre un peu, jeune homme ! »

Le Petit Vannier a explosé de rire. Un rire si franc qu'il a étourdi les danseurs, les coupant un instant dans leur minauderie. Il m'a regardée, le visage encore rouge d'amusement. Je crois que je faisais pétiller ses yeux. Nous avons parlé de tout et de rien. Il y avait le village et à quel point il avait changé. Il y avait un peu de politique, et quelques discours sur la guerre qui était aux portes de notre pays. Puis il s'est levé, sans préambule. Il s'est levé d'un coup, il m'a tendu la main, en me regardant droit dans les yeux, comme on défie un lion. « Alors, certainement pas à demain, mademoiselle. » Il n'y avait pas d'interrogation dans son intonation. Mais elle était dans ses yeux, dans la fébrilité de son souffle, dans sa main moite qui saisissait la mienne.

« Certainement pas à demain ! », prétendaient son ton et son air froids.

« Peut-être un autre jour ? », m'avouaient son corps et ses yeux ronds.

Je n'ai pas souri. J'ai serré fort ses doigts. Je l'ai défié pareil.

« Certainement pas à demain. Bonsoir. »

Silence. Je tenais bon. Mais ma bouche m'a trahie.

« Pour le reste… on verra. »

II

La salle de bains. Dans la salle de bains, le miroir. Et dans le miroir, mes seins. Lourds et fermes. Ma bouche énorme. Des cils de biche sur des yeux suaves. Une femme, j'en étais une, sans le moindre doute. Je n'avais jamais rêvé d'être autre, d'ailleurs. Mais ce jour-là, mon sexe m'a sauté au visage. Je ne voyais que cela. Et cet homme qui s'était invité dans la plupart de mes pensées. Alors quoi, maintenant ? Je ne m'étais jamais éprise d'un homme, il fallait que je m'entiche d'un de « l'autre bord » ?! Mes seins. Mes jambes pleines de chair… Christiane était avec moi, elle se brossait les cheveux. Se préparant pour son rendez-vous. « Qu'est-ce qui te chagrine ? T'es un beau linge ! C'est toi qui refuses tous les gars. – J'aimerais bien être un homme, pour voir… » Elle s'est levée, elle m'a reluquée. Elle a haussé les épaules : « Pourquoi pas ? » Puis elle a remonté ses bas, m'a montré sa coupe de cheveux : « Chignon ? Tresses ? Détachés ? – Et sans cheveux, il t'aimerait quand même ? – Sûr que non ! – Alors c'est un con. » Elle a râlé et est partie en laissant claquer la porte. J'ai regardé sa silhouette s'éloigner par la fenêtre. Puis je suis revenue à mes seins. Mes cheveux qui caressaient mes reins. Aujourd'hui je peux dire qu'il faut se méfier des rumeurs. Elles débarquent mine de rien, déguisées en divertissements. Puis doucement elles s'incrustent dans nos gestes, nos désirs, nos discours et nos honnêtetés. Un peu comme une petite gangrène. Au départ, on coupe le pied, et bientôt on se retrouve amputé du peu d'esprit qui nous caractérise. Mais lorsque j'avais dix-neuf ans, je ne connaissais que les forêts, les champs, les livres, et les voisins qui se dataient comme les fruits. J'avais beau me penser libre des ragots, j'avais passé la matinée à rêver d'être un gars car le Petit Vannier était censé n'aimer qu'eux. Avant cela, la vie des hommes, je n'en aurais pas voulu pour un sou. Ils me semblaient être en compétition permanente, les uns contre les autres, les autres contre le reste du monde, le reste du monde se trouvant souvent être des femmes. Dès leur plus jeune âge on leur bourrait la tête avec des soldats de plomb. Ils jouaient à gagner pour ne pas perdre, à tuer pour ne pas mourir. De la même façon, j'avais pitié de mon père qui se cachait derrière des postures. Il était passé à côté de sa vie, de sa femme, de sa fille et de sa carrière. Il n'avait pas vécu ces choses de la vie : il les avait faites. Ce n'était pas pareil.

Je voyais dans mon miroir l'incarnation de ce que le Petit Vannier n'aimait pas. Du moins, d'après les rumeurs. Alors il m'est venu une idée. J'ai saisi les ciseaux de ma mère, ramassé mes cheveux en une natte et l'ai tranchée sans trembler. D'un coup sec et précis. Je me souviens de mon visage. Je souriais. Un sourire jusqu'aux oreilles. Plus de cheveux lourds, plus de tresse, plus de nœuds à défaire. Quelques poils courts sur la tête. J'ai ri si fort dans la salle de bains. Je crois même avoir dansé. Ma natte se balançait au bout de mes doigts. Je la faisais tournoyer en l'air, ma féminité. C'était la fête. J'ai ouvert le placard de mon père et me suis approprié ses vêtements. Un pantalon gris et une chemise pâle. Je ne ressemblais toujours pas à un homme, mais à une tendre contradiction. Et me voilà, cheveux courts, en chemise et pantalon, dévalant l'escalier en chantant. En bas, j'ai trouvé ma mère occupée à préparer les pots de confiture pour le marché du jeudi. « MON DIEU… », a-t-elle blêmi. Elle m'a attrapé la tête. Je souriais toujours. Elle s'est mise à me scruter avec frénésie, tournant mon visage à droite, à gauche, cherchant où était passée mon immense chevelure. Elle est devenue plus pâle que son torchon. Ma joie et ma nouvelle tête lui avaient coupé le sifflet. « Tu… Mais ! Ah non, mais là… Mais ! Mon Dieu, et ton père… Il va… ROSE, BON SANG DE DIEU ! » Je lui ai collé un baiser sur la joue sans lui laisser le temps des invectives. La porte d'entrée a claqué sur l'effroi maternel. « TU ES DEVENUE FO… » J'étais dehors et je courais dans un pantalon bien agréable. Il est tellement plus facile d'être rapide quand on ne manque pas se prendre les pieds dans un jupon.

Le Petit Vannier était devant chez lui. Mine de rien. Comme s'il n'attendait personne. Mais je savais qu'il était posté là, sur le banc en dessous de sa fenêtre, face à l'église, depuis longtemps déjà. Espérant que je passe là « par hasard ». Quand il a aperçu ma drôle de silhouette, j'ai eu peur de paraître tout à fait ridicule. Mais il n'a pas relevé ma métamorphose. Ce qu'il voyait, c'était l'intérieur de mes yeux. Le reste, ce qui les habillait, lui était sans grand intérêt. Il a dit : « L'élégance va finir par vous jalouser. » J'ai rougi car je l'ai interprété comme une avance. « Je me suis coupé les cheveux, vous avez remarqué ? » Il a regardé mes pieds, il s'est penché sur mon ourlet, découvrant mes chevilles. Il a pris le temps de me le refaire. Ses doigts ont frôlé ma peau. J'ai senti une chaleur sourde se glisser dans le creux de mon bassin. « Des chevilles comme celles-ci, il faut les chérir. Vous pourriez parcourir le monde, avec des chevilles pareilles, et il y a de quoi trébucher à chaque coin de rue. Alors faites bien vos ourlets, Rose, ou alors demandez-le-moi. Je m'en occuperai volontiers à partir d'aujourd'hui. » Il avait prononcé mon prénom et j'ai été surprise de sentir mes viscères se retourner tout à fait. Ce n'étaient pas des papillons qui dansaient, c'étaient une multitude de fleurs qui s'étaient mises à éclore, çà et là, dans mes intestins. Il a dit *Rose*, et j'ai découvert mon prénom. J'ai vu une graine couleur de blé dans une terre boueuse. Puis une goutte est tombée du ciel comme un encouragement. Alors la graine s'est ouverte pour laisser éclore une tige effarouchée. Je me suis vue pour la toute première fois, à travers ses yeux.

« Vous connaissez mon prénom ?

— Évidemment.

— Mais je ne vous l'ai pas dit hier.

— En effet, mais je me suis renseigné.

— Vous auriez pu attendre et me le demander à moi.

— Vous êtes fâchée ? »

J'ai haussé les épaules, l'air désinvolte. Je n'étais pas fâchée, j'étais flattée. Mais il était hors de question qu'il le sache.

C'était un bazar sans nom pour un regard non initié. Des découpes de bois dont la sciure était restée sur l'établi comme témoignage de son labeur. Prenant le soin de s'envoler sous forme de petits nuages au moindre de nos pas un peu trop brusques. Cette poussière semblait matérialiser la lumière. Elle traçait les faisceaux du soleil qui s'infiltraient par la fenêtre, un à un. L'atelier, déjà, paraissait doté d'une certaine magie. Chaque morceau de bois et chaque outil nous regardait. Moi comme une inconnue prometteuse, lui tel un père bienveillant. Il chuchotait pour ne pas les déranger.

« Le bois provient de la forêt de votre père...

— Et l'osier ?

— L'oseraie de mon grand-père...

— Nos familles se connaissent, alors ?

— Non. Pas directement. Mais ici, oui. »

Je regardais ces créations croisées. Un cheval de bois pour enfant, dont la crinière et la queue avaient été tressées en osier, dominait le lieu malgré sa petite taille. « Et ça, c'est pour qui ? – Pour ma fille... – TA FILLE ? » J'ignore pourquoi je me suis mise soudain à le tutoyer. Je ne lui connaissais pas de femme, je lui prêtais des amants. Mon regard a dû trahir mes pensées car il m'a lancé un sourire mutin. « Je te fabrique quelque chose ? – Tu veux dire, là, maintenant ? – Oui. Tout ce que tu veux. » Comme il me semblait, ici, dans son atelier, que tout était envisageable tant qu'on osait formuler ses songes, je lui ai demandé :

« Une… machine… Enfin… je… si, oui… je veux une machine… » J'aurais aimé qu'il s'offusque. Qu'il me réveille de mes chimères en s'écriant : « Je suis un vannier et un menuisier, je fabrique des tables, des chaises, des bibliothèques, des bureaux, des fauteuils, des paniers à linge, à pain, à champignons, des commodes, des guéridons, de jolis objets sans fonction, mais des machines, non. » À défaut, ses yeux se sont mis à briller. « Quel genre de machine veux-tu ? – Une machine pour… aller… sur la Lune. » Je ne sais pas pourquoi. Je ne sais pas pourquoi. Je ne sais pas pourquoi. Aujourd'hui, avec le recul, je dirais simplement que je voulais faire mon intéressante. Il y a eu un long silence durant lequel j'entendais le bois craquer comme une réprimande à mes désirs. Lui ne me lâchait plus des yeux. À l'intérieur de ses pupilles, une lumière s'était allumée. Sans un mot, il s'est mis à faire quelques pas, inspectant ses outils, puis il s'est assis sur un tabouret. Il a tranquillement sorti un carnet de son tiroir et a commencé à gribouiller. Je restais là, debout, comme fichée dans le décor, devenant moi aussi l'une de ses créations. La journée s'est écoulée ainsi. Dehors, la nuit avait laissé un paysage si sombre derrière les carreaux qu'on ne distinguait plus l'horizon. La chaise qu'il avait fabriquée et sur laquelle je regardais passer les heures n'était pas conçue pour y rester cent ans. Je commençais à avoir de sérieuses crampes au derrière qui me faisaient gigoter. Tout à coup, il a relevé la tête, se souvenant de ma présence. « Il va me falloir du temps », a-t-il murmuré. Lorsqu'il s'adressait à quelqu'un, il utilisait peu de mots, plantant son regard dans celui de l'autre comme principale péroraison. Dans ses yeux plongés dans les miens, j'ai vu un espace vertigineux au milieu duquel se dressait une échelle. Tout en haut, à des milliers d'années-lumière, une porte entrouverte donnait sur la Lune. Lui était en bas de l'échelle, il se tenait sur les quelques barreaux existants tout en scrutant les contours de son projet. Il allait lui falloir du temps. Et c'était ainsi, en connaissance de cause, que je lui ai répondu : « Le temps d'une vie ou deux, sans doute. »

Il m'a raccompagnée chez moi, mains dans les poches, titubant légèrement, grisé par notre après-midi. Nous sommes arrivés devant la maison et cette fois on pouvait voir la Lune. Il m'a donné un petit coup de coude pour m'inciter à la regarder plus longuement. C'est vrai qu'elle était belle, avec tous ses cratères. Comme quoi, ce qui rend beau, c'est la vie après les blessures. Notre désir de rayonner, sans craindre qu'elles ne soient apparentes. J'ai voulu combler le silence mais je n'ai pas réussi. Il était impossible de faire semblant. Son regard transperçait l'épiderme si bien qu'il pouvait me lire d'un bout à l'autre, m'obligeant à n'être que moi-même. « Je ne pense pas qu'il soit possible d'aller sur la Lune, tu sais, Rose, a-t-il dit.
– Moi non plus. Mais c'est gentil d'essayer, André. »
J'ai laissé son prénom me caresser les lèvres. Je l'ai prononcé très lentement. De la même manière que je dégustais les tomates du Sud. André, comme une tomate. Son prénom était délicieux. Il a rougi.

« C'est agréable, parfois, de se convaincre que l'on peut aller à des endroits qui sont inaccessibles.

— Oui. Je trouve aussi.

— C'est important de vouloir aller ailleurs. Cela donne de l'ambition.

— Je trouve aussi.

— Alors, pourquoi la Lune, Rose ? »

La Terre n'était plus une limite, elle était une petite maison confortable dans l'univers, et dans cette maison, il y avait lui et moi pour regarder par la fenêtre et rêver d'aller faire un tour. *Pourquoi la Lune, Rose ?* J'entendais « Pourquoi la Lune rose », et j'ai répondu : « Parce que la Lune blanche, c'est banal. » Il a ri. Alors, une pensée a jailli si fort qu'elle est devenue bien plus qu'une pensée, mais une conviction : ma vie avec lui. Ma vie tout entière avec lui.

Point à la ligne.

Fermez les guillemets.

*

La porte se ferme sur un vrombissement. Elle avale la lumière et le noir est total. Épervier entend ses camarades tirer les verrous pour sceller leur passage clandestin. Il marche à tâtons dans ce tunnel sombre et sans air. Il croit qu'il n'existe plus. Autour de sa tête, au niveau du nez, il a noué un foulard qu'il a trempé dans de l'eau de Cologne afin de supporter l'odeur. Il allume le briquet. Une galerie obscure se présente à lui. Elle paraît interminable. Il doit s'enfoncer dans les souterrains pendant une bonne heure. L'eau est omniprésente, transparente et fraîche, elle monte jusqu'aux hanches. Dans certains passages très étroits, il est impossible de progresser debout, il faut se recroqueviller à quatre pattes, ou bien ramper à même le sol. Laisser le corps s'immerger tout à fait dans l'eau. Il soulève un de ses bras le plus haut possible, pour ne pas mouiller le costume qu'il portera à la surface. Durant ces moments-là, il est obligé d'avancer à l'aveugle. Aucun son. Aucun bruit à part les siens. Lorsqu'il s'arrête, que le silence se fait de nouveau, il se croit défait d'une partie de ses sens. Ici, le dédale portant des noms de rue, il a l'impression d'épouser le tracé des artères de la ville par ses galeries. Le lieu possède une âme. Il donne le sentiment d'être épié. Épervier ne peut s'empêcher de se retourner régulièrement, pour vérifier qu'il n'y a personne derrière lui. Puis il doit se glisser dans une chatière sur une dizaine de mètres, reliant une galerie à l'autre. Le passage fait la largeur de son corps. Enfin, il quitte les tunnels et remonte jusqu'aux égouts. Là, il perçoit le couinement des rats, le bruit de leurs pattes, le son des gouttes, de l'écoulement de l'eau, qui rythment désormais son parcours. La vivacité des bestioles lui redonne de l'élan. Il arrive. Une grille d'égout, à quelques mètres au-dessus de sa tête, laisse apparaître la lumière du jour. Avec leurs barreaux, les souterrains passent pour une prison. Il enfile son costume, prenant soin de le salir le moins possible. Ses propres affaires sont glissées dans le sac et resteront ici. La grille donne sur une impasse peu fréquentée. Il doit se rendre dans le quartier des Salauds pour y voler des papiers. Épervier remonte l'échelle. En équilibre, le dos collé contre la paroi opposée, il soulève de toutes ses forces la grille en fonte. Il la fait glisser sur le trottoir et passe enfin la tête dehors. Il a la sensation de renaître. Le vent frais lui caresse le visage. Il entend le bruit du boulevard, de l'autre côté. Il sort tout à fait et referme la claie derrière lui avec soulagement. La ruelle est en vieux pavés, peu entretenue, les mauvaises herbes sont venues lécher les trottoirs. Il lève la tête et surprend un enfant à une fenêtre. Le petit le fixe, penché sur la balustrade afin de mieux l'observer. Épervier pose un doigt sur ses lèvres pour lui demander de ne rien dire.

III

Une oseraie, c'est comme une jungle de couleurs qui indique l'humeur des saisons. L'oseraie d'André se prenait pour un incendie en variant ses teintes orange. Se balader dans son champ, quelle que soit l'heure, c'était flâner sur la couleur du point du jour. Là-bas je me sentais comme réveillée avant les autres, avant les bêtes, avant les réalités. Depuis notre rendez-vous dans l'atelier, je me levais aux aurores, saisissais une pomme, un morceau de pain, et allais me poster devant le champ d'osier. Cela faisait un mois que lui et moi avions rêvé de la Lune. Nous ne nous étions pas vus depuis. Dès le lendemain, j'avais trouvé sa maison les volets clos. Les livraisons n'avaient plus lieu et quelques-uns de ses clients s'impatientaient en bombardant la porte de coups. Il semblait être reparti. Je n'osais pas interroger les voisins. Si par malheur l'un des habitants m'avait vue m'empourprer en demandant : « Il est parti, le Petit Vannier ? », le village tout entier aurait été au courant de mes palpitations intimes. Un rougissement dissimulé faisait l'effet d'une flamme sur une traînée de poudre. Il aurait traversé le village, atterri devant la porte de ma mère et fait exploser toute la maisonnée. Je l'imaginais déjà en larmes dans la cuisine : « Mais qu'est-ce que j'ai fait au bon Dieu ? », et mimer mourir de chagrin en se laissant tomber en arrière, une main sur le cœur. Quand elle le faisait vraiment bien, elle emportait dans sa chute un verre ou une porcelaine qui se brisait avec elle. Puis elle se mettait à pleurer l'objet qui, très souvent, lui venait de sa grand-mère… Maman. Pourtant, dans la vie de tous les jours, elle se contentait de longs silences, de soupirs, de petits gémissements de douleur, parfois de gestes brefs, sans jamais s'encombrer d'épanchement car elle était « trop fatiguée pour les fioritures ». Mais, lorsqu'on parlait de malheur, là, c'était une autre personne ! Elle avait l'impudeur du drame. Elle en faisait tant que j'avais du mal à refréner mes rires. J'ai su un soir que mon père partageait à ce propos la même honte que moi. En allant me coucher après une histoire horrible durant laquelle ma mère avait dû s'allonger sur le carrelage pour ne pas s'évanouir en nous racontant, une fois de plus, le jour où les intestins de son grand-père avaient pris feu et fondu – il semblerait que cela ait été possible à l'époque –, j'avais croisé mon paternel dans la salle de bains en train d'étouffer un rire profond dans une serviette humide. Ce fut l'une des rares fois de ma vie où mon père m'a paru sympathique. En conclusion, afin d'éviter toute tragédie maternelle, il était hors de question de demander à quiconque où se trouvait André. Il me fallait ravaler mes ardeurs et patienter devant son oseraie. Je ne comprenais pas très bien ce que cet homme avait fait de moi. Son visage s'invitait sur tout ce que je regardais. C'était enfin le printemps, mais je ne distinguais pas bien les bourgeons. Je ne voyais que le Petit Vannier. Partout le Petit Vannier.

« Eh, gamin ! » Je me suis retournée pour me retrouver nez à nez avec un drôle de bonhomme. Une sorte de montagne rocheuse sans sapin, avec un regard blessé.

« Ah… T'es une fille ?

— C'est une vraie question ?

— T'es LA fille ?

— Laquelle ?

— C'est un domaine privé, ici.

— Je le sais, et il n'est pas à vous non plus, alors ne venez pas me faire la morale. »

J'ai croqué dans ma pomme pour appuyer ma détermination. Il a essayé de sourire, mais son visage gardait une expression de colère profonde. Il s'appelait Chassaing, c'était un bougre qui s'occupait des champs d'André. « Tu es Rose ? » J'ai rougi, très fière qu'André ait suffisamment balancé mon prénom dans son entourage pour que son employé s'en souvienne.

« Ça sert à rien de l'attendre, André, il vient pas ici. Il est dans son…

— … Atelier, oui je sais. Sauf que là, il n'y est pas, donc…

— Donc ?

— Donc c'est tout.

— Donc tu viens guetter ses terres ?

— Je passais par là.

— Tu fais la maligne mais tu te demandes où il est, n'est-ce pas ?

— Pas du tout. J'ai d'autres choses à penser, merci. »

Il a souri. « Il ne t'a rien dit et ça t'agace car tu es prétentieuse, va. » J'ai haussé les épaules pour me donner un air. Il a grommelé quelque chose comme : « On dirait que t'es un garçon. Je me demande ce qu'il te trouve. » Ce type voulait sans doute me faire de la peine, mais il ne pouvait parvenir à me contrarier. Bien au contraire. S'il se demandait ce qu'il pouvait me trouver, c'était qu'André me trouvait quelque chose. « T'as quel âge ? Quinze ans ? – Et puis quoi, encore ?! J'ai l'âge d'une femme, pas d'une midinette. » Il a reniflé fort, ravalant sa morve. « Va cueillir des pâquerettes et rêvasser ailleurs. André n'a pas le temps pour ça. » Je ne me suis pas laissé abattre. Je me suis levée pour lui tenir tête. J'étais grande de taille mais il l'était bien plus que moi. Ses trente centimètres qui nous séparaient rendaient ma démarche tout à fait ridicule. Je le regardais difficilement dans les yeux. Je crois que l'on ne s'appréciait guère, sans même se connaître. « Moi, j'aime bien cet endroit. Après, si vraiment c'est insupportable pour vous, allez donc râler auprès de votre copain ! », lui ai-je dit, bien campée sur mes jambes, comme enfoncée dans la terre. J'étais indélogeable. Il a baissé le regard vers mon cou, il a observé ma bouche dans un élan furtif puis il s'est mis à avoir chaud. Je pouvais le voir sur sa peau. « Dégage et reste tranquille. » Il est reparti, avec ses cisailles, et m'a ignorée tout à fait. Je suis restée ainsi. Debout, ma pomme à croquer, ma fierté à reprendre. Il coupait les tiges de ce champ merveilleux. Il faisait froid mais il travaillait en chemise, les manches relevées sur ses bras d'homme. À l'inverse d'André, on pouvait facilement l'imaginer casser des noix avec son poing. Je suis retournée auprès de lui. J'ai imposé mes yeux dans les siens.

« Je peux savoir ce qui vous dérange ?

— T'es la petite des Marnier, non ?

— Oui, et alors ?

— Dans votre famille, vous volez les terres des autres.

— Je n'ai rien volé.

— Dans ton sang, ça coule. Ça se voit.

— Et j'ai volé quoi, dans mon sang ?!

— La forêt de la Bannie. Ça n'a jamais été à ta famille. C'était à mon cousin. Il en est mort, mon cousin. Il s'est pendu. Le soir même. Trois enfants orphelins. Trois ! Le plus petit habite chez moi, il s'appelle Émile, il a cinq ans. Pas de mère, plus de père. Par ta faute.

— C'est complètement crétin ! On ne se pend pas pour trois bouts de bois !

— TROIS BOUTS DE BOIS ? »

Il m'a envoyé un coup de cisaille sur le crâne. Mon visage s'est écrasé dans la boue. Puis il m'a craché sur la nuque. Une glaire visqueuse et humiliante : « Ton père, c'est un sale rat. Tu ne t'approches pas des terres d'André… Tu crois que je l'ai pas repéré, ton petit manège ? Lui ne voit pas ce que je vois. Mais moi, je la connais, ta famille. » Je me suis redressée lentement. J'ai essuyé mon pantalon. J'ai ramassé ma pomme pleine de terre. J'ai frotté mon visage. J'ai relevé les yeux vers lui. J'ai senti comme une goutte s'écouler de mon oreille. J'y ai passé mon doigt, il y avait une larme de sang. Je me suis avancée. J'ai mis la pomme contre mon oreille en le regardant droit dans les yeux.

Le fruit était devenu rouge. Je la lui ai tendue. Je pleurais, je crois. Je me rappelle lui avoir tendu la pomme et lui avoir dit : « On te prendra tout. On te prendra ta forêt. Ton oseraie. Ton ami. Ta femme et tes enfants. Tu n'auras plus rien. Alors, tiens. Je te laisse au moins ça ! », et j'ai jeté le fruit à ses pieds. Nous sommes restés un instant silencieux. Il a eu un sourire méprisant puis il s'est remis à son labeur. Je ne savais pas à l'époque, en déversant ma rage, que je disais vrai, mot pour mot. Tout lui serait pris. À lui comme à tant d'autres.

Je suis retournée à la maison. Je tremblais encore de colère. Sur le chemin, j'ai guetté devant chez André. Cette fois, les volets étaient ouverts. Il était revenu.

J'ai passé l'après-midi à attendre que mon père rentre. Ma mère n'était pas là. C'était un jour de marché. Ces jours-là, elle faisait tout à pied et rentrait en même temps que la nuit. J'étais assise à la table de la cuisine. J'entendais piailler les poussins qui demeuraient bien au chaud sous le poêle. La dispute de la matinée m'avait retournée. Non pas la méchanceté de cet homme, mais la mienne. La fureur qui était sortie de ma bouche. Mon père est arrivé. Il a fait comme d'habitude. Il a enlevé ses chaussures. Il a enlevé son gilet. Il est allé s'asseoir près du poêle. « Tu mets de l'eau à chauffer, Rose. » J'ai fait ce qu'il demandait. Nous avons attendu qu'elle bouille. Il se l'est versée dans une tasse avec un fond de café. Puis il a fermé les yeux. Porté la tasse de temps en temps à ses lèvres en soupirant. « Nous avons volé les terres de la Bannie ? » Sa tasse lui est tombée des mains. Elle est venue s'écraser sur le sol. Il m'a regardée, les yeux plus gros que son visage. Il a ouvert la bouche mais aucun son n'est sorti. « Tu sais qu'il est mort, le type à qui tu as volé les terres ? Il s'est pendu. » Il est resté un temps la bouche béante. Puis il l'a refermée. Il s'est penché pour ramasser les morceaux de porcelaine. Un à un. Pour les éclats les plus fins, il a mouillé le bout de son doigt et collé sa peau au carrelage.

« Tu as vu ce que tu m'as fait faire ?! C'était la tasse préférée de ta mère, a-t-il râlé.

— Tu savais qu'il était mort ?

— Il y a eu un procès avec le maire. Nous l'avons gagné. Nous n'avons rien volé. Nous avons gagné.

— Tu as dit à maman que tu les avais volées ?

— Ta mère a bien des problèmes déjà. C'est le maire qui nous a donné les terres.

— Pourquoi il nous les a données ? Pourquoi tu ne les as pas rachetées à ce type ?

— Le maire nous a donné les terres.

— Maman sait ?

— Tu arrêtes, avec ta mère !

— Qu'est-ce qu'il a eu en échange, le cousin des Chassaing ? Ça ne se donne pas, des terres.

— C'était un incapable. La preuve : il s'est pendu. Sans se battre. Qu'est-ce que tu veux confier des hectares de bois à une famille de ce genre ? Il aurait pu les garder s'il avait été quelqu'un de méritant. Mais non. Il a pleuré puis il s'est pendu. Il s'est avoué vaincu. Lui seul. Il y a des gens qui se condamnent eux-mêmes, fille. Le maire est juste un homme intelligent. Un jour, quand tu seras toi aussi intelligente, tu comprendras à quel point la faiblesse de l'un n'est pas la croix de l'autre. Surtout en ce qui concerne l'argent.

— MAMAN LE SAIT ?? »

Il s'est retourné violemment, il a sorti des billets de sa poche et me les a enfoncés dans les mains. Je suis restée comme une sotte. Il s'est rassis. Il a de nouveau fermé les yeux. « Mon mois de salaire, Rose. Tu as un mois de salaire, et cet homme ne s'est jamais pendu. Fin de la discussion. »

IV

Je n'ai posé aucune question. Il était parti, il était revenu. Point. Lorsque nous nous sommes croisés de nouveau dans le village, il chargeait des meubles tout juste achevés dans une voiture. Ses cheveux étaient parsemés de petits éclats de bois secs qui s'étaient nichés dans ses boucles, son teint était frais comme le vent mais ses traits tirés le rendaient plus sombre qu'à l'accoutumée. Je me suis approchée de lui avec un grand sourire, je l'ai aidé à soulever une bibliothèque avant de lui dire « Bonjour », et j'ai fait comme si nous nous étions quittés la veille.

« Tu ne devrais pas porter ça tout seul, tu vas te ruiner le dos. Puis faut plier les jambes quand tu te baisses pour soulever, voyons ! Sinon tu vas te ficher en l'air les lombaires…

— Arrête. Je vais me débrouiller. J'ai l'habitude.

— Eh bien, moi aussi, j'ai l'habitude, alors laisse-moi te filer un coup de main plutôt que de jouer au coq et finir bousillé comme tous les gars du coin.

— Je ne remets pas en question ta force, Rose, mais ils sont vraiment lourds, mes meubles, c'est toi qui vas finir bousillée.

— Sont pas si lourds, va, ils sont moins lourds que le poids du monde…

— Tu sais combien pèse le monde ?

— Paraît que oui. Le médecin dit à ma mère que j'ai le poids du monde sur mes épaules, alors tu vois ? C'est une manière gentille de signifier que je me tiens mal, mais j'apprécie la métaphore.

— Et du coup, c'est lourd ?

— Y a pire.

— Comme ?

— Le temps. Le temps, c'est plus lourd encore. Il suffit de voir comme se voûtent les petits vieux.

— Tu vois, Rose, c'est marrant, ça, j'aurais pensé autre chose.

— Quoi donc ?

— Que le monde te balade sur son dos pour te faire plaisir et, à force que tu gesticules dans tous les sens, il s'est fait un tour de reins… »

Je lui ai sauté dessus pour lui donner une raclée amicale. Il était magnifique et je profitais de nos chamailleries pour le caresser discrètement en laissant s'attarder mes doigts sur son torse. Sous couvert de m'attraper pour clore nos chicanes, il m'a serrée un peu dans ses bras. C'était bon. J'avais le nez dans sa nuque et mes lèvres effleuraient sa peau. J'en avais des frissons de bonheur. Nous nous sommes calmés, puis nous nous sommes remis, en silence, à charger ses meubles. Je crois que j'étais plus rouge qu'un coquelicot. Le Petit Vannier, lui, était devenu tout à fait pourpre, alors je n'étais pas gênée par la trahison à laquelle se livrait mon visage. Je sentais dans les regards qu'il me lançait qu'il s'attendait à subir un interrogatoire, ainsi que quelques reproches. Mais rien, bien sûr. Évidemment, je ne lui ai rien demandé. Il m'avait manqué. Sa présence câlinait de nouveau le monde. C'était tout ce qui m'importait. Alors je lui parlais de ses jolis meubles, de mon travail dans le verger et des centaines de pots de confiture de fraises qui avaient fermenté pour devenir immangeables, chose dont ma mère m'avait tenue responsable, injustement. Je devinais dans nos œillades qu'un lien fort naissait tranquillement entre nous. Je n'ai jamais supporté de rendre des comptes à qui que ce soit et je passais mon temps à avoir l'impression de fuir, sans savoir ce que je fuyais, et d'être poursuivie, sans comprendre ce qui voulait me rattraper. Parce que je ne faisais aucune allusion à sa disparition, André s'est aperçu que nous nous ressemblions plus qu'il ne le pensait. Pour lui aussi, un sermon était une prison. Il faut croire que les discussions majeures, celles qui créent les racines d'une relation, se déroulent essentiellement dans les silences. Dans ces longs moments-là, les amoureux se murmurent : « Je ne te demanderai jamais rien. Ne me demande jamais rien. Si tu veux partir : pars. Si je veux partir : laisse-moi. Quoi qu'il m'en coûte, quoi qu'il advienne, je respecte ce que tu es, ce que tu en montres, et ce que tu fais, comme tu le peux. »

Un soir, nous étions postés tout en haut de l'église. Sur son toit qui surplombe le village. Comme deux adolescents qui trouvent leur liberté dans les interdits. Il avait son cahier dans les mains, il y traçait des schémas absurdes de notre machine. Au début, je pensais qu'il faisait cela pour me plaire, se donnant un air studieux et hautement investi dans mes fantaisies. Moi-même je me prenais au jeu en inventant des conseils à propos des réacteurs. Mais plus les jours ensemble s'additionnaient, plus je le trouvais obsédé par l'idée d'y aller vraiment, sur cette Lune. « Je t'y emmènerai un jour, je te le jure. » Il me faisait peur quand il disait ce genre de choses. « Enfin, André, tout ça, c'est pour rire ! Ne me fais pas de promesses impossibles à tenir. » Je crois qu'il s'est vexé car il s'est tu pendant un long moment.

« Dis donc, qu'est-ce que tu aimes faire le plus, dans la vie ?

— C'est une question de gamine, ça. Ou bien celle de quelqu'un qui s'ennuie et n'a plus rien à dire. Tu n'as plus rien à dire ?

— C'est une réponse de lâche, ça. Ou bien celle de quelqu'un qui se donne de grands airs. Tu te donnes de grands airs, maintenant ?!

— Tu crois que quelqu'un qui se donne de grands airs s'échinerait à fabriquer une machine pour aller sur la Lune pour une petite provinciale ?!

— Certainement, oui. Difficile de faire plus symptomatique.

— Tu crois que quelqu'un qui se donne de grands airs ferait cela, alors que la guerre est à l'orée de nos frontières ?

— Ah non ! Ne parle pas de la guerre ! Vous m'emmerdez, avec la guerre ! Vous en parlez comme d'un démon, si bien que ça finit par faire peur à tout le monde ! La guerre n'existe que pour ceux qui veulent la faire exister.

— Tu plaisantes ?! Tu ne te rends pas compte de ce que tu dis !

— Eh bien, non ! Je ne me rends compte de rien, il faut croire ! Maintenant, bonsoir ! »

Je me suis levée trop rapidement pour ne pas perdre l'équilibre et j'ai glissé de tout mon long jusqu'aux gouttières du clocher. Le Petit Vannier m'a tendu la main, que j'ai refusé de saisir. « Mais prends-la, tête de mule ! » Et puis quoi encore. Je savais très bien m'en sortir toute seule, je n'allais pas me faire aider par quelqu'un qui s'amusait à me faire la morale. Quel abruti. Je l'ai insulté en hurlant, mes invectives ont ricoché contre le métal de la cloche. Ça leur donnait une note mystique. J'ai réussi à coincer mon pied dans le mécanisme, j'y ai pris appui et je me suis redressée en tombant sur la cloche. Elle a crié de tout son coffre. Notre prise de bec a réveillé l'église et le village. Nous avons perdu nos tympans ce soir-là. Et notre discrétion par la même occasion.

« Ah non, mais là ! Puis les cheveux, puis le clocher qui réveille le bourg, et tout ça pour un homme pédé. La honte à ta mère ! Mais qu'est-ce que j'ai fait au bon D…

— Tu ne sais pas, alors tais-toi ! Quand on ne sait pas, on se tait.

— Répète voir !

— Arrête de l'insulter !

— Ce n'est pas une insulte, c'est un constat !

— Tu ne le connais pas ! Il est qui il veut, comme il veut !

— Ah, mais lui, qu'il s'amuse à sa façon ! C'est toi qui m'inquiètes, car, toi, je te connais. Et je connais ta propension à la connerie. Attends ton père, et tu vas voir !

— Exactement. Attends papa, et tu vas voir. »

Elle m'a filé une torgnole monumentale et j'en ai été heureuse car j'avais gagné. Lorsque ma mère m'en donnait une, c'était qu'elle n'avait plus d'argument. On l'a attendu, butées, chacune de notre côté. Moi, je fumais une cigarette, pour la première fois de ma vie devant maman. Elle, elle se servait du torchon comme d'un outil de torture sur la vaisselle qu'elle frottait à l'usure. Mon père et ses silences sont entrés avec aplomb dans la cuisine. Les chaussures, le gilet, l'eau à bouillir. Ma mère qui parle et parle et parle, et lui qui n'écoute qu'à moitié. Enfin, il a posé ses yeux sur moi, il y avait de la lassitude dans ses yeux. Il a toisé ma joue rouge de la gifle de ma mère, en se disant sans doute que c'était une punition à propos. « Ta pauvre maman, Rose. Elle qui fait tout pour toi. » Je me suis levée. Je suis montée dans ma chambre. J'ai glissé ma main sous le matelas pour en extraire le coût du silence que m'avait acheté mon père. Je comptais user l'argent à autre chose. J'avais envisagé d'emmener mon Petit Vannier dans la ferme du Sud. Je nous voyais nous promener main dans la main sur les sentiers, au son des cigales. Mais la liasse de billets que valait mon silence retournerait à mon père pour négocier le sien. Si l'on avait continué ce petit jeu, mon père, ma mère et moi aurions pu créer notre propre monnaie et vivre en parfaite autonomie… Je suis redescendue avec un sourire narquois. Je lui ai mis les billets dans la main, et me suis rassise tranquillement. Mon père et moi avons échangé un regard entendu.

Lui et moi expérimentions un moment de complicité et j'ai trouvé cela agréable. Regrettant que cela puisse prendre fin, regrettant d'avoir dû attendre dix-neuf ans et un chantage pour connaître ce sentiment. Sous les yeux de ma mère qui s'avouait vaincue, mon père a rangé dans son veston la liasse puis, enfin, il a soupiré : « Bon, eh bien, sois plus discrète, désormais. » Il avait un petit air de fierté amusée.

Je l'ai retrouvé dans sa cuisine. Il m'avait invitée pour le goûter. Un dimanche. « Je dois te présenter quelqu'un », m'avait-il annoncé. Cela faisait plus d'une saison que nous nous côtoyions, nous avions passé l'hiver et entamé un beau printemps, mais c'était la première fois qu'il m'invitait chez lui. Une casserole proposait de la semoule au lait. Il avait déposé quelques feuilles d'eucalyptus sur la fonte brûlante du poêle. Je le croyais malade. Il tremblait de partout. Son regard me fuyait et ses gestes étaient maladroits. Il remuait dans tous les sens en faisant tomber un tas de choses sur son passage. « Je ne comprends pas, André, ça ne va pas ? Tu veux que je m'en aille ? » Il a rougi. « NON ! Non… » J'ai retenu mon souffle et jeté mes lèvres sur les siennes sans préambule. Il a répondu à mon baiser. Il est possible que nous nous soyons embrassés une heure. Ou bien mille ans. Quelque chose comme ça. Et comme à son habitude, tout est sorti de sa bouche, d'un coup d'un seul. « Ils ont trouvé la petite dans une poubelle, ils l'ont mise à l'orphelinat du couvent. Peux-tu m'accompagner, s'il te plaît ? Je t'expliquerai plus tard. »

Ma région avait des allures épiques. Les grandes plaines touchaient le ciel comme le font les océans. Les moutons postés à leurs cimes se prenaient pour des nuages. Les pommiers dansaient. Ils faisaient tournoyer leur chevelure et les pommes rouges décoraient leur tignasse. Le paysage entier était une femme amoureuse. À des heures du village, un couvent lugubre. Nous sommes entrés dans la cour. Une nonne est venue à la rencontre d'André. Ils ont discuté quelque temps à propos d'une femme, une mère. Une violoniste devenue folle. « La maladie des ambitieux », a soupiré la nonne en faisant quelques gestes de prière vers le bon Dieu. « Grâce au Ciel, vous, au moins, vous ne l'avez pas ! » Elle m'a regardée de haut en bas. « Elle est jeune, votre nouvelle amie, vous êtes mariés, j'espère ? » André a rougi et m'a serré la main, sans répondre. J'avais le cœur qui battait. « Dans une situation comme la vôtre, il faudrait vous marier. Et vite. » Nous, pauvres pécheurs. S'il n'y avait pas eu le bon Dieu dans cette histoire, j'aurais tiré les cheveux de la nonne et lui aurais donné un coup sur le nez. « Je vous conseille d'inventer quelque chose. Une histoire. Vous devriez ne jamais lui parler de la violoniste. Il faut protéger les jeunes âmes… Vous aimez les enfants, mademoiselle ? » Bien sûr, que je les aimais. « Vous en avez un hors mariage également ? » Non, je n'avais pas d'enfant hors mariage.

« Tu as un enfant hors mariage, André ?

— Je t'expliquerai.

— La réponse est oui ou non !

— Ce sont des choses importantes et je n'ai pas envie de te les dire n'importe comment. Il faut que je réfléchisse à la formulation. Tu comptes beaucoup, Rose.

— Je ne te comprends pas. Et c'est souvent. Réponds, j'aimerais juste que tu répondes. Tu as une drôle de façon d'exprimer les choses. Alors c'est joli tout ça, certes, puis ça te donne du panache, mais parfois tu es illisible. Sois plus lisible. C'est possible ? Tu me dis oui ou non. C'est tout de même pas bien compliqué, comme affaire. Oui ou non… C'est compliqué ?

— Oui.

— "Oui", c'est compliqué ? Ou "oui", tu as un enfant hors mariage ?

— Oui. J'ai un enfant. Je ne l'ai pas élevé. J'ai décidé de m'en occuper, mais si tu étais plus patiente je pourrais t'en parler plus tard.

— Tu as eu un enfant avec la violoniste ?

— Elle est violoniste, oui.

— Comment est-elle ? Physiquement ? Ta fille lui ressemble ?

— Elle est blonde. Un regard grave. Beaucoup de cicatrices. On s'égare, Rose. Pardon, mais il faut que je fasse attention à ce que je vais te dire, laisse-moi le temps d'y penser.

— Tu es revenu au village pour t'occuper de ta fille, c'est ça ?

— L'atelier, ça rapporte. Et puis elle sera en sécurité, ici, cachée aux yeux du monde.

— Tu étais accordéoniste quand tu vivais en ville ?

— Ça oui.

— Ça oui ? Parce que le reste, c'est "non", du coup ?

— Non.

— Est-ce que tu t'amuses à me rendre chèvre ?

— Je t'aime, Rose.

— Ça veut dire oui, assurément. »

La nonne avançait vite malgré la robe qui lui dissimulait les pieds. On aurait dit qu'elle glissait sur le sol. Le potager est apparu en même temps que le soulagement d'André. Une fillette tournoyait dans les haricots. Si la joie avait eu un visage, il aurait été le sien. Elle ne marchait pas bien droit. André l'a étreinte comme on étreint le bonheur. Je me sentais toute petite. Beaucoup plus petite que cette enfant. André m'a présentée. Elle m'a souri. Il lui a murmuré quelque chose à l'oreille et l'enfant a tendu les bras vers moi. « Tu veux bien la garder le temps que je discute avec la mère supérieure ? » Je n'avais pas encore répondu que la fillette se glissait déjà dans mes bras. Il y avait ses joyeuses boucles brunes qui doucement venaient se lover contre mes joues, et ses yeux noisette qui souriaient aux miens. Ils étaient encore gonflés de chagrin et j'ai eu envie de pleurer à mon tour.

Je rencontrais ma fille.

Ma fille n'est pas sortie de mon ventre, elle est sortie d'un potager.

Elle s'était endormie dans mes bras. Je la pressais contre mes seins. Elle ne parlait pas encore. Elle avait observé mes yeux, puis elle avait fermé les siens et serré les poings. André est revenu, sans un mot nous nous sommes mis en route. Je n'ai posé aucune question. Je regardais l'enfant. La petite fille. Je regardais Michèle. J'étais aspirée par sa respiration. Suspendue au moindre de ses mouvements. Toute mon existence semblait avoir été conçue pour ce moment. Elle dans mes bras et moi qui la dévisage. Mon enfant. Ma petite fille. J'étais, à la seconde où ses yeux ont croisé les miens, devenue sa mère. Il me fallait désormais organiser le monde pour qu'elle le comprenne. André a arrêté la charrette devant chez moi. Il m'a pris la petite des bras. Je l'ai vécu comme un déchirement. Nous nous sommes embrassés encore. L'enfant entre nos deux torses. Le baiser au-dessus de son front. Comme un pacte.

André a caché Michèle durant plusieurs semaines. Il semblait malade à l'idée de la laisser sortir sur le perron. Il répétait : « Un jour, oui, mais je n'ai pas encore la solution, Rose, il faut patienter. Si les voisins parlent… s'ils me la reprennent… » Il avait l'air un peu fou mais j'avais été éduquée à déceler une douce poésie humaine dans toute paranoïa. Mon village entier était un village d'inquiets. Nous nous sentions coupés du monde. Nous nous débrouillions comme nous pouvions afin de donner un sens aux réalités auxquelles nous n'avions pas accès. Nous parlions de communautés secrètes qui gouvernaient le monde, de magie noire et de sorciers. Christiane, elle, avait vu des extraterrestres et son père soutenait qu'ils nous espionnaient. Sans parler des esprits et des fantômes qui volaient nos affaires, bougeaient nos tables, rendaient les bêtes fiévreuses et mettaient le feu aux mottes de paille. Ma mère, mon père et mes aïeux faisaient partie de ceux qui prêchaient que les bourgeois empoisonnaient nos sols afin de nous rendre dépendants des leurs et de nous faire vivre à leurs crochets. « Un jour, on sera tous obligés de leur manger dans la main, tu verras, Rosette. Même les graines, même les petites graines de la nature, il faudra les leur acheter. C'est ça, la magie noire, ce sont eux, les vrais sorciers », me murmurait mon grand-père, de sa voix tremblotante, le soir avant d'aller dormir. Voilà quelles croyances avaient bercé ma jeunesse. Alors oui, j'étais tout à fait disposée à trouver raisonnable qu'André ait peur qu'on ne lui prenne son enfant. Michèle lui avait été confiée à la suite d'une entente officieuse avec l'orphelinat du couvent. Sa mère pouvait revenir à chaque instant. André pleurait parfois, terrifié à l'idée de ne pas pouvoir protéger la petite. Cette violoniste devait être un monstre. Qui d'autre qu'un monstre pouvait abandonner son enfant au fond d'une poubelle ? Je savais qu'il n'y avait qu'un seul recours à cette situation. Je savais quoi faire pour offrir à Michèle une vie plus tendre. J'attendais qu'André se mouille, c'était à lui de le faire, après tout. Puis il y eut cette nuit-là.

Il devait être trois heures du matin. Les mots qu'avait prononcés la radio plus tôt dans la journée, avec une appréhension étrange, tournaient dans ma tête. Elle avait dit : « Cessez-le-feu. » Elle l'avait répété, ajoutant : « Ennemis… notre capitale… » et puis un truc comme « concitoyen ». Ces mots ne m'intéressaient guère. Mon pays avait perdu, cela faisait mal à tout le monde. À moi, cela ne faisait pas grand-chose. La guerre, je la trouvais pathétique. C'étaient des petits gosses qui se tapaient dessus pour un caillou. En revanche, je comprenais qu'il y avait urgence. Allongée dans mon lit depuis des heures, je regardais le plafond comme s'il était le détenteur de mon sommeil, je faisais même appel aux moutons. Mais ces derniers, plutôt que de sauter au-dessus de l'enclos, gambadaient et faisaient des cabrioles. L'un d'eux, habillé en nonne, a pointé un fusil sur mon ventre et tiré un coup sec. Un trou est apparu au niveau de mon utérus. « Il n'y a pas d'enfant ! », a constaté le mouton-nonne. Les autres se sont mis à rire, puis ont bêlé : « Pédé ! Taré ! » Mon sang déguisait les fleurs blanches en coquelicots, avec un vide à la place de ce qui faisait de moi une femme. J'ai sursauté en silence, trempée de sueurs froides. Je me suis levée, j'ai enfilé mon manteau et une paire de chaussures pour courir libre à travers le village. Libre des voisins, libre des mots de ma mère, libre de la radio, libre des autres. Dans une fureur de vivre, je courais jusqu'au Petit Vannier. La porte était fermée à clé, qu'importe, je me suis hissée sur le muret. J'ai aperçu la fenêtre, entrouverte. Il fumait dans son lit, le soir, et se donnait bonne conscience en laissant entrer un peu d'air frais. L'atelier offrait un toit précaire donnant sur le balcon d'André. Les roses grimpantes m'ont fait la courte échelle. Enfin, j'ai atterri dans sa chambre. Il dormait, le visage tourné vers le mien. Pendant un instant, j'ai observé son souffle tranquille mais mon désir l'a réveillé et nous nous sommes retrouvés les yeux dans les yeux. Il n'a pas sursauté. Plutôt, il s'est penché pour m'embrasser. Je l'ai embrassé plus fort puis il m'a attirée dans son lit. Il y avait ce sentiment étrange qu'il valait mieux mourir que d'être séparés. J'ai appris une chose, ce soir-là, c'est qu'il en faut, du courage, pour se libérer du regard de la foule. Ce courage s'apprend, il n'est pas inné. Il faudrait l'inventer et lui répéter : « Toi, courage, tu vivras avec moi et non pour les autres. » Mais allez dire cela à votre esprit, quand il s'échine à exister aux yeux du monde plutôt qu'aux vôtres…

J'étais contre lui. Il avait une peau bien confortable. Sa sueur possédait sans doute des vertus euphorisantes car je me suis entendue lui dire :

« Faisons-le. Marions-nous.

— Et ton histoire de cocotte ?

— Qu'importe, marions-nous. Si on ne se marie pas, ils vont te reprendre la petite, n'est-ce pas ?

— Ce n'est pas ton problème, Rose.

— Épouse-moi, André. Tu m'épouses et j'adopte Michèle. Elle ne risquera plus rien.

— Ce n'est pas aussi simple.

— Avec un père comme le mien, crois-moi, ça sera très simple.

— Et ta ferme du Sud ?!

— On ira se faire une ferme sur la Lune, va, ce sera très bien aussi.

— Tu le dis toi-même, que ce sont des conneries.

— Bon sang ! Tu m'épouses, oui ou merde ?! »

Il s'est levé, nu comme un ver. Il a fait quelques pas dans la chambre jusqu'à une commode. Il en a sorti une chemise et un pantalon qu'il a enfilés rapidement. Je me suis levée à mon tour, démunie, attendant une réponse. « André, tu vas me répondre ou tu fais ta mijaurée ? – Tu es plus intelligente que tu ne le penses. » C'est tout ce qu'il a dit. Et j'ai dû faire avec cette phrase.

V

TOC. TOC. TOC.

Ils avaient fermé de l'intérieur. Je savais qu'ils dormaient. Elle, avec son bonnet sur la tête pour ne pas froisser sa mise en plis. Lui, droit comme un piquet, la tête sous l'oreiller afin de ne pas déranger sa femme par ses ronflements. Ma mère et mon père me pensaient bien au chaud dans la chambre d'à côté. TOC. TOC. TOC. C'est elle qui a ouvert les yeux. Encore endormie, elle est sortie du lit pour passer son gilet en laine. Elle a pris le temps de tremper son visage sous l'eau fraîche de la salle de bains. Nous pouvions apercevoir sa silhouette à travers la vitre. L'ombre de ses mains venait tapoter son visage avec plus de rudesse que de tendresse matinale. Je la connaissais par cœur. « André, écoute : maintenant, elle va aller dans la cuisine et mettre l'eau à chauffer, puis elle se dirigera vers le buffet. Elle ouvrira la troisième porte, celle où elle conserve les invendus. Ce placard parfume toute la maison d'une odeur de beurre chaud. Elle en sortira un bocal plein de beignets. Ils seront un peu ramollis, mais encore goûteux, fais-moi confiance. Il faudra que tu en manges, sinon elle sera vexée. Elle va les déposer au centre de la table de la cuisine afin qu'ils trônent et donnent le sentiment à l'invité d'être le bienvenu. Et maintenant, seulement maintenant, elle va ouvrir la porte. Elle aura dans sa main des patins à placer sous nos chaussures pour ne pas salir son parquet. Il faudra bien mettre les patins, André. – Très bien, les patins. Il faut mettre les patins, a-t-il dit, paniqué. – Tu es prêt, André ? Elle va ouvrir à *trois*. Un. Deux. T… » Le visage gonflé de sommeil, elle nous a contemplés, ahurie. Elle s'y est prise à trois fois. Un regard sur moi, puis sur André. Puis un aller-retour. Enfin, elle a remarqué la petite endormie. Elle s'est jetée sur l'enfant, l'arrachant des bras de son père. « Mais ça ne va pas, non ! Sous la pluie à cette heure-là… Vous n'êtes pas bien, vous ! » Elle est rentrée et s'est précipitée près du poêle de la cuisine. Elle a posé Michèle dans le fauteuil du paternel, puis l'a glissé face au poêle. Nous l'avons suivie. Les patins ont été abandonnés devant la porte d'entrée.

Elle soufflait sur les doigts humides de l'enfant tout en nous regardant avec dureté. « Vous, jeune homme, asseyez-vous. Et toi, Rose, l'eau. » Une fois les tasses remplies, elle est venue s'asseoir à la table. Nous a fait face. Une posture souveraine. Je n'avais jamais vu André aussi penaud. Il n'osait même pas la regarder dans les yeux. Ce soir-là, il était plus jeune que moi, et peut-être même que Michèle. C'est à peine s'il savait parler. Elle lui a montré le plat de beignets. « Il faut manger. C'est pas là pour faire joli. » André a enfoncé sa main et l'intégralité de son avant-bras dans le tas de beignets. Il en a extrait une poignée énorme qu'il a posée devant lui. Redécorant la table et son vêtement de sucre glace. Heureusement, elle était encore trop vaseuse pour lui faire une quelconque remarque. Elle me regardait, elle regardait l'enfant. André, lui, semblait anecdotique. Elle jouait à le rendre insignifiant. « Dis-moi, Rose, tu as entendu la radio ? » J'ai acquiescé. « Bon. Bien. Moi aussi. On a tous entendu… Il a entendu aussi, lui ? » La bouche pleine, André a essayé de répondre. Seul un nuage de sucre blanchâtre est sorti de sa bouche avec, en guise de phrase, le meuglement d'une vache apeurée. Silence. Ma mère ne savait pas si elle devait le trouver drôle ou pitoyable. Elle a porté la tasse tranquillement à ses lèvres. Elle s'est penchée vers l'escalier pour vérifier que son mari dormait encore. Elle a fait la même chose avec l'enfant. « Bien. Bien. Bien. Bon. » Là, enfin, elle s'est adressée directement à André. Le pauvre en a perdu tous ses moyens. « Alors ?! » Je la vois encore. Faisant traîner le mot, l'appuyant par un mouvement du menton. Tapant légèrement son pied sur le sol. « Alors ?! » Il a dégluti.

« Madame, tout d'abord, nous sommes confus de vous réveiller à une heure aussi tardive et je vous remercie sincèrement de nous recevoir avec autant de bienveillance. Nous venons vous voir car je suis tombé amoureux de Rose et, par chance, elle l'est de moi aussi. Je lui ai caché ma situation durant nos premiers rendez-vous car j'avais trop peur qu'elle ne veuille plus jamais me voir. Or, passer une journée sans elle ne m'est plus envisageable. Mais voyez-vous, aujourd'hui, les circonstances ne permettent plus le doute. J'aime Rose, j'ai rêvé que nous vivions ensemble. Sachez que je sais prendre mes responsabilités et… » Ma mère a pouffé. Ce n'était pas un rire moqueur, c'était un rire complice. « Ben voyons ! C'est qu'il use tout son vocabulaire ! » J'avoue avoir ri aussi, de tendresse.

« Madame, vous savez…

— Tatatata. Trop de mots tuent le propos. Rose ! C'est quoi ?!

— On va se marier, maman.

— Oui. Bien. Bon. »

Elle s'est levée. Elle est allée à l'évier, a mis de l'eau au creux de ses mains. Elle y a plongé la tête pour noyer les quelques larmes qui perlaient. Je voyais dans ses gestes ce que hurlait son cœur de mère. « Ma petite. Ma petite. Ma petite. » Et je la regardais en silence, espérant qu'elle entendait mes murmures dans mes soupirs. « Ma maman. Ma maman. Ma maman. » Elle a dissimulé son sanglot par un ton brutal. Il y avait ce que disait sa bouche. Et ce que retenait sa gorge.

« C'est sa gosse à lui, Rose ? (Je ne sais pas si je supporterais que tu t'en ailles encore.)

— Oui, maman. (Je sais, maman.)

— Tu es sûre ? (Il n'est pas assez bien pour toi.)

— Oui, maman. (Tu n'en trouveras jamais un assez bien, maman.)

— Et la mère de la gamine ? (Si tu pars, qu'est-ce que je vais faire, moi ?)

— Malade. (Tu feras comme avant. Et tu seras grand-mère.)

— Le mariage, c'est pour la petite ? (Mais tu viendras me voir ?)

— S'il n'y avait pas besoin de mariage, je passerais tout de même ma vie avec cet homme et la petite. (Je viendrai te voir. Nous habiterons dans le village.)

— Bien. Donc. Ton oncle ? Ton Sud ? (Je ne l'aime pas.)

— Rien ne nous empêche d'y aller un jour. (Tu ne l'aimes pas parce que tu écoutes trop les voisins.)

— Si tu m'avais parlé de l'enfant, j'aurais compris plus tôt. Ma Rose. Je comprends. Ton père va arranger ça. Maintenant, la paix, va. (Alors sois heureuse, ma fille. Et sois une bonne mère, c'est la seule chose qui compte. Moi, maintenant, je vais m'ennuyer.) »

Le mariage s'est préparé en un après-midi. Le contexte ne permettait pas de faire des chichis. Nous avons réussi à feindre des noces en grande pompe. Pour faire taire les racontars, l'idée était de goinfrer les commères afin qu'elles aient la bouche trop pleine pour en extraire des mots. Les musiciens chantaient notre idylle et les voisins dansaient avec elle sur une valse grisante. Et Un. Deux. Trois. Un. Deux. Trois. Merci, papa. Merci, monsieur le maire. Les confettis faisaient taire les chicanes. La seule chose qu'il fallait savoir ce jour-là, c'était qu'André, Rose et Michèle formaient une famille. Un père, une mère, une enfant. Il n'y avait pas de question à poser. Il n'y avait rien de plus à dire. Et les gens n'ont rien dit d'autre, c'était facile, ils avaient la langue couverte de pâté.

VI

Sur les murs de la maison d'André, le papier peint s'est agrémenté de petites traces de doigt. Le carrelage s'est mis à coller un peu sous nos semelles. Les couvertures ont déserté les lits pour devenir des cabanes. Les chaises ont elles aussi changé d'emploi, se transformant en remparts contre l'heure du coucher. La demeure d'André était notre foyer. Après quelques jours de combines bien malhonnêtes entre mon père et monsieur le maire, Michèle était enfin devenue ma fille aux yeux de l'Administration. André m'apprenait son métier et nous travaillions ensemble. Malgré l'annonce de la radio, nous étions heureux. Il semblait que tout cela n'était plus qu'une rumeur. Des échos qui s'arrêtaient au seuil de notre nid. Parfois, devant la cheminée, tandis que l'accordéon nous faisait danser, le bruit des chars rendait nos pas fébriles. C'est vrai. Mais lorsqu'une ombre se glissait sur notre bonheur, je fermais les rideaux, j'étalais les feuilles d'eucalyptus sur la fonte du poêle, je sortais l'accordéon pour qu'André nous joue ses valses, et je faisais chanter ma fille. Sa voix couvrait toutes les fatalités. Je demeurais aveugle, bon gré, bien aise. J'aurais aimé que le monde le soit autant que moi. Nous aurions continué à vivre, ensemble. Les amants n'auraient jamais été séparés. Les enfants auraient grandi sous les yeux de leurs parents. J'essayais de fermer la porte aux réalités mais elles finissaient quand même par rentrer chez nous. Comme Christiane et son amant. Ils ont débarqué à l'heure du souper. J'étais heureuse, mais elle parlait beaucoup. Elle nous confiait : « Nous partons cette nuit. Nous quittons le continent. C'est trop dangereux, ici, désormais. On ne peut plus vivre librement sur notre bout de terre. » André acquiesçait tout en me tenant la main, moi, je refusais que les choses changent. « Il y a eu l'armistice. Je ne crois pas que tu risques gros en restant ici… Et pour aller où ? Tu reviens quand ? » Son amant s'est énervé. « Nous serons plus en sécurité ailleurs. De l'autre côté de l'Océan. » Il avait un sac, elle rien d'autre que ses bijoux. Ils sont partis sur un paquebot. Ils ont traversé l'Océan. Je n'avais jamais vu de bateau, j'avoue avoir été un peu jalouse.

Une nuit, André m'a réveillée tandis que je faisais un rêve étrange. Dans ce rêve, je descendais l'escalier. Attirée par des voix, je traversais la cuisine jusqu'à la salle à manger. En passant de pièce en pièce, je découvrais les lieux comme si je ne les avais jamais vus. Tous les objets m'étaient inconnus et les meubles avaient été changés. Dieu me parlait pour me dire : « C'est ta maison. Ta maison a toujours été comme ça, Rose, c'est toi qui l'avais imaginée autrement. » Doucement, les voix qui m'attiraient se sont transformées en notes d'accordéon. J'approchais, lentement. Je n'avais pas peur mais j'étais fébrile. Enfin, dans la salle à manger, je découvrais un soldat en tenue de combat. Assis en tailleur, par terre, il jouait sur l'instrument d'André. Il s'est tourné vers moi avec un grand sourire. Je ne le connaissais pas mais il m'appelait « Mon amour ». À son doigt, il portait l'alliance d'André. Puis j'ai entendu Dieu de nouveau : « C'est ton mari. Ton mari a toujours été comme cela, Rose. C'est toi qui l'imaginais autrement. » Ce sont les caresses d'André qui m'ont sortie de ce songe. Lorsque j'ai ouvert les yeux, je lui ai raconté mon cauchemar et Dieu qui me rendait visite dans mes rêves. Tout cela le faisait rire. André n'avait pas de dieu dans ses pensées. Moi, je n'envisageais pas que l'on puisse croire en rien. Certes, je n'allais jamais à la messe sans traîner les pieds, et rares étaient les fois durant lesquelles je ne m'endormais pas dans la fraîcheur des chapelles, bercée par la voix monotone du curé. Ma mère n'était pas non plus pieuse, mais nous avions l'habitude d'avoir ce quelqu'un à qui nous adresser lorsqu'on avait des malheurs ou que nous perdions espoir. Je l'aimais, ce quelqu'un. Infiniment. Assez pour me sentir coupable lorsque je mettais en doute son existence. Grâce à Dieu, je m'endormais sereinement tous les soirs, persuadée que l'on veillait sur moi quelque part dans l'univers. Il offrait à mes misères un peu de répit. Et au contraire, lorsque je songeais à André qui ne croyait en rien ni personne, j'avais pitié de ses infortunes. Elles perdaient tout dessein providentiel. Le monde devait être dur, pour lui. « Ma petite sainte, est-ce que Dieu t'a prévenue que j'avais un cadeau pour toi ? s'est-il moqué. – Non. Mais il m'a dit que tu avais toujours été comme je ne savais pas que tu étais. Que je ne savais pas bien te regarder, en somme… TU AS UN CADEAU POUR MOI ? » Il m'a tirée du lit et conduite jusqu'à l'atelier.

Un meuble était recouvert d'un drap blanc. André s'est posté derrière pour soulever le tissu comme un toréador. Un bureau. Le Petit Vannier m'avait fabriqué un bureau. Avec trois tiroirs et un encrier pour l'élégance. Il avait disposé dessus des cahiers vierges qu'il avait confectionnés lui-même, en reliant les pages d'un ruban de soie. Je me suis approchée de mon cadeau pour le toucher. Son odeur est montée jusqu'à mon cœur. Du pin. Un bureau en bois de pin. « Celui que l'on trouve dans tes forêts du Sud. En attendant une valse sur la Lune… », a-t-il dit. J'ai pris place sur la chaise en osier qu'il avait faite à ma taille, particulièrement confortable. J'étais transportée, grâce au parfum qu'il dégageait, près des cigales et du soleil. Je n'arrivais pas à sourire. Je faisais face à la réalité. Comme une gifle. La désillusion qu'apporte le monde adulte reçue droit sur la tronche, d'un coup sec et vif, en plein sur l'arête du nez. Afin d'appuyer la métaphore, mon nez s'est mis à saigner pour de vrai. Une goutte est tombée sur le meuble et s'y est incrustée. Je caressais le pin, et savais ce qu'il me disait : « Rose, tu n'iras jamais plus là-bas. Il n'y a pas d'argent. Il y a un enfant. Il y a des soucis dans le pays. Tu auras cette maison, un mari, une fille, quelques dessins de la Lune et un bureau en bois de pin. » J'avais eu la prétention de me croire différente. Je me supposais dotée d'un esprit assez authentique pour faire de ma vie celle d'une héroïne. Je voulais une vie qui ne ressemblait à aucune autre. Il était temps de dire au revoir à mes prétentions. Nous étions ici, nous étions maintenant. Nous habiterions cette demeure qui ressemblait à celle de ma mère, que j'avais tant critiquée et cherché à fuir. Je regardais le bureau et André, et je trouvais cette maison pas si mal. J'avais été idiote de chercher des grandes aventures partout sauf ici. La plus grande des fantaisies était peut-être ce que venait de réaliser André : tenter de faire entrer nos rêves dans notre petit foyer.

« Je suis désolé que ça ne te plaise pas. Je pensais… » Je me suis levée pour l'étreindre et lui ai murmuré à l'oreille : « Il est magnifique, merci. » Je l'ai embrassé. « Il faudra que tu écrives. Tu peux raconter des histoires de ton Sud, ou des histoires sur la Lune, en attendant. Et tu les partageras avec moi, si tu veux bien. » J'ai acquiescé. J'étais émue. J'étais heureuse. Mais il a ajouté, mal à l'aise et à demi-mot :

« Ce serait bien aussi que tu écrives tout ce que vous vivez, toi et Michèle. Avec les temps qui viennent… Je me dis que ce serait bien. Le genre de choses qui ne se racontent pas car on oublie les petits détails quand le temps passe. Or, moi, je crois que l'important, ce sont ces petits détails.

— De quels détails tu parles ?

— Des petites choses.

— Pourquoi veux-tu que je t'écrive des petites choses ?

— Il y a eu quelques annonces clandestines, Rose.

— Quelles annonces ? Comment ça, clandestines ?

— Ta maman ne t'en a pas parlé ?

— Qu'est-ce que ma mère vient faire dans… ? »

« Une Cocotte-Minute », disaient mes professeurs. J'ai toujours eu ce tempérament immodéré. Il m'en fallait peu pour avoir envie de cogner les murs en pierre de mes mains nues. Heureusement, ma mère, dont j'avais hérité la véhémence, m'avait enseigné à me contenir afin de passer pour une femme mesurée. Je tentais de me calmer. Les chauds-froids étaient la pire manière d'aborder une discussion avec une personne de ma trempe. Et André qui parlait en demi-teinte. Un peu. Jamais trop. Mais assez pour rendre fou quiconque essayait de le comprendre. J'arpentais l'atelier. Je pense avoir parcouru une bonne trentaine de mètres avant d'être capable de le regarder froidement. De l'écouter, surtout. L'écouter me dire des choses à moitié et user mon énergie à tenter de le comprendre.

« Rose…

— Ah non, mais là ! Oh ! Si c'est pour dire une chose sans la dire…

— Rose…

— Donc ? C'est quoi ? En clair, s'il te plaît.

— Nous allons reprendre notre pays. Nous. Le peuple. Nous. »

Je ne pouvais plus respirer. J'ai regardé la pelle en me disant qu'elle irait bien s'écraser sur son visage sournois, à lui qui m'offrait un cadeau pour me faire une annonce à laquelle je ne comprenais rien de rien.

« C'est ce que tu vas faire ?

— Oui.

— Pourquoi toi ? Pourquoi pas d'autres ?

— Si tout le monde pense comme cela, Rose, alors rien n'arrivera.

— Mais tu pars ?

— Peut-être, oui.

— Comment ça, peut-être ?
— On réfléchit.
— ON ?! ON qui ?
— Des gens, je ne peux pas t'en dire plus.
— OÙ ?
— Je ne sais pas encore.
— Donc, si je résume, André : tu pars "peut-être" "quelque part" avec "des gens" ? »

Il a acquiescé. Je l'ai fixé longtemps. J'observais son air grave. Il me faisait penser au visage dramatique que ma mère pouvait arborer pour m'annoncer la mort d'une personne dont je n'avais jamais entendu parler. Elle prenait cet air, distant et profondément tragique. « Marie est morte, Rose », disait-elle, le regard lointain. Elle faisait cela lorsque je rentrais de l'école un peu trop gaie, pour casser mes joies, comme un rappel à l'ordre. Ma mère aimait les rappels à l'ordre. Elle avait trop peur du bonheur. « Marie qui ? je me risquais à lui demander, en espérant qu'elle ne développe pas. – Marie la couturière, déclarait-elle comme une évidence. – Je ne connais pas de Marie couturière, maman. Mais je suis désolée de l'apprendre. » Elle soupirait. « Mais si. Tu sais bien, la femme du boulanger qui était ici quand j'étais enfant, cette femme avait une sœur, Pierrette. Elle s'est mariée avec un gros dur. Ils ont eu une petite fille. Tu te souviens ? Je t'en ai parlé. – Non maman. Je ne m'en souviens pas. Mais je suis désolée de l'apprendre. Vraiment… Qu'est-ce qu'on mange, ce soir ? – Mais si ! Cette petite fille avait une grande amie, elles étaient inséparables. Elles ont grandi ensemble et monté une maison de couture dans la capitale. Tu te souviens ? Je t'en ai parlé. – Toujours pas, non. » Son air grave s'intensifiait. « Eh bien, l'amie de cette petite est morte. Marie, la couturière. Décédée. » Je pensais qu'il n'y avait qu'elle pour rendre absurde ce genre d'informations.

Mais je fixais le visage d'André, là, dans son atelier. Ses yeux écarquillés et sombres. La mine exagérément pathétique. Les mêmes œillades que celles d'un chien coupable qui fait appel à votre miséricorde. Ça y est, André me faisait penser à un bouvier bernois. Ah ! Franchement ! Sa tronche accablée me donnait la rage ! J'ai inspiré avant de hurler. J'ai retenu mon souffle comme un boulet de canon pour lui en mettre plein la trogne. Pourtant, j'ai éclaté de rire. Et ri. Mais ri ! J'ai ri si fort qu'il a ri à son tour. Nous nous sommes retrouvés à pleurer de rire, comme deux idiots, au milieu de la nuit autour du joli bureau à l'odeur de Sud. Enfin, le silence est revenu. Nous nous sommes dévisagés l'un et l'autre, sans un mot. Nos joues étaient encore rouges, nos yeux lourds. Dans les iris d'André, j'ai vu de l'espoir. Quelque chose de lumineux, avec une pointe de courage. Alors j'ai accepté l'aventure.

Le matin se levait, nous sommes allés dans la cuisine boire un café avant que Michèle ne s'éveille. Il en a profité pour m'aider à intégrer toutes les informations qu'il me fallait connaître. Ils allaient partir avec un petit groupe. Dans l'un des cahiers qu'il m'avait offerts étaient notées des adresses en langage secret, où je pouvais lui écrire. Il fallait également simuler sa mort ainsi que celle de Chassaing, afin que leur départ soudain n'attire pas de soupçons. Lorsque notre enfant a ouvert les yeux, c'est lui qui est allé la sortir du lit pour la ramener à nous. Seule à table, je dois l'avouer, je n'ai pas compris pourquoi lui partirait sauver notre pays, et pas moi. Pourquoi lui ferait ça et pas moi.

Las des morosités quotidiennes, de nos murs et de nos habitudes frustrées par cette crétine de guerre, nous avons prétendu fêter les trois ans de Michèle, même si André ne connaissait pas son âge. Il avait demandé à son ami Chassaing si nous pouvions arroser cela chez lui, histoire de changer d'air. Le dîner se déroulait tranquillement. J'étais amusée de voir notre hôte déployer toute son inventivité afin d'éviter mes mirettes. « Il y a de la brioche au beurre en guise de pain. C'est très bon avec le fromage », a lancé Josette en déposant des corbeilles débordantes d'une trentaine de viennoiseries. Son mari a rougi de honte devant l'exubérance de sa femme.

« Mais enfin, Jo… Qu'est-ce qu'il te prend ?!

— Il me prend que je suis fatiguée d'être raisonnable. Voilà. Quasiment plus de Noël, bientôt les dimanches seront des lundis. Alors on mange de la brioche avec du fromage, et puis c'est tout ! Rose, sers-toi, n'hésite pas.

— Tu es ridicule enfin, Jo…

— Et il y a des prunes au vin, et de la tarte pour le café. André, sers ta femme, tu vois bien qu'elle n'ose pas. Ne te laisse pas intimider par mon mari, Rose. C'est un rabat-joie. Mange, sers-la, André. »

Elle parlait sans reprendre son souffle, nous tendait les plats, en s'enfilant un croissant au passage, saisissait les viennoiseries à pleines mains, les déposait sur le dos de nos assiettes que nous avions retournées pour éviter trop de vaisselle. Du museau de Chassaing commençait à sortir de la fumée. La gêne logeait dans les coups d'œil qu'il lançait à sa femme. « Oh ! Ne me regarde pas comme ça, toi ! Ils ferment la boulangerie. Jacques ne peut même pas me payer le mois ! Alors voilà ce qu'il m'a donné... Mon mois de salaire tout entier dans vos assiettes, ça me fait plaisir ! Ils ferment la boutique, les Salauds ! Et pourquoi ? Hein ? Eh bien, parce que. C'est tout. Parce que, maintenant, c'est chez eux ici, et qu'ils font bien comme ça leur plaît. Pas assez bonnes, les brioches, faut croire, ou pas assez jolie, la vendeuse... » Son mari s'est écrasé sur son siège. Alors nous avons mangé de la brioche et des croissants, à dix heures du soir. Chassaing n'avait toujours pas jeté un regard dans ma direction. Ni lui ni moi n'avions parlé à André de notre altercation dans l'oseraie. Et là, après s'être mutuellement souhaité la mort quelques mois plus tôt, nous boulottions le mois de salaire de sa femme.

Les cinq enfants jouaient à se faire la guerre avec des bouchons de liège. L'aîné, Daniel, supervisait sans trop de rigueur le combat des petiots. Et jetait quelques coups d'œil emplis de violence à son père. Lorsque nos regards se croisaient, il baissait immédiatement les paupières de peur que je remarque sa haine adolescente. Michèle était sur les genoux de Daniel, lui et elle mimaient de tirer sur les autres, qui feignaient d'agoniser avec des grimaces grotesques. La petite riait, tant les garçons s'y prenaient mal pour mourir. Soudain, un cri de guerre, puis des pleurs. Émile, l'enfant devenu orphelin par la mesquinerie de mon père, est venu vers nous. Il portait Michèle dans ses bras. Elle sanglotait. Il me l'a déposée sur les genoux, tête basse, honteux de ramener la petite dans cet état. « Je suis désolée, madame Rose, mais ils nous ont pris par surprise… Elle a reçu une balle dans l'œil. » Mon enfant pleurait, traumatisée par sa défaite soudaine. Chassaing s'est levé brusquement. Il a fait tomber les brioches au passage. Il a saisi l'avant-bras d'Émile avec ses doigts rocailleux. « Personne ne s'excuse ici ! Soit on gagne, soit on crève ! » Des larmes commençaient à poindre au bord des cils du gamin qui avait sauvé ma fille d'un conflit puéril. « Ça suffit ! Foutez-lui la paix, au môme, bon sang. C'est qu'un jeu ! » Chassaing n'a pas osé me regarder, mais il a lâché l'enfant. Puis il a incendié André. « Parce qu'elle donne des leçons d'éducation, maintenant ? » André lui a offert un sourire calme. Ses sourires éteignaient beaucoup de feux, surtout ceux de son ami.

« Rose, ne te laisse pas impressionner par mon Marcel. Je le répète car sa mauvaise humeur rend sourd… D'ailleurs, tu vas vouloir un bébé bientôt, Rose, non ? Ça va être l'âge où ça travaille, s'est amusée Josette.

— André n'a pas le temps pour ça. Il n'y a plus le temps pour ça. Et c'est tant mieux si la Rose ne se retrouve pas avec un deuxième. Vous n'avez donc pas de conscience ?! râlait Chassaing.

— On va leur apprendre, à ces tordus, tu sais que je le chante en premier. Mais la famille, tu vois bien, ça donne de l'espoir, fredonnait sa femme.

— Non, ça donne des craintes qui donnent des lâches ! Si personne n'avait peur des assiettes vides pour ses rejetons, alors tous les hommes et toutes les femmes de notre pays iraient foutre des coups de pompe au derrière de ces salopards et ils repartiraient aussi vite qu'ils sont arrivés. Mais non, les gens tolèrent l'horreur, les gens se courbent, le monde entier collabore et ferme les yeux pour remplir sa gamelle. »

Nos hôtes, bien décidés à parler à notre place durant toute cette soirée, faisaient à eux seuls les questions et les réponses. Nous les regardions s'approprier notre sort, passant de l'un à l'autre de la même manière que l'on suit la balle sur un court de tennis. Nous étions comme face à nous-mêmes. Il me hâtait presque d'entendre Josette répliquer pour savoir ce que je pensais.

« Ce que tu peux être rabat-joie, Marcel… Puis c'est l'inverse ! C'est pour les enfants, qu'on ose rêver à mieux ! N'est-ce pas, André ?

— Je ne suis pas rabat-joie ! Faut ne rien voir et ne rien avoir vu pour penser autrement ! André le sait bien, et toi aussi tu le sais, Jo. Vous minaudez juste pour ne pas faire peur à la Rose. Mais va bien falloir qu'elle se réveille un peu… André, tu l'as prévenue ?

— Je suis au courant, oui. Merci, Marcel, lui ai-je répondu, la bouche pleine.

— Il te l'a dit quand ?

— La nuit dernière.

— Et après, on dit que le diable, c'est moi… La pauvre gamine se prend la vérité dans la gueule d'un coup d'un seul.

— C'est gentil de t'inquiéter, Marcel, mais les coups dans la gueule : j'ai l'habitude. Je gère. Tu sais bien… »

Il a rougi. Honteux. « Soit ! André, c'est l'heure », a-t-il conclu. La sonnette a retenti. Chassaing a filé vers la porte, il a caressé l'épaule de sa femme au passage. Je ne le croyais capable d'aucune tendresse. Josette a planté ses yeux dans les miens avec un sourire de compassion. Une compassion que je méprisais. Ils m'avaient bien roulée, avec ce dîner amical. Les trois. Chassaing, Josette et le Petit Vannier. Les trois savaient comment finirait ce repas, mais ils n'avaient pas averti la Rose. Et André s'étouffait avec ses silences. Un groupe d'hommes agrémenté de deux femmes ont pénétré dans la salle. Certains d'entre eux nous ont salués, les autres cachaient leur visage. Ils ont disparu derrière la porte de la grange. André s'est levé pour les rejoindre. Je lui ai attrapé l'avant-bras, imitant Chassaing lorsqu'il grondait l'enfant. « Je viens ! » Il m'a serré les poignets. « S'il te plaît, non. C'est dangereux. – Et alors ?! Je veux y aller ! Il y a bien des femmes avec vous ! C'est quoi, le problème ?! Pourquoi pas moi ? » Il a soupiré, ennuyé par mon obstination. « Cela n'a absolument rien à voir. » Puis il m'a plantée au milieu du salon.

Cela n'avait absolument rien à voir, sans doute, mais une fois le petit groupe disparu dans la grange, il ne restait plus que nous. Josette, les enfants, moi-même, une table à débarrasser, des gamins à consoler, d'autres à calmer. J'étais révoltée, comme lorsque mon père se moquait de mes projets. Il refusait que je reprenne les terres de mon oncle tant que je n'avais pas le nom d'un homme, ni l'argent, ni la vigueur. Il voyait en ma vocation un caprice adolescent. Lui ne me destinait à rien d'autre qu'à un mariage. Lorsque lui venait le courage de s'adresser à moi directement, voilà ce qu'il me disait : « Que vas-tu dépenser ton argent pour étudier ou aller chez ton oncle ? Même si tu apprends, même si tu es douée, ce serait du gaspillage. Tu te marieras et tu tomberas enceinte. À quoi va te servir le reste ?... Tu auras l'air d'une gourde à ne savoir rien d'autre que faire des additions et diriger un troupeau. » Il n'était pas méchant, mon père, il était réaliste. Il avait connu le destin de ma mère et de ses sœurs. Et moi, j'enrageais de l'entendre rire avec dédain. Avant le Sud, j'avais rêvé de faire des études plus hautes que la primaire. Mais l'école était à vingt-huit kilomètres et mes parents n'avaient pas l'argent pour m'y envoyer. J'avais essayé pendant une semaine de faire le chemin à pied matin et soir mais, usée par les heures de marche, je m'endormais en classe. Et si mon père possédait un vieux vélo, nous n'avions pas de quoi acheter des pneus. Alors j'avais développé un complexe. Je m'étais rêvée studieuse, qu'importe le sujet, je voulais apprendre, aller en classe, avoir mes livres et étudier. Lorsque, parfois, je croisais des gens des villes qui venaient rendre visite à leurs vieux, je les admirais et subissais avec horreur leurs regards méprisants. Les citadins voyaient les villageois comme des autochtones écervelés, des abrutis consanguins, et nous, nous courbions le dos en leur donnant raison car nous n'avions pas leur culture. Mais ce n'était pas aux citadins prétentieux que j'en voulais, c'était à mes parents. Eux qui cherchaient à me marier, eux qui n'avaient pas l'argent pour m'offrir plus d'ambition. À table, je les écoutais et les trouvais pauvres de tout. Je priais Dieu le soir pour ne jamais avoir à leur ressembler. Si bien qu'en secret, j'avais travaillé dans les vergers, j'avais mis des petits sous de côté, suffisamment pour m'offrir un aller-retour vers le Sud ou un vélo tout neuf pour le chemin de l'école. J'avais choisi mon Sud. Il avait l'avantage de me permettre de m'en aller loin. Sur le seuil de la maison, juste avant que je parte pour la gare, mon père m'avait regardée durement. « Vous, votre génération, vous prenez de grands airs, vous êtes hautains mais vous n'avez rien connu. Vous êtes déjà bien gâtés. Si tu as le temps de rêver et d'avoir de l'ambition, c'est que tu es gâtée. Tu es fâchée que je te dise cela et tu me critiques dans mon dos, mais tu ne sais rien de mes priorités... Ta maman était la plus douée à l'école. Puis le pays a connu une guerre, et tu es née. Tu verras, un jour, lorsqu'on n'a pas le choix, on ne fait pas de caprice et on est content de peu. Ta mère et moi n'avons pas eu l'occasion de penser à autre chose que nourrir la famille et garder la maison. Alors arrête de regarder de haut les gens qui œuvrent pour que tu puisses te nourrir. Redescends sur Terre, fille. » Je savais qu'il avait raison, mais j'avais mal au fond. Mal qu'il ne me souhaite rien d'autre et qu'il ne soit pas fier de ma persévérance. Alors je m'étais plantée face à lui – c'était le même air frondeur que j'avais offert à André, le soir du dîner chez Chassaing. Et je lui avais parlé des hommes à qui on laissait faire plus de choses qu'aux femmes. J'avais bon nombre d'exemples pour y avoir bien réfléchi. Mais mon père avait répondu exactement comme André, il avait dit : « Cela n'a absolument rien à voir. »

Josette débarrassait tranquillement la table en parlant aux petits. Son fils Daniel s'occupait de servir quelques verres de gnôle avant de les apporter dans la grange. « Ça suffit, les jeux. Au lit ! C'est l'heure. »

C'était l'heure pour Chassaing, c'était l'heure pour André, c'était l'heure pour Josette de débarrasser la table et de coucher les enfants, c'était l'heure pour moi de faire semblant de comprendre ce qu'il se passait. C'était l'heure. J'étais face à la porte de la grange. Je la défiais. Michèle dans mes bras jouait avec les larmes de rage qui coulaient le long de mon cou. Je restais face à cette porte avec l'envie de la détruire, avec la honte de ne rien connaître d'autre que la peur. Je voulais y entrer, sans crainte. Imposer mon courage. Mon courage de citoyenne, mon courage d'amoureuse, mon courage de mère. Mon courage de femme. J'ai posé la main sur la poignée. Ma fille scrutait mes gestes, écoutait mon souffle. Nous ne faisions qu'une face au destin. Je l'aurais emmenée dans cette grange. « Il faut faire ce que l'on peut ici, Rose, tu comprends ? » Non, je ne comprenais pas, non. Aujourd'hui encore, je ne comprends pas lorsque je me plonge dans les livres d'histoire. Je ne comprends rien à ce monde. « Rose, qui tiens-tu dans tes bras ? », m'a lancé Josette. J'ai regardé ma fille. Ses grands yeux innocents qui n'avaient rien vu encore. Qui ne voyaient que moi. Qui me souriaient. Tendrement. Un nuage de bonheur contre mon sein. Josette s'est penchée sur nous deux pour murmurer doucement, comme une mère aurait bercé son enfant : « Il n'y a qu'une chose à faire : continuer. Tiens une liste. Banale, peut-être, comme une liste de courses. Une liste de projets, pour toi, pour la petite. Tiens-y-toi, ne t'en éloigne jamais. Tu verras, le temps passera. »

*

Le premier rendez-vous se passe chez Chasseur. Ils sont peu nombreux mais nourrissent un feu commun : le refus de la terreur. Ils accueillent Épervier avec chaleur et se présentent à lui sous leur surnom. Un grand homme, Mars, est l'organisateur des missions périlleuses. Chevalier, une tueuse de Salauds, porte un regard incisif et sans compromis. Elle semble redoutable. Combat est un garçon à peine majeur accompagné de son petit frère, un jeune de treize ans qui veut se faire appeler Tigre, mais que tout le monde appelle Castor. Deux musiciens : Coda et Barboteuse. Pour finir, une femme mûre, à la longue chevelure blanche relevée en queue-de-cheval, a été rebaptisée Bienvenue. Épervier ne peut s'empêcher d'imaginer à quel souvenir intime sont associés ces surnoms. Cela ajoute du mystère à leur personnalité.

Ils ont décidé de leur départ prochain. Trois d'entre eux iront aux frontières de la capitale, se planquer dans ses sillons. Il faudra se tenir prêt à s'en aller à n'importe quel moment. Le jour de leur départ leur sera communiqué d'une manière ou d'une autre. « Surveillez tout ce que l'on vous donne », a simplement dit Chasseur. Le jour dit, Épervier devra prendre son sac et se rendre en bas du village. Il faudra passer le verger aux pommes de Jacqueline, prendre le petit chemin à droite qui donne sur la colline des moutons, descendre celui de pierres rondes en longeant le champ de coquelicots, tourner à gauche au niveau des roseaux et se poster devant l'étang. Là, une voiture l'attendra. Il devra monter dedans sans faire claquer la portière afin de ne pas contrarier les pêcheurs. Il retrouvera l'un de ses camarades, tandis que les autres prendront un autre chemin. Plus ils se disperseront, plus ils éviteront de se faire remarquer. Ils courront un risque, à chaque geste, chaque pas, chaque émoi : ils courront un risque. Se faire attraper par la Milice de leur propre pays ou bien se prendre une balle dans la tête de la part des Salauds, ce n'est pas ce qu'il y a de pire. Le pire, c'est qu'ils craquent sous la torture, que des noms de famille soient révélés et que leur entourage serve d'exemple pour dissuader les plus déterminés. Qu'ils tirent une balle dans la tête de leurs proches, sur la place publique, au nom de rien. Faire mourir, c'est pire que mourir.

VII

« Ça y est ! Il est prêt ! » La jolie voix d'André a résonné à travers la cour et est allée réveiller la joie de notre enfant. Elle sautillait, tourbillonnait autour des jambes d'André qui portait fièrement le cheval en bois tout juste terminé. Il avait travaillé chaque détail à la perfection pour le rendre aussi vrai que nature. Il avait peint le visage et l'avait doté de deux yeux profonds aux cils romantiques, qui donnaient à l'animal un regard tendre et amical. Presque familier. Il l'a porté à bout de bras jusqu'à la salle, manquant tomber tant la gamine gesticulait avec frénésie entre ses pieds. Lorsqu'elle a enfin pu l'enfourcher, assise sur la selle en osier, les pieds sur les étriers faits de vieilles ceintures et les mains chopant les rênes avec ardeur, elle s'est mise à faire une tête dure, une tête de conquérante, elle faisait penser à un chevalier. Elle regardait droit devant elle en criant : « Hue dada ! » Elle tapait du pied sur la croupe et respectait à la lettre les conseils de son papa : « Vas-y, ma poulette, donne des petits coups pour aller au galop. » André avait ajouté des roulettes argentées et, tandis que Michèle se croyait au galop, il la faisait rouler à toute berzingue à travers la salle. Nous la regardions s'imaginer franchir les plus belles plaines des plus grands pays. « TAÏAUT TAÏAUT », clamait-elle, les sourcils froncés, elle menaçait des ennemis invisibles en brandissant le poing. Je riais. « C'est toi qui lui as appris ces choses-là ? – Elle n'a rien besoin d'apprendre. Elle te scrute et elle t'imite, ma Rosette. Même quand tu dors, tu fais une tête de guerrière, s'amusait-il. – Ah ! Guerrière des chemins de terre, tu veux dire. »

Il m'a embrassée. Puis une petite main est venue toquer aux carreaux. En ouvrant la fenêtre, nous avons découvert la bouille rouge vif d'Émile. Il tenait un pot de farine troué. Il n'a pas dit bonjour. Il a tendu le pot à André, tout en se hissant sur la pointe des pieds pour apercevoir Michèle à l'intérieur de la maison. Lorsqu'il l'a découverte sur sa monture, ses yeux se sont gorgés d'admiration. « C'est quoi, ce pot, Émile ?! C'est troué et ça en fout partout ! Si tu veux venir faire un tour de cheval avec Michèle, il suffit de me demander, tu sais bien… Tu veux ? lui ai-je lancé en lui caressant la tête. – Non. Émile, merci. Rentre chez toi », a ordonné André avant de le saluer à la façon d'un homme. Il a fermé la fenêtre quasiment sur le visage du gamin, puis il a plongé la main dans le pot de farine. Il en a extrait un morceau de papier qu'il a à peine lu. Sans me regarder, il est allé chercher des allumettes pour faire brûler la feuille. Enfin, une fois la note entièrement consumée, il a posé les yeux sur moi. Ses yeux et son silence ont eu raison de ma bonne humeur. Sur le visage de mon mari, son départ avait pris toute la place. Il était encore là, avec nous, dans la salle, entre nos murs, pourtant il était absent.

Sa présence lourde et muette donnait une idée du vide qu'il allait nous laisser.

Je n'ai pas su faire.

Ce n'était pas tout à fait ma faute car lui non plus n'a pas su mieux que moi.

Pourtant, j'avais vu un film, un jour, qui finissait sur une séparation affreuse entre un homme et une femme s'aimant à l'infini. J'avais quatorze ans lorsque le curé de l'église nous avait emmenés, moi et d'autres enfants du village, pour la première fois au cinéma. Pour ceux qui n'allaient plus à l'école, ce curé était un cadeau du Ciel. Il nous faisait cours dans son jardin et nous parlait de philosophie, de mathématiques et des cultures du monde entier. Il connaissait toutes les religions et adorait en discuter avec nous, sans jamais en mépriser aucune. Christiane m'accompagnait à tous les cours, moins pour leurs contenus que pour l'enseignant. Elle était complètement enivrée par le charme du prêtre et rêvait d'un amour impossible. Il faut dire qu'il était libre, jeune, drôle et inaccessible. Quatre des qualités masculines auxquelles Christiane n'a jamais su résister. Je dois avouer que, moi-même, à cette époque, ne détestant pas encore les hommes pour ce que celui des foins allait se permettre de me faire quelques années plus tard, j'avais le cœur qui dansait quand il souriait. Son charme était divin, on pouvait imaginer le doigt de Dieu se poser sur le cœur du garçon afin de l'imprégner de sa grâce. Un jour d'été, il nous avait fait cette surprise : emmener tous ses « élèves » au cinéma. J'étais ébahie par la beauté du film, jusqu'à ce qu'arrive cette fin idiote. L'homme tenait le visage de sa bien-aimée en lui promettant de revenir, tandis qu'elle pleurait à s'en noyer les yeux. En sortant, la plupart des jeunes de mon âge étaient aux anges, bercés par l'Amour. Christiane sanglotait encore. Elle hoquetait auprès de son curé chéri que Dieu n'avait pas de cœur s'il était capable de briser des couples comme le montrait ce film. Le curé lui avait répondu : « C'est pour mieux les réunir qu'Il les sépare. L'être humain est capricieux et s'habitue à toutes les choses précieuses. Alors Dieu l'en prive pour lui rappeler que tout est miracle. » Dans le bus, mon amie se moquait de mon air bougon. J'avais aimé le film mais détesté cette fin qui m'avait gâché tout le plaisir. J'arborais une mine renfrognée, croisais les bras en ne disant mot, c'était ma posture de grincheuse.

« Bon alors ? Maintenant, elle tire la tronche parce que le film est romantique ?! Décidément, t'auras jamais fini, ma Rosette, riait-elle en se tapant les cuisses.

— Je ne vois pas en quoi c'est romantique de devoir se séparer. Le gars part faire le tour du monde au lieu de rester auprès de la femme qu'il aime et, toi, tu vas me dire que c'est romantique ? En plus il l'embrasse pendant qu'elle pleure ! Ça tourne pas rond, là-dedans, ma pauvre ! C'est quoi, ce fantasme de pleurer pour un homme ?

— Pas pleurer pour un homme, andouille, pleurer par amour et ce n'est pas un fantasme ! Ce qui est beau, c'est d'aimer tellement quelqu'un qu'on pourrait crever la gueule ouverte s'il s'en allait. C'est ça, le vrai Amour.

— Des clous ! Le vrai Amour, c'est celui qui te veut du bien. Le vrai Amour, c'est celui capable de tout pour t'empêcher de verser des larmes, et non la cause de tes sanglots ! Imbéciles de films de cocottes qui ramollissent le cerveau… Un grand Amour, c'est celui qui combat les choses à combattre et rit des choses à rire.

— Tu n'as rien compris au film. Ils n'ont pas le choix, ils doivent se séparer.

— Il n'a qu'à ne pas prendre ce bateau - lui et sa tête de seigneur - ou elle n'a qu'à partir avec lui - elle et son artichaut d'cœur.

— Tu verras ! Quand l'homme que tu aimeras sera obligé de partir, tu pleureras plus que la femme dans le film. Et parce que je suis ton amie, je viendrai te consoler sans te reprocher de m'avoir cassé la tête pendant des heures.

— Quand moi je partirai !

— Quoi encore ?!

— Pourquoi lui ? Pourquoi ce serait lui qui partirait ? Pourquoi toujours le gars qui s'en va conquérir je ne sais quoi et la femme qui l'attend ? On sait quand même faire autre chose qu'attendre, non ?! Moi, en tout cas, je sais faire autre chose ! Alors, quand moi, je partirai ! JE partirai dans mon Sud et IL pleurera fort !

— Ben voilà ! Tu vois ton problème ? C'est ta fierté. Elle te rend indécrottable. Tu ne connaîtras jamais l'amour car tu es bien trop fière pour abandonner quoi que ce soit à quiconque, mais l'abandon, ça fait partie de la chose. »

Tandis que Christiane boudait, je me suis tournée vers la fenêtre pour prier en faisant bien attention à ce qu'elle ne me voie pas. J'ai murmuré : « Pitié, faites que ça ne m'arrive jamais. Amen. » Voilà que, cinq ans plus tard, Dieu me répondait enfin. Et quelle réponse ! S'il voulait me donner une bonne leçon, il n'aurait pas pu faire plus efficace.

Nous n'avons pas su nous dire « au revoir ».

Nous ne nous sommes pas embrassés. Ni étreints. Ni souris. Je n'ai pas osé pleurer devant lui, lui non plus. Nous étions désemparés l'un face à l'autre. C'est vrai qu'on avait la gueule ouverte, et c'est vrai que ça ressemblait à mourir. C'étaient les pires « au revoir » du monde car ils n'en étaient pas. Il aurait pu s'en aller tailler les rosiers qu'on aurait fait plus de cérémonie. Avant que la porte claque, j'ai réussi à lui dire : « Reviens. » Il m'a regardée, il a regardé Michèle, puis il a réussi à répondre : « D'accord. »

Je suis allée me poster devant la fenêtre. J'avais du mal à respirer. Je n'avais pas envisagé que cela puisse faire autant mal au corps. André était déjà en train d'avancer dans le froid matinal. Son dos était crispé. Il cheminait avec nervosité. Même la brume s'était figée pour faire le guet. Il était hors de question de pleurer devant l'enfant. Alors, je ne sais pourquoi, je ne sais d'où cela est sorti, mais là, derrière la fenêtre, j'ai pointé mes doigts vers le Petit Vannier comme on pointe une arme. J'ai dégainé mon pistolet imaginaire. Je visais ses cuisses en fermant un œil tel un cow-boy. Michèle était toujours sur son petit cheval et me regardait en silence. J'ai posé mon doigt sur la détente. J'ai murmuré : « Pan ! » Mon souffle a créé un nuage sur la vitre. Comme par magie, le Petit Vannier a vacillé au loin. J'ai eu de l'espoir. Mais il a repris sa marche. Avalé par le brouillard, il a disparu progressivement.

Mon espoir aussi. Ce matin-là, si j'avais eu un fusil, j'aurais tiré dans sa cuisse. Il serait tombé au sol, je l'aurais porté jusqu'à son lit. J'aurais tiré sur mon mari pour le garder auprès de moi. Sans foi ni loi.

Je suis restée longtemps à la fenêtre même si je ne le distinguais plus. Je crois que, s'il n'y avait pas eu Michèle, je serais restée devant des années. Mais il y avait Michèle. Alors je l'ai fait descendre de son petit cheval, je l'ai prise dans mes bras et je suis allée dans l'atelier. À mon bureau, j'ai saisi un stylo, l'un des cahiers que m'avait offerts André, et j'ai écrit :

1 – Inscrire Michèle à l'école.
2 – Apprendre l'accordéon et faire chanter Michèle.
3 – Lui payer des cours de chant.
4 – Vendre les meubles.
5 – Fabriquer les meubles d'après les croquis.
6 – Acheter un magasin en ville.
7 – Vieillir avec panache.

Cela a été un soulagement. Poser le crayon sur le bout de papier, y déposer des mots qui devenaient quelque chose à bâtir. Quelque chose auquel se raccrocher. Le crayon, telle une baguette de sorcier, faisait apparaître sur la feuille un avenir agréable. J'y trouvais la solution à mes douleurs. Un mot égale un poids en moins dans la poitrine. Pareil au verre de gnôle après une journée de travail éreintante, qui laisse pourtant les assiettes vides. Pareil à la cigarette qui tourne la tête et fait danser les soucis. Mieux que la drogue dont parlait mon grand-père, celle qu'il avait prise sur le front lors de la guerre précédente pour oublier les cadavres de ses amis. Je possédais un pouvoir sur la réalité. Depuis, je n'ai jamais cessé d'écrire.

Nous avons organisé de fausses funérailles. Grâce à Josette, aux enfants et à ma fille, la chose a été comique. Nous imaginions donner une pièce de théâtre, tous ensemble. Un vaudeville en décor réel. Josette était un exemple. Marcher à ses côtés et envisager le futur devenait un chemin à tracer, une simple déviation. Ce n'était pas « grave ». Ce n'était pas un « drame ». C'était « la vie, ma Rose », avec un soupir qui laissait exulter ses angoisses pour qu'elles ne demeurent pas en elle. Nous avons fait les funérailles de la même façon que nous serions parties pique-niquer, avec une légèreté champêtre. En demandant aux enfants de jouer la comédie. Ils ont adoré cela. Le plus grand, Daniel, marchait à mes côtés. Il feignait les larmes en se servant d'oignons. Il frottait le bulbe entre ses doigts puis se passait les mains sur le visage. Il sentait fort le potage. Cela nous faisait pouffer, lui et moi. Lorsque j'ai confié le devoir à Michèle de duper les Salauds pour que son papa puisse aller leur casser la gueule, son visage s'est éclairé. Elle aussi marchait au pas derrière le cortège. Au cimetière, elle a même réussi à pleurer. Dès qu'une larme s'écoulait sur sa joue, elle me tirait sur la manche et me glissait un sourire en me montrant son petit numéro. Moi je pleurais pour de vrai, mais je faisais croire que c'était pour de faux. Je découvrais la croix que nous avions posée au-dessus d'un trou vide, je sentais cette odeur d'oignon, la main de Michèle, la beauté de Josette et son regard droit, les enfants qui se mordaient les joues pour ne pas rire. J'ai scruté le ciel. J'avais envie de faire un clin d'œil en direction des nuages et de dire : « Je ne sais pas ce que vous avez prévu pour la suite, mais vous avez un drôle de sens de l'humour. »

Lettre n° 2

Je t'ai écrit une première lettre. Elle ressemblait un peu à ces gens malheureux qui aiment être malheureux, tu vois de qui je parle ? Ceux qui sont là à geindre « Avant ceci… avant cela… mais maintenant c'est fini et c'est si triste, bla-bla… » Voilà, en somme, ma lettre racontait cela, alors je l'ai déchirée, bien sûr. Je suis un peu méchante de me moquer de ceux qui pleurent le passé, je le sais. Mais on va dire que, désormais, si je ne porte pas en horreur les gens qui ont des regrets, ma vie est fichue. Il ne faut pas que j'aime le passé. Je n'en ai pas le temps.

J'ai écrit une deuxième première lettre. Cette fois, tu en as pris pour ton grade. Je n'oserai pas te dire ce que je t'écrivais mais, en large, il y avait toute la colère que je te porte. Je suis en colère contre la guerre mais, la guerre, je ne peux pas lui envoyer de lettre, alors c'est toi qui paies. Je me suis sentie un peu coupable de t'écrire ces insultes, donc j'ai rédigé une autre lettre encore. Elle était l'opposé de la précédente. J'ai loué ton courage. J'allais la poster, celle-là, mais j'ai voulu y ajouter quelques phrases. Je voulais ta chair dans ma chair. J'ai pris le temps de t'écrire en détail ce que je désirais en utilisant le vocabulaire adéquat (si tu vois ce que je veux dire), mais l'idée que quelqu'un d'autre que toi puisse la lire… ! Alors je l'ai vite chiffonnée. Dans une autre, j'ai composé un poème, figure-toi, mais il était pompeux. Je ne m'étais jamais rendu compte à quel point les figures de style peuvent faire passer une personne honnête pour une crâneuse. Les rimes sans pudeur ne riment à rien et je crois que faire rimer des mots avec humilité, c'est le grand talent des poètes. Mes rimes ressemblaient à de grosses bourgeoises qui sortent la robe à mille frous-frous pour aller avaler un sandwich un jour de pique-nique. L'humilité, ça se travaille, avec conscience et précision, c'est tout un art. Je me demande depuis : « Si quelqu'un dit "Je suis humble", le reste-t-il ? » Je t'embête avec mes questions, va. Tu as autre chose à penser. Bref, j'ai écrit beaucoup de premières lettres. Alors j'ai décidé quelque chose. Il n'y aura pas de première lettre. Je ne vais pas ouvrir les guillemets, je ne vais pas mettre de majuscule au début de la phrase, je ne vais pas commencer cette histoire. On va faire comme si tout allait bien. Après ces réflexions, je comprends beaucoup mieux pourquoi tu m'avais demandé de t'écrire « les petites choses ». Elles sont, en fait, les seules qui comptent. Les petites choses, c'est la vie. Le pain qui brûle, Michèle qui se barbouille la tête de confiture, la mère Machin qui a perdu son chat. Je te raconterai cela tous les jours, j'aurai l'impression que tu seras à côté de moi. Je vais faire comme ma mère, arrêter avec les fioritures, ne pas m'encombrer la vie avec les trucs en trop. Il n'y aura pas de lettre n° 1.

Je t'embrasse, mon André. À demain.

VIII

Les semelles des petits sabots en carton de l'enfant fondaient lorsque le sol était mouillé. « Pshouitt pshouitt », faisait chacun de ses pas dans la nuit. Mais il nous fallait être les plus silencieuses possible. Personne ne devait nous repérer. J'entendais Michèle rouspéter contre ses chaussures : « Chuuuuuut » et, moi, je rouspétais contre Michèle : « Chut chut chut ! » J'aurais dû la trouver attendrissante, là, dans la nuit noire, avec ses galoches foutues et elle qui s'adresse à ses pieds, mais j'étais trop peureuse. Chaque fois que ma fille émettait un son, mon estomac se retournait. Un peu plus d'un an était passé. Je m'étais ennuyée du temps, j'avais attendu qu'il se lasse de lui-même en regardant ses aiguilles faire la ronde. Je rêvais de les voir sortir du cadrant d'un air rebelle et dire : « Y en a marre, de faire toujours le même tour, on se barre ! On va voir du pays ! Ne t'inquiète pas, Rose, on t'enverra des lettres, nous. » J'espérais la révolution des horloges. Mais non, tranquillement, toujours dans le même mouvement, l'horloge de l'église faisait d'André un souvenir. J'avais entamé une routine qui nous offrait un rythme rassurant. Les mêmes tartines aux mêmes heures, et les mêmes jeux de joie. Je fabriquais des meubles quand j'avais du courage, j'écrivais quand j'étais fatiguée. Michèle voulait des histoires, les histoires de son papa. Alors j'inventais, bien sûr, je ne savais rien. *Deux mots pour te dire que nous avons dû partir. Je t'écrirai plus longuement. Reçois mes caresses, ici, ton cou, et là, ta bouche. Embrasse Mimi chérie. Ma petite fille formidable qui, je l'espère, est sage et travaille bien. J'ai hâte de vous retrouver.* Voilà ce qu'il y avait dans la boîte aux lettres quand Michèle l'ouvrait. Elle apportait le courrier en trépignant de joie et me demandait de le lui lire plusieurs fois. Nous allions ramasser les prunes pour en faire des confitures que nous allions vendre sur les marchés, en compagnie de ma mère. Plus pour longtemps. « On descend chez ton oncle, Rose. Dans le Sud, les choses se passent bien. Venez avec nous. » Ma mère allait partir, mon père avec elle. Christiane s'était enfuie, mon enfance avec elle. Les voisins disparaissaient petit à petit. Ils s'en étaient allés, tous ceux qui faisaient de ce village mon pays, mais moi je resterai ici. Je n'en démordais pas. Ici même. André, c'est ici qu'il allait revenir. Ici, dans l'atelier, dans le salon, dans la grange, dans la cuisine, dans la salle de bains, dans le lit, sous les draps, sur le toit du clocher, sur la place de l'église, dans la salle de bal. Ici, André allait revenir, alors je l'attendrai ici. Je restais soudée à cette maison. Mes quelques sous me permettaient de l'entretenir et de nourrir ma petite. Mais ils n'étaient pas suffisants pour aller au bout de ma liste ambitieuse, qui s'agrandissait un peu plus tous les soirs :

8 – *Prendre les billets de train pour l'emmener passer des concours dans les villes.*

9 – Payer le prix d'un enregistrement pour que sa voix résonne sur toutes les ondes de radio du pays et atterrisse dans les oreilles d'André.

Durant cette période, je me suis inventé un talent certain pour la petite criminalité. Je volais les haricots de ma grand-mère, la nuit, par poignées, afin de les fourguer aux hôtels. C'est vrai qu'il m'aurait suffi de demander à mon aïeule de me laisser lui vendre ses haricots, pour toucher une commission. Elle aurait accepté sans rechigner, bien au contraire. Elle aurait dit : « Évidemment ! Prends, ma petite, prends. Ce qui est à moi est à toi. » Oui. Mais je connaissais le monde. Je pouvais être sûre que le reste de ma vie aurait été bercé par : « Tout ce que j'ai fait pour toi, Rose. Tu me dois bien ça, Rose. Tu faisais moins la fière, quand tu avais besoin de moi, Rose. Si je n'avais pas été là, Rose, Dieu sait… Lave-moi les pieds et ne fais pas cette tête, Rose. Ce n'est pas cher payé. » Non, la paix, au diable les loyautés familiales ! Je préférais risquer le courroux de mon bon Dieu plutôt que de me sentir redevable toute ma vie envers des mécènes tyranniques. Il n'y avait rien de pire que les générosités intéressées, et le monde était devenu une pouponnière d'altruistes vénaux. Alors, je volais les haricots de ma grand-mère et les revendais grassement. Après chaque panier vendu, je demandais pardon au bon Dieu et à la Vierge Marie, puis je recommençais dès le lendemain sans avoir peur du Jugement dernier. C'était pratique. Les premières fois, seule, j'attendais que Michèle dorme pour m'habiller de noir. Je transformais légèrement ma silhouette en lui donnant une allure masculine à l'aide des vestes d'André. Je prenais un sac à dos et j'allais, sans m'éclairer, à travers champs. Mes yeux finissaient par s'accoutumer si bien à l'obscurité que la lumière de la Lune m'était suffisante pour avancer sans me blesser. J'arrivais à distinguer les lieux et je pouvais me permettre des raccourcis à travers les prairies aux moutons. Mais un soir, je m'étais sentie épiée. J'y aurais prêté peu d'attention, car j'avais l'habitude d'avoir tous les yeux des animaux insomniaques rivés sur moi, si je n'avais pas eu cette impression d'avoir été prise en filature. Rapidement, je m'étais cachée au milieu des moutons. Ils étaient blottis les uns contre les autres pour la nuit et la montagne de laine tiède était une planque confortable. Dissimulée parmi eux, je pouvais attendre et découvrir si j'étais devenue paranoïaque, ou si quelqu'un avait jeté son dévolu sur mes haricots. Au bout d'un moment, j'avais vu sortir de derrière un arbre une silhouette très étrange. J'avais pensé avec une certitude absolue – du genre que seules les nuits profondes et la solitude nous font avoir : « Très bien, Rose, il y a un démon ou un dieu qui te suit. » J'avais fouillé dans ma mémoire ce que m'avait enseigné le curé à propos des dieux, déesses et diables du monde entier. Il existait une multitude de créatures que certaines cultures appelaient des génies, dont la forme corporelle était aussi biscornue que cette chose se trouvant non loin de moi. Mon cœur battait la chamade. Soudain, ce drôle de monstre s'était mis à chercher autour de lui avec une immense panique. Il tombait, se relevait, fouinait dans tous les sens. J'avais entendu comme un sanglot, puis des pleurs. Il s'était assis au sol pour hoqueter. J'hésitais à sortir de ma cachette, c'était peut-être une ruse sournoise de sa part. Puis j'avais entendu : « Maman… » J'avais bondi hors des moutons et sauté sur ma fille pour la prendre dans mes bras, terrifiée que ma petite Michèle m'ait suivie dans cette nuit dangereuse, chamboulée de constater que, dans la nuit sombre, elle avait l'air d'un mythe.

Depuis cette aventure, Michèle refusait de dormir et j'étais obligée de l'emmener avec moi. Lorsque nous rentrions de nos chapardages, elle avait pour habitude de boire un lait au miel pendant que je m'enfilais un verre de gnôle. Nous dégustions nos breuvages devant le panier de haricots, avec une grande satisfaction. Malheureusement, au bout d'un certain temps, ni le lait ni le miel ne faisaient vraiment partie des ingrédients de son plaisir du soir. La boisson de ma fille était devenue de l'eau chaude avec quelques cuillères de lait, parsemée d'épluchures de pommes pour aromatiser un peu la chose. Je lui tendais la tasse, honteuse. J'aurais eu le cœur déchiré si, à la question : « Pourquoi tu ne me donnes plus mon lait au miel ? », j'avais dû lui répondre : « Parce que je ne le peux pas. » Elle prenait la tasse entre ses mains, elle regardait le liquide transparent, dubitative. Elle me jetait un coup d'œil. Je restais silencieuse. Puis elle buvait la boisson, mine de rien. Une fois la tasse vide, souvent, Michèle poussait un grand soupir de contentement avant de me montrer le dessus de sa lèvre : même si sa boisson avait changé, même si la vie n'était plus la même, la petite continuait à appeler cette boisson « le lait au miel » et me demandait tous les soirs si elle avait une moustache comme les chats. Je jouais le jeu. Peut-être savait-elle que je faisais semblant, peut-être faisions-nous semblant toutes les deux. Peut-être que la boisson n'avait plus vraiment de nom car le moment le lui avait volé. Ce n'était plus la boisson qui avait un goût de miel, c'était cet instant. Nous deux, en tenues de cambrioleuse, satisfaites et essoufflées, buvant en silence dans la complicité de la nuit. Le nectar, c'était ça. Et puis, tout en écossant les haricots, nous nous mettions à discuter. Régulièrement, elle me demandait : « Là, il fait quoi ? » J'inventais ce qu'il me passait par la tête. C'était plutôt agréable d'imaginer mon André sauver notre pays. « Là, tout de suite ? Euh… Là, tout de suite, il fait exploser un train. » J'ouvrais le ventre des haricots. À l'intérieur de ces entrailles, de délicieuses graines sucrées. Je passais mon doigt de haut en bas pour les faire tomber dans le saladier. Elles faisaient chanter la porcelaine quand elles atterrissaient sur ses parois. *Mi sol si ré* jouait le saladier tandis que Michèle demandait :

« Pourquoi papa fait ça ?

— Parce que c'est un train de ravitaillement. Il contient des centaines et des centaines de fusils et de munitions, dont les Salauds veulent se servir pour faire peur à tout le monde.

— Pourquoi ?

— Parce que la peur gagne toujours, c'est la meilleure des armes.

— Pourquoi ?

— Parce que la faiblesse de l'un n'est pas la croix de l'autre. Surtout en temps de guerre. Bien au contraire, elle devient un atout pour l'ennemi. C'est pour ça qu'il ne faut rien leur donner, Michèle. Même pas nos peurs. Sinon, ils gagnent.

— Pourquoi papa ne fait pas exploser la peur ?

— Qu'est-ce que tu racontes ?

— Pourquoi papa fait exploser les fusils et pas la peur ?

— Parce que ce n'est pas possible, Michèle.

— Toi, tu fais exploser la colère, parfois. Tu dis : "Je vais exploser la colère."

— "... de". Je vais exploser "de". Ça n'a rien à voir.

— Il faut les bons outils, peut-être ?

— On ne peut exploser ni la peur ni la colère avec des outils.

— Alors il faudrait quoi ?

— Disons que... Eh bien, il faudrait sans doute des brouettes et des brouettes de courage. Voilà. On n'a qu'à dire ça.

— Il en reste peut-être dans la grange ?

— Bonne idée, nous irons vérifier.

— Mais peut-être que, papa, il a pris toutes les brouettes ?!

— Ah oui. Mince, tu as raison.

— Il aurait pu penser à nous, quand même !

— Papa casse la gueule aux Salauds à l'heure actuelle, alors il a plus besoin des brouettes que nous. »

Elle adorait que je dise cela : « Leur casser la gueule. Ton papa leur casse la gueule. » Elle riait tant que le « lait au miel » lui sortait des narines. Une fois le saladier plein, je l'entourais de torchons et le laissais dans la grange afin d'aller les vendre à l'hôtel le lendemain. Avec cet argent, je comptais acheter des poules pour avoir des œufs. Les rations que l'on nous imposait étaient légères, et je voulais avoir le choix. Manger de la viande ou non, le jeudi ou le mardi. Des œufs le matin, ou du pain, avec du beurre ou sans. C'était le « ou » qui changeait tout. C'est de ce « ou » que j'avais besoin pour garder la tête haute.

Le matin, nous filions à la ville vendre les haricots. Michèle m'accompagnerait jusqu'à ce que je parvienne à la faire entrer à l'école. Mais elle était si chétive que le maître refusait de lui enseigner quoi que ce soit, l'imbécile : « Elle n'est pas faite pour les études. Attendez qu'elle soit plus ossue. » Ma fille jamais ne serait ossue. Elle était comme son père, comme un oiseau, comme du vent. Elle passait au-dessus des nuages. Le maître ne connaissait pas ma liste. Il ne savait pas qu'il entendrait la voix de ma fille partout sur les ondes. Il ne savait pas que sa voix allait faire revenir André. Il ne savait pas que même les Salauds demanderaient des autographes à mon enfant. Dans quelques mois, dans quelques années. Bientôt. C'était inscrit sur ma liste, j'allais y arriver. Grâce à l'argent des haricots, nous avons pu nous offrir des poussins. Les poules étaient bien plus coûteuses que je ne l'avais espéré, et il était hors de question pour moi d'essayer d'amadouer le fermier par ces moyens dont certaines femmes disposent. Peu importe, ma fille n'en était que plus heureuse car elle avait désormais comme devoir de couver ces petites boules jaunes. Nous les avons mises dans une boîte à chaussures et nous sommes reparties. Elle les tenait avec beaucoup de précaution. Elle leur chantait une chanson pour les calmer.

Maman me balade sur les p'tits sentiers
Y a rien d'autre au monde que j'aurais préféré !
Elle fait des charades, elle aime bien m'expliquer
Toutes les choses du monde, puis me donne un baiser

Tous ces haricots pour deux poussins qui ne pondraient pas d'œufs avant des lustres, et le visage de Michèle qui se creusait. Mon corps avait faim de tout. Mon cœur avait faim pour deux. Nous sommes arrivées devant la maison. Là, une odeur m'a tordu l'estomac : du lard. Et je savais d'où il venait : du lard de chez le grand Jojo. Ma fille ne sentait rien et discutait avec ses petites bêtes aussi mignonnes qu'inutiles. Sans la prévenir, j'ai saisi la boîte et j'ai avancé jusqu'au lard. « Maman ? – Chut… attends, Mimi. » J'ai frappé chez le grand Jojo, déterminée, trois coups secs. TOC. TOC. TOC. J'ai tendu la boîte ouverte vers la porte. Je pouvais sentir les poussins terrifiés par mes gestes brusques, ainsi que le cœur de Michèle se serrer. La porte s'est ouverte sur la femme de Jojo, incapable de la moindre générosité. « Qu'est-ce que tu veux, Rose ? » Je lui ai tendu les petites bêtes avec plus de vigueur. « Madeleine, un morceau de lard contre les poussins. Un seul morceau. » Je voyais déjà perler des larmes dans les yeux de ma fille. Elle me fixait comme si j'étais l'une des sorcières de ses contes du soir. Mais il fallait qu'elle mange, bon Dieu ! Elle était plus sèche qu'une tige d'osier. Madeleine a ri, cette peste. « Va t'acheter un cochon, si tu veux du lard. Faut être malin, un peu… Des poussins contre du lard ! Et puis quoi encore ? – Et avec quoi elle le nourrit, le cochon, grosse conne ? », a hurlé le grand Jojo, qui avait suivi la scène depuis la grange. Il nous a rejointes, a lancé un regard des plus durs à sa femme. Ma fille pleurait en silence. Jojo s'est penché vers elle. « Tu ne veux plus de tes poussins, Mimi ? » Michèle a plongé ses yeux dans les miens. J'y ai vu une réalité violente crever ses iris. Elle a osé dire : « Est-ce que je pourrai venir les voir quand même ? » Je savais ce qu'ils allaient en faire, moi, de ses bestioles. Ils allaient les écraser tout crus avec un reste de patates pourries et les servir en bouillie aux cochons. Jojo n'a pas osé lui mentir. « Non, Mimi, ce ne sera pas possible, ça. Mais j'ai des lapins, tu pourras venir t'occuper des lapins. » Ses poussinets contre du lard. Du gras de cochon contre ses poussinets. J'ai eu honte. J'ai refermé la boîte que j'ai mise sous mon coude. Puis, la main de ma fille dans la mienne, je suis rentrée à la maison. J'ai tourné le dos au lard. Être mère, c'est avoir faim, mais sauver les poussins.

Un soir, je suis allée boire un coup chez Josette. Elle était en larmes. Elle m'a confié ce qu'elle avait appris. Elle avait eu des nouvelles. Je ne voulais pas les entendre. Je lui disais de se taire. Je lui ai donné mes bras pour qu'elle pleure, mais je lui ai interdit de se plaindre avec des mots. Si elle avait envie d'avoir de la peine et des regrets, c'était son problème.

*

Le chemin de fer n'est pas très loin. À l'horizon, entre quelques arbres, il arrive à distinguer la machine à vapeur. Caché derrière les troncs, le petit groupe reprend son souffle en silence tout en épiant la locomotive. Épervier, lui, observe chaque mouvement. Écoute. S'apprête. Son cœur bat à tout rompre. Il n'a plus peur et c'est sans doute pour cette raison qu'on l'envoie, lui et aucun autre, exécuter les missions les plus périlleuses. Son sang-froid est un exemple pour ses compagnons. Épervier ne panique jamais plus, il sait que sa vie ne dépend pas de lui mais des circonstances. Il regarde Mars, leur chef. Il attend ses directives, ce dernier lui demande de patienter encore un peu. Alors Épervier respire l'odeur que dégage la forêt humide. Il perçoit au loin le bruit des pas sur les graviers qui entourent la machine et quelques discussions en langue ennemie. Il croise le regard de Chasseur, son ami est plus pâle que lui. Chasseur meurt de trouille chaque fois que l'on envoie son frère au casse-pipe. Il pense : « S'il meurt, je ne m'en remettrais pas. Je deviendrais fou. » Soudain, un craquement. Épervier se retourne, prêt à en découdre. Il se retrouve face à une biche. Tous deux se regardent longuement. S'il l'effraie, si elle court : elle les dénonce. Il la supplie des yeux de ne pas avoir peur, de faire comme si elle n'avait rien vu, de continuer sa vie et de repartir tranquillement. Mais la biche est sur le point de bondir. Elle le fixe, les muscles contractés. Là-bas, la locomotive fait un bruit d'éternuement. L'animal saute et fuse. Épervier regarde Mars, c'est maintenant. Alors il repositionne son sac sur son dos, prend une inspiration et s'extrait du cœur de la forêt. Enfin, il se faufile sous la machine à vapeur, entre les rails. Le plus silencieusement possible, il sort les bâtons de dynamite de son sac et les enfonce dans les rouages. Il y est presque, craquer l'allumette, allumer les mèches, glisser entre les roues et courir vers les arbres en espérant qu'aucune balle ne l'atteigne. Mais des pieds ennemis arrivent à son niveau et s'arrêtent. Il empoigne le métal et soulève son corps du sol. Il reste agrippé ainsi, comme un singe pendu au ventre de sa mère. Entre ses doigts, l'allumette se consume et la flamme vient lui caresser la peau. Les pieds restent immobiles. Au-dessus de lui, il entend des pas qui se baladent au sein des wagons. La locomotive éternue de nouveau et démarre. Épervier demeure accroché. L'allumette s'est éteinte. Il tente, tout en étant suspendu, de saisir la boîte, de l'ouvrir et de craquer le bâtonnet. Il perd un temps précieux, le train accélère, la forêt s'éloigne. Il échoue une fois. Il ressaie. Il échoue une deuxième fois. Il manque lâcher la boîte. Enfin, en coinçant l'allumette entre ses lèvres, en se tenant d'un seul bras, il parvient à faire éclore la flamme puis à allumer les mèches. Il se laisse tomber avec soulagement. La machine lui passe au-dessus comme si elle voulait le dévorer. Il lève la tête légèrement et regarde la dynamite s'éloigner en se consumant. Il respire un peu. Il est possible qu'il explose en même temps que le train. Il le sait. Il le comprend. Il l'accepte. Il ferme les yeux. Des coups de feu retentissent à la hauteur de la gare. Il aperçoit les silhouettes de ses comparses et des corps ennemis s'affaisser. Il reprend espoir. Il observe les roues qui se succèdent de chaque côté des rails en l'effleurant. Il faut se glisser. Il peut se glisser. Un. Deux. Trois. Non. C'est impossible. Il va se faire arracher les membres. Il se demande ce qui serait pire. Survivre le corps déchiqueté ou mourir un bon coup ? Sans aucun doute, mourir un bon coup. Il entend des cris, des encouragements. Puis un pas de course. « Épervier ? Épervier ? », des pieds qui cherchent, qui s'arrêtent à ses côtés et enfin le visage ensanglanté de Chasseur qui se penche vers lui. Les roues défilent à toute vitesse entre leurs visages. « Allez ! Allez ! » D'accord. Au moins, même en lambeaux, il pourrait assister à leurs succès, aux sourires de sa femme, à l'adolescence de sa fille. Il se faufile entre les roues. Elles lui broient quelques orteils gauches. Son ami le soulève. Ils courent. Épervier ne sait pas comment, mais ils courent. Ils rejoignent la forêt. Les balles fusent. Ils font la course avec les projectiles, qui s'échouent sur les troncs. Épervier envie les arbres d'être aussi imperturbables. Il court. Il hurle de douleur. Son pied lui fait souffrir le martyre, mais il détale. À sa droite, il croise la biche qui en fait autant. Il sourit. De leur côté, les arbres regardent les petits trous que laissent les balles sur leur écorce, puis soupirent et reprennent leur méditation.

IX

Lettre n° 382

Alors tu vois, nous ferons un peu de goutte, même si nous n'en avons pas le droit. Je t'en garderai. Tu me diras si tu as besoin d'argent, écris-moi comme tu me l'as promis, moi je le fais aussi souvent que possible. Il faut que je te demande : où sont les coins pour fendre le bois ? Je ne les trouve pas. Je me débrouille autrement, va, depuis le temps. Mais j'aimerais retrouver les tiens. Ce serait bien de travailler avec tes outils. Suis mes lettres pour répondre à ce que je te demande. Dis-moi si tu as reçu celle-ci en précisant la date. J'essaie de t'écrire tous les jours mais cela doit arriver que je ne t'écrive pas en pensant l'avoir fait déjà. Ou parfois je dois t'écrire deux fois en imaginant l'inverse. Je suis heureuse d'être ta femme, tu sais que j'ai dit oui de bon cœur. Mais comprends donc, avec toi ou un autre, ma réflexion serait la même, vu les circonstances. Tu crois que c'est une vie, toi, d'avoir toujours cet ennui dans la tête, du matin au soir ? Michèle parle bien. Josette me dit qu'elle est en avance. Qui sait, peut-être que c'est elle qui va finir par t'envoyer des lettres ? Ta Rosette

J'ai pu inscrire la petite à l'école et cela grâce à un décret sympathique qui imposait la fermeture des pâtisseries et l'interdiction de la vente d'alcool. Il n'y a pas eu meilleur moyen de soudoyer l'instituteur sceptique à tendance poivrot. Les prunes, qui me servaient pour les compotes et confitures, ont changé de destin. Je récoltais les plus mûres, je les entassais dans un tonneau que je dissimulais derrière la bibliothèque de l'atelier. À l'aide d'un lourd manche de bois, je les broyais le plus silencieusement possible. Il me fallait être discrète. Le bruit de la chair écrasée, l'odeur des fruits qui fermentaient étaient un rituel bien connu de mes voisins, or je me méfiais désormais de tout le monde. Perdre la confiance en l'autre a fait naître en moi un sentiment de solitude atroce. Lorsque les prunes rendaient une mousse généreuse, j'allais leur faire chauffer la chair dans l'alambic que Josette avait conservé en secret. Toute la gourmandise de cet alcool tenait dans ce rite long et chorégraphié. Les litres de jus fermenté s'accumulaient dans l'énorme machine en fer. Nous faisions monter progressivement la température à l'aide d'un foyer brûlant, que l'on mettait sous le cul de l'alambic. Le bonheur de ces longs après-midi était de faire cuire des pommes de terre lentement au sein même de ce foyer, puis de les manger telle une grosse part de gâteau. Les prendre à pleines mains, encore chaudes, avec une pincée de sucre, et les déguster à en avoir la bouche pleine. Nous attendions des heures dans cette pièce secrète. Les enfants observaient le processus avec une certaine admiration. La chaleur que dégageait l'alambic couplée à l'odeur des fruits maturés faisait de ces après-midi des moments de liesse. Nous attendions tous ensemble que le nectar transparent, semblable à de l'eau de source, s'écoule doucement du robinet, presque goutte par goutte. Les gosses étaient ébaubis de voir cette eau claire provenir de la bouillasse jaunâtre qu'ils avaient aidée à verser dans l'alambic. Nous nous offrions, Josette et moi, une petite rasade et les gamins, qu'importait leur âge, pouvaient y tremper le bout de l'index. Nous voulions qu'ils connaissent le goût de leur patience. Josette gardait la moitié de l'alcool et je repartais avec mes bouteilles de gnôle. L'instituteur n'a pu refuser mes cadeaux et a accueilli à bras ouverts mon enfant. J'allais ainsi rayer une première chose de ma liste. Je suis rentrée joyeuse pour écraser la mine de mon crayon sur cette phrase et la barrer avec soulagement.

Puis je me suis accordé une cigarette, les pieds sur la table, face à la fenêtre qui donnait sur la place et offrait une vue imprenable sur le clocher. Allez savoir pourquoi, dans nos rationnements, mon pays avait trouvé judicieux et nécessaire de fournir aux femmes – et uniquement à elles – des morceaux de tabac et des cigarettes, plutôt qu'un bout de viande, du sucre ou du chocolat supplémentaire. Comme tout le monde, j'ai d'abord hurlé au scandale, méprisant ces bâtonnets qui ne servaient à rien d'autre que rendre malades les rares d'entre nous qui ne l'étaient pas encore. Mais, comme tout le monde, est arrivé un temps où la cigarette a largement valu un morceau de chocolat. J'imaginais mon caillouteux de père me dire : « Alors, tu vois, qu'on est bien content de peu, fille ! Tu deviens plus intelligente maintenant que tu comprends la vie. » Je balançais ma tête en arrière, inspirais ce petit plaisir, et le recrachais avec malice en donnant à la fumée des airs d'alliance. Je me sentais proche d'André. J'imaginais ce que j'allais écrire dans mes lettres. « Bonjour, André. Tu peux être fier, Michèle étudie. Tout mon amour. Rose. » Elle était à l'école, j'avais fini cinq meubles, je savais jouer deux valses et les dizaines de bouteilles de gnôle m'offriraient du lard, du blé et du chocolat. Je me voyais déjà propriétaire d'un magasin, engageant de la main-d'œuvre et sillonnant les villes. Je ne voyais pas la guerre. Elle n'était rien d'autre qu'un départ et une liste à tenir pour supporter l'absence de mon mari.

Ils sont arrivés sans prévenir. Ils sont entrés dans les maisons, celle de Roger, celle de Josette, celle du grand Jojo, celle du curé. Ils en ont extirpé des hommes et des femmes et quelques gamins. Ils les ont tirés par les cheveux et les ont réunis sur la place, face à l'église. Tout droit devant mes yeux. Ils ont tiré sans hésiter. Ceux désignés par leur courroux sont tombés raides, sans avoir tout à fait le temps de se demander ce qu'il leur arrivait. Je l'ai senti dans le regard de Josette. Un Salaud pointait son pistolet au niveau de sa poitrine. Elle tenait le petit Émile. J'avais encore les jambes croisées, les pieds sur la table et la cigarette au bout des lèvres. Je n'ai pas eu le temps de changer de posture. Je ne sais si elle m'a vue. J'étais derrière son reflet. Elle a pâli pendant le coup, puis s'est échouée sur le sol. Cette image s'est incrustée sous mes paupières. Chaque fois que je clignais des yeux, je la revoyais. Il y avait aussi le petit Émile qui tombait. Durant sa chute, tout le corps de l'enfant déplorait les cabanes qu'il n'avait pas finies, et les baisers qu'il n'avait pas donnés. Ensuite, le silence.

Nous étions tous cachés derrière nos fenêtres, pris d'une curiosité morbide qui poussait chacun de nous à contempler les corps, hypnotisés par la fulgurance de leur mort. Les assassins le savaient. Ils ont hurlé assez fort pour que nous les entendions avec leur accent ridicule. « Des sauvages explosent nos machines. Alors nous tuerons. Vous. Chaque fois. Vieux et femmes et enfants. Vous mourrez. » Pas un bruit dans le village. Même les oiseaux s'étaient tus. Je restais assise, pétrifiée. Je fixais celui qui parlait. Il a alors tourné son regard meurtrier dans ma direction, comme s'il pouvait me voir à travers la vitre. Je me suis levée dans un sursaut pour échapper à sa vision et me suis glissée contre le mur. Je me rappelle ce à quoi je pensais. Je me rappelle avoir été égoïste. Je ne pensais pas à ma fille, ni à Josette, ni à Émile, pas même à André. Je voulais me cacher. C'est tout. Me cacher, disparaître. En n'ayant qu'un seul désir : vite, que cet instant passe. Que ce ne soit plus qu'un souvenir. J'ai entendu toquer aux carreaux. J'ai cru mourir. Je n'ai pas bougé. On a de nouveau toqué. « Mademoiselle, je sais vous ici. Je casse la fenêtre ? » J'ai un peu vomi, je me suis essuyé la bouche et j'ai ouvert. Je me suis retrouvée nez à nez avec lui, les cadavres en paysage de fond. Il m'a saluée de cet air de Salaud. Claquant ses pieds et sa langue. « Vous habitez seule ? » Je n'ai su quoi répondre, alors j'ai acquiescé. Il s'est penché dans le salon. Il a saisi la cigarette que j'avais laissée sur la table, il en a tiré quelques bouffées. Puis il a appelé ses amis.

Ils étaient cinq, et le pire, dans tout ça, c'est qu'ils avaient l'air sympathiques. Ils ont visité la maison. Ils m'ont offert des verres de champagne en cristal. L'un d'entre eux a remarqué l'accordéon : « Vous permettez, mademoiselle ? » Ne touche pas à cet instrument et sois maudit. « Allez-y. » Lâches étaient mes paroles, mais pas mon âme, je le jure. Il s'est mis à jouer magnifiquement. Je le regardais avec jalousie, moi qui passais mes nuits à tenter d'appréhender cet instrument. Il souriait quand il jouait, il avait le même air qu'André. Un air loin de tout. « Vous chantez ? », a-t-il osé me demander. Jamais pour tes oreilles de meurtrier. « Ma fille, oui. Moi, non. Mais je l'accompagne de temps en temps. » Le chef, celui qui s'était invité le premier, s'est levé plein d'enthousiasme. « Il faut la chercher ! Je rêve de voir de la musique en famille. » Puis il a ajouté : « Il faut des moments avec la tendresse. » Je sentais la folie me saisir, je n'étais plus moi-même. Je n'étais plus que des battements de cœur rythmés à l'adrénaline. J'étais un corps qui crie : « Vivre ! Vivre ! Vivre ! » J'étais des pensées qui chancellent. C'était lui qui avait tué Josette. Elle était sur la place, étalée la gueule dans l'herbe, la main encore serrée sur celle d'Émile. La guerre, c'était lui. Mais je n'osais pas le tuer. Je n'osais même pas respirer. Fils de chien.

Je suis sortie, leur laissant la maison. J'ai couru jusqu'à l'école. J'en ai arraché Michèle. Je ne savais plus qui j'étais. Il fallait partir. Emmener ma fille ailleurs, quelque part, n'importe où. Au sud. Prendre un train, voilà. Marcher jusqu'à la gare. Et l'argent pour les billets ? Dans la soupière, l'argent. Sur le meuble de la cuisine. Dans la maison, près des Salauds. Et André ? J'étais aimantée par cette maison, le seul endroit où je pouvais retrouver André. L'amour me rendait lâche. Sur le chemin, Michèle a vu les cadavres. Elle m'a jeté un coup d'œil, espérant que je lui raconte quelque chose qui modifie la réalité de ce monde. Quelque chose tel que : « Ils dorment. Ils font un jeu. » Je marchais droit, j'allais d'un point à un autre. « Maman, pourquoi Émile… ? – Écoute-moi bien, ma fille. Tu ne regardes pas. Tu ne pleures pas. Tu ne parles pas de papa. Tu chantes et c'est tout, Michèle. Tu chantes et tu ne prononces rien d'autre que les paroles, tu entends ? » Elle a acquiescé, inquiète mais déterminée, à chacune de mes phrases. Elle me serrait les doigts fort comme pour m'aider à tenir. Elle a fermé les yeux durant toute la marche en répétant : « Oui. Oui, maman. D'accord, maman. » Le dos droit. La tête haute. Elle avait l'air de tout sauf d'une enfant. Moi je n'avais plus l'air de rien.

Nous sommes entrées chez nous par la grange. Lorsque nous avons pénétré dans la salle à manger, Michèle et moi nous sommes senties étrangères à nos murs. Les Salauds avaient envahi l'espace avec une aisance ingrate. Il y en avait un attablé, buvant un café chaud qu'il avait dû se faire tranquillement. À son bec, l'une de mes cigarettes. Il avait le sourire aux lèvres en écoutant un autre lui parler de notre horloge. Celui-là avait carrément démonté une partie de mécanisme et lui expliquait, à présent, comment fonctionnait un pendule. Un troisième était planté devant la cheminée. Dehors, il y avait du soleil, mais cet abruti-là avait décidé de faire un feu en se servant de ma petite réserve de bois, n'ayant que faire du prix que la moindre bûche pouvait me coûter. L'accordéoniste tueur n'avait pas bougé du canapé et jouait des airs mélancoliques qui plaisaient à son chef. Ce dernier dodelinait de la tête tout en observant méticuleusement chacune des images qui décoraient nos murs. Il était face à notre photo de mariage quand il a tourné la tête vers nous pour nous accueillir. « Ah, la diva ! », s'est-il exclamé en faisant claquer ses mains. Il s'est approché de Michèle et s'est accroupi pour être à sa hauteur. Visage contre visage. Devant son haleine putride, Michèle ne souriait pas, elle grimaçait pour ne pas vomir. La bouche de celui-là dégageait une odeur immonde de chair morte. Je me disais que le bon Dieu faisait tout de même bien les choses : même si ces Salauds étaient beaux et bien peignés, l'aigreur cruelle et mortifère de leur âme était révélée quand ils ouvraient la bouche. Le Seigneur a toujours eu une manière étrange de laisser transparaître les vérités du monde. La pauvre Michèle se prenait la vérité de Dieu en plein dans les naseaux. Ses grimaces étaient drôles. Elle se servait des muscles de son nez pour essayer de rétrécir ses narines et tentait de les obstruer en faisant remonter ses lèvres jusqu'au bout de son nez. Ça lui donnait un air de folle. « Comment t'appelles-tu, petite ? » C'en était trop pour Michèle. Immédiatement après la question du chef qui puait, elle s'est faufilée dans mon dos et a enfoncé sa tête juste en dessous de mes fesses pour y disparaître. Le chef a éclaté de rire, attendri, puis il s'est redressé pour me faire face. « Timide ? – C'est ça », ai-je je répondu pour couper court, en priant pour qu'il cesse de parler.

L'accordéoniste tueur d'enfant s'est adressé à lui dans leur langue. Il prenait un ton mielleux, il posait sur Michèle un regard compatissant. Mais le chef s'est énervé. « Non ! Non ! Elle chante ! Tu chantes, petite. Tu veux être star, alors tu chantes devant bon public. Une mère, mauvais public. Toutes les mamans, mauvais public. D'accord, madame ? » L'autre m'a lancé un regard désolé. Michèle était immobile, bien cachée entre mes jambes. Ils ont parlé dans leur langue, puis ils ont ri. Fort. De manière humiliante. Enfin, le chef a fait signe à ses comparses de s'installer sur le canapé pour attendre le spectacle. Le musicien semblait m'encourager à agir en me lançant des regards compréhensifs. Je me suis penchée vers Michèle, essayant de l'extraire de mes jambes, mais elle s'y accrochait comme un coquillage à un rocher. « Ma chérie, juste une. Une seule chanson. Rappelle-toi ce que je t'ai dit sur la route. » Elle a bafouillé de manière inaudible : « Je me souviens plus de ce que tu m'as dit... J'ai pas envie de chanter. – Il faut le faire. » Elle avait les yeux rouges mais elle ne pleurait pas. « J'ai pas envie... », répétait-elle. Alors l'accordéoniste tueur s'est détaché de l'instrument qu'il a posé dangereusement sur un tabouret, sans protection. Puis il a sorti une photo de sa poche et l'a tendue à Michèle. « C'est ma petite sœur, elle doit avoir ton âge. Elle chante dans la chorale de ma ville. Elle te ressemble, tu ne trouves pas ? » Michèle a daigné lever les yeux sur la photo. Il disait vrai, sa petite sœur lui ressemblait comme deux gouttes d'eau. Elle a offert un sourire timide à l'accordéoniste, qui arborait une mine rassurante. Elle s'est détendue. « Elle non plus n'aurait pas envie de chanter comme ça, de bon matin, devant des inconnus qui lui font peur. Mais elle chantait pour moi, souvent. Ça me manque beaucoup. » Elle lui a rendu sa photo, elle a posé ses prunelles sur moi, puis sur les Salauds confortablement installés sur notre canapé. Enfin, elle a zieuté l'accordéon posé en équilibre sur le tabouret. Elle s'est approchée lentement de l'instrument qu'elle a pris pour lui faire un câlin. Le chef s'est agacé. « C'était l'accordéon de son papa », ai-je répondu durement. Il avait dû croiser bon nombre de femmes qui, comme moi, avaient perdu leur mari ou feignaient de l'avoir perdu. « S'ils viennent chez toi, et ils viendront – nos maisons sont sur la place du village et ils se croient chez eux –, surtout ne cache rien d'André, laisse tout en évidence et sois en deuil, m'avait conseillé Josette. Va au cimetière au moins deux fois par semaine… Si l'un d'eux t'aime bien, arrange-toi pour être le plus souvent en compagnie de ta petite. Quitte à la sortir de l'école. Ne reste jamais seule avec lui. Ne repousse pas leurs avances de façon trop significative, ils se douteraient de quelque chose. Ils se prennent pour des héros, Rose. Ils ne comprendront pas qu'une veuve ne tombe pas dans leurs bras. Fais-moi confiance, ce n'est pas ma première guerre. Et si l'un d'eux… Mais ne parlons pas de cela maintenant, va. Viens me voir à la maison si cela arrive. Surtout, ne te laisse pas impressionner, Rose. » Ma chère Josette. J'ai jeté discrètement un coup d'œil vers son corps inerte que je pouvais toujours apercevoir par la fenêtre. Ils avaient tué Josette et nous allions leur chanter une chanson. Michèle s'était tout bonnement mise à bercer l'accordéon. Je savais qu'elle jouait un peu la comédie. « Tu me le confies ? On leur fait une chanson et après je te donne le goûter. » Elle a lâché l'instrument et m'a aidée à glisser les bretelles sur mes épaules. Elle est restée face à moi, tournant le dos à son public. J'ai décollé légèrement ma main des touches nacrées de l'accordéon pour la déposer sur l'épaule de ma fille et la tourner face à eux. Mais elle résistait à mon geste. Elle avait planté ses pieds dans le sol. Enracinée. Elle faisait : « Hin-hin… – Michèle, s'il te plaît ? – Hin-hin… – Je t'en prie. Plus vite on fait cette chanson, plus vite on… » Le regard insistant des Salauds bien en face de nous pesait lourd. Ils étaient collés les uns contre les autres, une brochette de sardines en conserve. « Allez, Michèle, maintenant, tu arrêtes ton cinéma et tu te retournes ! » Elle a plongé ses yeux dans les miens, puis elle a dit en chuchotant : « Je préfère te regarder toi et l'accordéon, parce que si je ferme les yeux, je peux imaginer qu'il y a papa sur le canapé. » Je ne comprenais pas comment il était possible que ma fille ne désarme pas le monde entier. « Bien sûr, Mimi. On va faire ça, tu as raison. » J'ai levé les yeux vers les tyrans. Cette fois, ils ne me faisaient plus peur. « Elle a besoin de chanter face à moi. » Le chef a hésité, tordant la bouche, se pinçant les lèvres. Puis il a fait ce geste de la main, avec son pouce, ce geste d'empereur qui accorde sa grâce à la plèbe. Enfin, après un temps de silence religieux durant lequel on pouvait entendre le cœur de Michèle battre à lui casser les côtes, j'ai appuyé sur les touches et fait naître les premières notes de musique. Depuis le départ d'André, l'accordéon avait quelque chose de magique. Son soufflet déployait des mélodies qui traversaient la chair pour y laisser une empreinte sereine. Qu'importait la musique, l'instrument tamisait la lumière, apaisait l'âme et arrêtait le temps. Même l'absence d'André, il la faisait disparaître. On pouvait sentir son eau de Cologne parfumer de nouveau les murs. Puis a résonné la voix claire et grave de Michèle.

C'est encore nous !
Réveillés à l'aurore, qui retournons la terre
Qui grâce à nos efforts pallions la misère
C'est encore nous !
Qui subissons le sort en apprenant à s'taire
Pour ne pas déranger, nos riches propriétaires
Ce sera nous !
Qui par la force du nombre, battrons en retraite !
Pour vous laisser les ombres,
les restes et puis les traîtres !
Ce sera vous !
Affamés de destin à manger vos pièces d'or
Qui pour couvrir la faim dévorerez vos morts

Quand la chanson s'est terminée, Michèle a gardé son poing en l'air, brandissant jusqu'au ciel sa révolte. Ils sont restés comme des imbéciles. Cloués sur place. Ils n'étaient plus inquiétants du tout. Ils n'étaient que des hommes. Le chef gardait les yeux écarquillés et la bouche légèrement ouverte. Doucement, il a levé les mains et s'est frotté les joues. L'accordéoniste s'était adossé au mur, avec une expression ahurie. Michèle s'est retournée vers eux, l'air d'une conquérante. Dans son regard, on pouvait lire : « Vous avez voulu voir, je vous ai montré. Laissez-nous, maintenant. » Ils se sont redressés les uns après les autres, ont remis leur veste, puis ils nous ont saluées sans dire mot. Mais avant de passer la porte, l'accordéoniste s'est arrêté. « Il ne faut pas chanter ça... Ils ne parlent pas très bien votre langue, mais bientôt ils la comprendront. Ne chantez plus cette chanson, a-t-il dit avec rancœur. – Vous n'aimez pas la voix de ma fille ? – Il ne faut pas lui faire chanter ce genre de choses, mademoiselle. – C'est madame. » Il s'est raidi. « Il faudrait m'expliquer pourquoi je ne peux plus faire chanter à ma fille une chanson qui fait partie de notre patrimoine. Notre pays vous appartient, à présent, son patrimoine également. Cette chanson est à vous. Il faut savoir faire la différence entre un hommage et une offense, monsieur. » Michèle me tenait la main, elle serrait mes doigts. L'accordéoniste me faisait face sans baisser les yeux malgré la rougeur que prenait son visage. Je sentais qu'à chaque seconde mes jambes pouvaient me lâcher. Je combattais la terreur qui s'était emparée de moi, car ma fille me regardait, car elle avait chanté le bras haut, sans tressaillir. Soudain, l'accordéoniste tueur a tendu la main pour prendre la mienne, de la même façon que l'on conclut un marché. « Merci pour l'hommage, madame. Je connais l'histoire de votre pays, je connais cette chanson. Nous pourrions dire que, tant que mes collègues n'ont pas étudié la culture de votre pays autant que je l'ai fait, cette chanson restera entre nous. Et si jamais il vous prenait l'envie de la faire chanter par votre fille devant mes amis, attendez que je sois là afin que je leur explique la teneur de ce beau patrimoine. – Je n'ai pas besoin d'un traducteur. » Il est resté la main tendue, il a souri. Puis il a rangé sa main dans son veston et s'en est allé.

Lorsque nous nous sommes enfin retrouvées toutes les deux, Michèle s'est plantée devant moi avec cet air-là, celui de son père, celui qui a gagné avec malice, qui sait tant de choses mais qui se tait. Puis elle est allée à la cuisine préparer une partie de son goûter. Moi, je ne marchais pas droit. Je lui ai fait des tartines de prunes. Elle a croqué dedans à belles dents. Elle a souri, des fruits plein la bouche. Elle qui n'avait pas eu peur une seconde m'observait avec fierté, impressionnée par mon audace. Elle ne savait pas que j'étais morte de terreur et que la seule chose qui m'ait donné du cran, c'était de voir son regard, celui qu'elle m'offrait à l'instant même, se poser sur moi. « Maman ? – Oui, ma chérie. – On leur a bien cassé la gueule, nous aussi. » J'ai souri. « Tu leur as totalement cassé la gueule, Michèle. » Elle a répété dans un murmure, s'adressant à sa tartine : « On leur a totalement bien cassé la gueule. »

X

Lettre n° 954

J'ai lu cette phrase : « C'est par l'imaginaire que naît la réalité. » Dans un livre de contes. La préface d'un vieux livre de Michèle, sans couverture. Tu en penses quoi ? Je le devine. Je l'imagine, plutôt… Tu te dis : c'est une formule magique. Alors, allons-y ! Abracada…

« C'est l'histoire d'un épervier…

— C'est papa ?

— Non, c'est une histoire, Mimi.

— Raconte l'histoire de papa.

— Non, on raconte “une” histoire.

— Raconte tout. Quand il était petit et quand il a grandi.

— Je ne connais pas l'enfance de ton papa. Il ne m'a pas raconté grand-chose. Nous n'avons pas vraiment eu le temps de nous faire des confidences.

— T'es amoureuse de lui quand même ?

— Bien sûr.

— Comment il était, papa ? Il parlait de quoi ? Il était gentil ?

— Comment il “est” ? Il “est” encore.

— Comment est-ce que tu le sais ?

— Je le sens.

— Ça sent quoi ?

— C'est une expression. Je t'ai déjà parlé des expressions. Ça ne "sent" pas quelque chose. On dit "sentir" dans le sens de "sensation". J'aurais pu dire : "J'ai la sensation que", tu comprends ?

— Oui. Mais ça sent quoi, comme sensation ?… C'est comme quand il va pleuvoir et que tu dis : "Je sens qu'il va pleuvoir" ?

— Parfait. C'est parfaitement ça.

— Mais ça fait quoi, comme sensation ?

— Lorsqu'il va pleuvoir, par exemple, je le sens car le fond de l'air est plus frais et humide, je vois dans le ciel que la lumière s'efface progressivement, le son est différent dehors car il est plus sourd, plus dense, plus confus, et l'odeur de la terre change. Alors l'expression "je sens" ne suppose pas de sentir avec le nez. C'est plus large. C'est une déduction. Je sens plein de choses autour de moi et j'en déduis quelque chose. Pour aller plus vite, on dit : "Je sens que." Mais il n'y a pas d'odeur à proprement parler.

— Je comprends, mais ça sent quoi, les sensations pour papa ?

— …

— Alors ?

— Oui. Bon.

— Tu as senti quoi ?

— Mimi…

— Tu dis que tu vois, que tu entends, que tu sens par le nez, que tu sens sur ta peau et ensuite que tu sais qu'il va pleuvoir. Dis-moi, c'est quoi, les sensations pour papa ?

— Disons que… j'ai senti quelque chose, en général. La vérité, c'est surtout que je refuse qu'il ne revienne jamais. Alors il reviendra.

— Je voudrais juste savoir quelle odeur c'est, pour la reconnaître. Il faut juste me répondre et me dire quelle odeur c'est. S'il te plaît, maman. Dis-moi une odeur.

— Bon… On n'a qu'à dire que c'est une odeur toute sucrée, qui donne de l'appétit. Un peu comme quand on a le nez dans un pot de miel.

— Et s'il ne revient pas, ça sentira quoi ?

— Il est hors de question que je connaisse cette odeur.

— Je veux que tu me racontes son histoire d'aujourd'hui. Son histoire depuis qu'il est parti.

— Je te raconte déjà ce genre de choses et je te lis ses lettres… Changeons un peu de perspective, je vais te raconter l'histoire d'un oiseau qui me fait penser à ton papa. Un épervier… »

Elle faisait la moue. Lorsqu'elle était contrariée, elle avait un caractère de cochon. Elle se campait sur ses jambes, rivait ses pieds au sol comme les racines d'un chêne, et portait un regard dur et profond.

« Je veux que tu me racontes encore ce qu'il a fait depuis qu'il est parti.

— Non, pas tous les soirs.

— Alors raconte l'histoire de papa qui fait que tu es amoureuse de lui.

— Je t'en ai déjà parlé, Michèle, on ne tombe pas amoureuse d'une histoire, sinon ce serait comme être amoureuse d'un personnage qui n'existe pas.

— Je sais très bien que tu écris tous les soirs. Je suis sûre que tu inventes une histoire qui te fait du bien. Moi aussi, je veux une histoire qui fait du bien. »

Quelqu'un a tambouriné à la porte de la grange. Les coups résonnaient jusqu'à nous avec menace. Michèle tremblait des pieds jusqu'aux dents. Je me suis glissée vers la fenêtre afin d'apercevoir à travers les carreaux la silhouette du prédateur. Une carrure masculine. Il a enfoncé la porte et le loup était dans la bergerie. Nous l'entendions avancer à l'étage d'en dessous. « Va vite sous le lit, Michèle. » Des larmes de terreur s'invitaient sur ses joues. Je cherchais une arme. Il n'y avait pas grand-chose. Je me voyais mal bombarder l'envahisseur de livres de contes. Alors j'ai attrapé la petite statue de la Vierge Marie, celle posée sur la table de chevet de Mimi, et je me suis cachée derrière la porte. Prête à exploser la Vierge sur le crâne d'un enfoiré. Il a monté l'escalier à la hâte. Sa tête a à peine passé le seuil que j'y ai écrasé Marie de toute sa foi pour assommer le bonhomme. Durant sa chute, j'ai reconnu les traits de Daniel. Le coup avait été assez violent pour qu'il tombe et dévale l'escalier sur le coccyx. « Maman… ? C'est bon ? Tu l'as tué ? », chuchotait Michèle. Daniel gisait au sol, inerte. J'étais en haut des marches, pétrifiée. Persuadée d'avoir tué la dernière personne de mon entourage à qui je portais de l'affection. Je me suis mise à injurier Dieu, sa femme et ses enfants en me postant au-dessus du jeune homme. Daniel a bougé. Il a gémi : « Rose… la péniche. » La Vierge Marie l'avait légèrement défiguré mais le reste semblait intact et fonctionnel. « Prends une brouette et viens vite avec la petite ! » J'essayais de calmer son délire. « Daniel, rentrer chez les gens la nuit, ce n'est pas possible ! Si j'avais eu un fusil, je t'aurais tiré entre les deux yeux ! » Il me répondait avec euphorie : « Une péniche ! Pleine de sucre ! Elle s'est échouée à dix kilomètres d'ici ! Elle transportait les rations de la région... Il faut vite arriver là-bas avant le maire ! »

Le plus grand des Chassaing avait dix-sept ans. Il rêvait de devenir médecin, mais il était devenu père de famille. Avec le temps, une profonde amitié était née entre nous. Il fumait beaucoup et buvait pour deux. Sa fantaisie avait disparu quelque part dans les responsabilités. Il n'avait pas le visage de son âge. Ses traits étaient bouffis par l'alcool, sa voix portait le poids du monde, sa tignasse blonde désormais parsemée de cheveux blancs. Ensemble nous fabriquions de la gnôle et il livrait les meubles que j'arrivais à vendre. Il dépensait ses gains dans la nourriture pour ses petits, lui se privait de manger afin de dépenser l'équivalent de son assiette au bar du village. Il passait la nuit, soûl, à parler aux Salauds, adossé au comptoir. J'allais l'y chercher souvent. Il me disait, un verre à la main, après une accolade sordidement amicale avec l'un des ennemis : « Ce ne sont que des gens, Rose. Juste des gens. » Je n'osais pas lui rappeler qu'ils l'avaient séparé de son père, qu'ils avaient fait partir mon mari, tué sa mère et le petit Émile. Je n'osais pas car il se donnait beaucoup de mal pour l'oublier.

Nous avons pris la brouette, dans laquelle nous avons déposé Michèle, et deux paniers d'osier chacun. Nous espérions ramasser des kilos de sucre. C'était un peu comme un soir de Noël.

« Je ne voulais pas te faire peur, mais tu avoueras qu'il y avait urgence.

— On ne casse pas la porte d'entrée de sa voisine en plein milieu de la nuit, même si un puits de pétrole a jailli sous sa fenêtre.

— Vraiment ?

— Bon. Si. Peut-être que si. Là, d'accord… Je reformule : on casse la porte d'entrée de sa voisine en plein milieu de la nuit uniquement si un puits de pétrole a jailli sous sa fenêtre. D'accord ?

— Si tous les animaux de la ferme s'enfuyaient et qu'on pouvait aller choper une vache pour la mettre dans le jardin ? De la belle chair pendant un mois ! Est-ce qu'à ce moment-là…

— Bon. D'accord. Là aussi. Mais à part ces deux choses…

— Et si tous les Salauds subissaient un mauvais sort ? S'ils se mettaient à danser à poil sur la place de l'église avec une plume dans…

— Oui. Bon. Je vais te donner un double des clés. »

L'amusement est vite passé car Daniel marchait d'un pas vif, épiant partout autour de lui, le souffle court. Il était mal, il transpirait l'alcool. « Daniel, tu devrais me laisser les enfants et te reposer un peu. » Il a haussé les épaules, tiré sur sa cigarette. « Et toi, alors ? Tu dors quand ? Tu es une femme, en plus. » Il avait dit cela sur le ton de la plaisanterie, mais sa voix portait désormais tellement de rancœur qu'il ne faisait plus rire personne.

« Tu sais ce qu'il va nous arriver, quand le pays sera libéré ? Tu le sais, ce qu'on nous fera ? On t'a prévenue ? Les gens comme mon père et ton mari nous jugeront. Et ils nous tueront. “Collabo !” qu’ils nous balanceront à la gueule avant de nous fusiller pour l’exemple.

— Continuer à vivre et élever des enfants, ce n’est pas collaborer. Redescends un peu. Personne ne nous fera une chose pareille, ou alors le monde marcherait sur la tête.

— Ils tueront les femmes qui ont laissé entrer les Salauds dans leur couche. Je le sais. Je connais mon père. Je le connais plus que toi tu ne connais ton mari. Il sera le premier à vouloir ma mort… Regarde-toi, par exemple, tout le village le voit entrer chez toi, l’accordéoniste. Tout le monde le sait.

— Les gens croient bien ce qu’ils veulent.

— Cela va finir par arriver, ma vieille. Il va se glisser dans ton lit et ça ne te sera pas désagréable, tu verras. »

Je l’ai giflé de tout mon être. Je n’avais jamais frappé un enfant. Mais il avait le discours d’un homme, les manières d’un homme, la rancœur et les blessures d’un homme, alors je n’ai pas freiné ma main. Il me fixait, livide. « Parce que tu crois qu’il sera le même quand il reviendra ? Il aura risqué sa vie pour son pays, Rose ; toi, tu vends des meubles à ses ennemis, tu les invites à boire le café, tu fais chanter ta gamine, tu les salues le matin. Il te regardera comme une traîtresse. C’est tout ce qu’il verra. Nous serons des lâches à leurs yeux. Ils nous abandonneront. Ils nous en voudront d’avoir survécu sans eux. Mon père me coupera la langue d’avoir léché les bottes des Salauds… Partons. Viens. On s’en va. On prend les enfants et on part. Tout le monde le fait. On fait cramer les maisons. On ne laisse rien, ni au

Salauds, ni à mon père, ni à ton mari. Comme ils nous ont fait. On leur laisse du vide et des restes. On s'en va, Rose, s'il te plaît. À mort, les restes ! » Je me taisais. Sa colère d'adulte dans ses yeux d'enfant donnait raison à tous ses propos et rendait sa rage communicative. J'ai eu envie, à cet instant-là, poussant la brouette sur des kilomètres pour ramasser du sucre, seule, avec mon enfant et un gamin fatigué, de lui répondre : « Oui, partons. On emmerde tout. » Partir, au sud. La ferme, le troupeau, ma mère, mon oncle, les collines, les pins, le thym et les tisanes au romarin. Michèle qui joue dans les champs avec les petits Chassaing. Daniel qui trait les vaches et boit du lait. Mais je ne lui ai rien dit de ces rêves-là. « Ils t'ont monté la tête, Daniel. Tous les soirs, quand tu bois avec eux, ils en profitent pour te faire peur. C'est de la politique, la terreur, et tu le sais. Ça les amuse et ça les aide. Ils te foutent la trouille pour que tu dénonces ton père. Ils soupçonnent tout le monde. Ils te racontent ces choses-là, pas pour t'aider, pas par bienveillance, mais pour que tu haïsses ton père, que tu ne souhaites jamais son retour. Bouche tes oreilles. Bouche tes oreilles, Daniel ! – ROSE, TU NE COMPRENDS RIEN ! » J'ai lâché la brouette, j'ai saisi sa tête, l'ai calé contre mon cœur. « Bouche tes oreilles, mon enfant. Bouche-les. » Je lui répétais, comme folle.

« On entend ce qu'on veut bien entendre. Il y a moins d'années entre toi et moi que tu appelles "mon enfant" qu'entre toi et André que tu appelles "mon mari". On est seuls. On s'occupe de ce qu'ils laissent derrière eux. On joue aux adultes alors qu'on rêve de sauter dans les flaques. Alors, toi, bouche-toi fort les oreilles, Rose. Tu risquerais d'entendre les choses comme elles sonnent.

— Ça suffit, Daniel ! Personne n'abandonne personne.

— Tu vas finir par avoir une otite. Trop de vent.

— Je suis plus optimiste que toi, Daniel. C'est tout.

— À ce stade, ce n'est plus de l'optimisme, mais de la naïveté. »

Il pointait du doigt Michèle qui dormait, bercée par la brouette et le clair de lune.

« Es-tu seulement sûre que c'est sa fille à lui ? Si ça se trouve, tu élèves l'enfant de deux personnes que tu ne connais ni d'Ève ni d'Adam. Et tu es mariée depuis trois ans à un homme que tu n'as connu que six mois. Tu vis la vie de quelqu'un d'autre, en fait. Tu es un personnage fictif. Je crois même que tu n'existes pas. »

Heureusement, elle est apparue. La montagne de cristaux sucrés. Une colline de diamants qui scintillaient sous les étoiles. Un monde magique, rien que pour nous, où les monts se mangent à la petite cuillère et croustillent sous la dent. Le paysage était un bonbon. Il y avait sur place une cinquantaine de personnes qui s'activaient à ramasser le sucre avant que la péniche ne sombre entièrement dans le fleuve. « Si tout le sucre fond, le fleuve de la région sera un délicieux sirop. » Daniel a ri, tendrement. « Tu es folle. – Peut-être, mais ce serait bien, non ? » Il a haussé les épaules pour se donner une contenance mais, comme moi, face à tant de magie, il avait de nouveau son âge. Un vieil homme nous a aperçus avancer vers la péniche. Il a foncé sur la brouette, il en a extrait

Michèle qu'il a calée dans mes bras, puis il a rempli la brouette à coups de pelle. « Arrêtez de sourire, bon Dieu, et remuez-vous ! » Voilà ce que j'aimais, chez les hommes de ma région. Ils avaient un ton dur et un langage rustre, mais leurs gestes étaient plus élégants que n'importe quel discours raffiné. Ils gueulaient, ils râlaient, ils avaient froid, ils avaient faim, mais tous, sans se poser de questions, remplissaient les paniers et les brouettes des autres avant les leurs. C'est face à ce tableau-là que j'ai su, d'une certitude inébranlable, que nous allions vaincre. Car aucun tyran au monde ne peut comprendre ce qu'il se passe dans le cœur des survivants. Tandis que nous jouissions de notre récolte, la voiture du maire est arrivée à nous. Il ne s'était pas encore arrêté que déjà les voix s'élevaient contre lui en le pourrissant d'insultes. Il est sorti l'air penaud, sachant sans doute ce qui l'attendait. Le spectacle d'une foule autour d'une carcasse doit être une vision d'horreur pour un homme noble. Comme ramené à la réalité de son peuple. Son air « au-dessus de tout » nous donnait cette impression immonde d'être des rats, des chiens autour de poubelles, des sangsues autour d'une plaie. « Allons, allons, ce sucre appartient à tout le monde. Il faut le répartir de manière équitable ! – Menteur ! Il va se le garder et le revendre plus cher encore ! » Les voix éructaient, l'incendiaient. « Voleur ! Traître ! » Autant les premières insultes portaient le ton de l'injustice, autant celles qui ont suivi étaient teintées de joie et de liberté. Les gens vengeaient leurs crampes d'estomac. « Cochon ! », « Tête de chiottes ! », « Vendu ! », « À mort les profiteurs ! ». La foule se lançait des regards complices pour s'encourager. « Fils de merde ! », « Bouse pourrie », criaient les plus jeunes. Soudain, le vieux qui avait rempli notre brouette a saisi une poignée de sucre et lui a jeté à la figure. Bientôt, tous nous avons fait de même. On se serait cru à un mariage, les pépites voltigeaient. Nous étions sous un nuage de paillettes étincelantes. « Violeur d'enfants de chœur ! Pédéraste ! », braillait Daniel en riant à s'en casser la voix. « Vas-y, Rose, gueule ! Ça fait du bien ! – Mais la petite… – Bouche-lui les oreilles », s'est-il moqué. Je ne lui ai pas bouché les oreilles. J'ai grimpé sur les épaules de Daniel pour que ma voix domine le tableau et j'ai gueulé. Bon Dieu comme j'ai gueulé. « Traître ! Bouseux ! Reviens, chacal, reviens ! Lâche ! Reviens ou crève ! Crève, André ! T'es mort, enfoiré ! T'es crevé, crevé, crevé, sale traître ! Reviens ou crève ! » Prise dans un élan, portée par la foule, j'ai arraché mon alliance et l'ai jetée de toutes mes forces dans l'eau. Michèle et Daniel m'ont regardée, interdits. « Mais enfin, Rose… – La bague de papa ! », s'inquiétait Michèle. Je suis redescendue des épaules de Daniel. J'ai fait face au fleuve et aux petites ondulations qu'avait créées la bague en amerrissant. « Je crois que je me suis laissé emporter », ai-je dit comme une enfant prise sur le fait. J'ai ôté tous mes vêtements. Le reste de la foule était trop occupée à humilier le maire pour prêter attention à ma nudité. C'est dommage, je pense qu'elle était belle, ma jeunesse, sous ce clair de lune. Et j'ai plongé. Le fleuve était légèrement sucré, alors plutôt que de récupérer la bague, j'ai fait la planche. Je souriais, je regardais les étoiles tranquillement. J'étais folle, assurément. Mais c'était bien. Si c'était cela, la folie, alors comme ils devaient être heureux, ceux qu'on appelle les fous en les prenant en pitié. « Viens, Michèle, c'est comme se baigner dans du lait au miel. » Daniel écarquillait grand ses yeux de jeune homme tandis que Michèle lui tirait la manche en pleurant. « Va chercher ma maman. » Il a plongé. Il a récupéré la bague. Il me l'a mise au doigt en riant. Je l'ai noyé, j'ai joué à l'éclabousser. L'espace d'un instant, nous étions deux gosses en plein bain de minuit, un soir d'été oisif. « Profite un peu, mon Daniel, je vais m'occuper de Mimi, va. Saute dans les flaques. » Je l'ai laissé se délasser dans l'eau, jouer au sous-marin, tandis que je rassurais ma fille sur la berge. Elle me frottait le corps en m'aidant à me vêtir pour que je n'attrape pas froid, mais c'était elle qui tremblait. « Tout va bien, mon petit cœur, j'avais juste envie de m'amuser un peu. » Elle a acquiescé mais ne semblait toujours pas rassurée. Elle se cramponnait à moi. « Je veux rentrer à la maison, maman. » Sur le chemin du retour, la brouette grinçant sous le poids du sucre faisait fuir les animaux. Daniel et moi avions sur les lèvres un sourire béat. Michèle, elle, me serrait fort les doigts. « Il faut qu'il revienne vite. Dis-lui de revenir vite, dans ta prochaine lettre. »

*

Les corps se confondent, en pile, tous la même peau et le même sang, peu importe le camp. La même odeur, la même texture, le même bruit de chair déchirée lorsque les balles les transpercent, avec ou contre, alliés ou ennemis.

Quand les corps se confondent, c'est là que tout s'obscurcit.

Il y a un silence brûlant ses tympans. Agenouillé face aux restes de la victoire, il ne fait plus qu'un avec la boue. Ses jambes fusionnent avec les flaques brunes. Elles s'enracinent si bien qu'il lui paraît impossible de se relever. « T'es touché, Épervier ? » Il rassure son frère de combat qui, aussitôt la réponse entendue, part s'enquérir de celle d'un autre, tout aussi statique, tout aussi immergé dans la tourbe de leur succès. Maintenant, il faut prendre leurs papiers et arracher leurs médailles. Afin qu'on ne sache plus qui est l'enfant de qui. Comme un scalp qu'ils garderont dans leurs poches. Prendre leurs papiers pour faire chier l'administration de l'ennemi. Puis brûler les visages pour être certain que les morts soient méconnaissables, qu'ils perdent absolument tout. Plus de nom, plus de médaille, plus de visage, juste un corps mort. Ne pas leur laisser la chance de devenir héros ou martyrs. Affaiblir les familles en les privant de tout espoir, surtout. Le temps de rapatrier ces morceaux de chair pour les ranger bien en ligne. Les femmes déambuleront entre les carcasses en étant incapables de reconnaître leurs propres fils, leur mari, leurs frères, leur père. Soulever leur veste poisseuse, glisser la main dans la poche, en extraire les papiers, regarder le nom, le prénom, l'âge, le lieu de naissance. Puis faire couler l'alcool sur les visages pâles avant d'y jeter une allumette sale. La peau n'a plus de nom. Tous les mêmes. Depuis quelques mois, Épervier ne supporte plus ce geste. Des pensées sombres et graves l'accompagnent. Elles se foutent devant ses yeux, comme un tableau immense. Quels individus cela donne au monde ? Quel monde cela donne aux individus ? Une grande inspiration, le tableau s'efface, il sort sa fiole d'alcool, il la verse sur la peau du mort. Il craque une allumette, puis la jette. Le visage s'embrase. Dans le feu, il aperçoit le visage de son enfant. Sa petite à qui il a fait tant de promesses simplement pour avoir le plaisir de voir ses traits s'illuminer. Offrir un espoir que l'on sait faux est la pire des saloperies. Il a dit qu'il reviendrait juste pour faire taire le chagrin de celles qui le voyaient partir.

XI

Chez nous, c'était chez eux. C'étaient les occupants. Il n'y avait rien à faire. Madeleine, la femme du grand de Jojo, elle, ne l'entendait pas de cette façon. Ça ne m'étonnait guère de sa part. Elle n'avait jamais eu la langue dans sa poche. Elle leur avait dit, comme ça un matin, devant la poste, en gueulant bien pour que tout le village l'entende : « ON VOUS FERA QUITTER NOTRE PAYS PAR LA PEAU DU CUL, ESPÈCE DE TÊTES DE CHIOTTES ! » Cette fois, Madeleine, je l'avais aimée beaucoup. Je l'avais trouvée follement brave. Mais je n'avais pas eu le temps de l'aimer longtemps car ils n'avaient pas apprécié d'être comparés à des cabinets.

Les enfants commençaient à changer d'attitude. Ils se rendaient compte que les adultes se contentaient de vivre au jour le jour, en espérant seulement que les suivants seraient moins rudes. On ne les voyait plus jouer, ils ne parlaient plus de rêves ni de leur futur métier. Ils étaient des gamins restreints, sans perspective. Un matin, nous étions, Daniel et moi, en train de faire les comptes des meubles et des bouteilles de gnôle, je regardais Michèle et les petits Chassaing par la fenêtre du salon. Ils étaient assis sur la place, ils n'inventaient aucune aventure. Ils attendaient patiemment que nous ayons fait nos affaires et que nous les rappelions à la maison. À leur âge, nous vivions mille épopées, dans ce village. Toutes ces péripéties imaginaires avaient rendu notre enfance palpitante et forgé nos caractères. À leur âge, Daniel fabriquait un bateau pour naviguer sur l'océan et moi j'apprivoisais des dragons. Nous discutions avec les fourmis, nous sculptions les nuages, nous faisions apparaître le soleil ou tomber la pluie. Nous ne nous serions jamais contentés de nous asseoir sur la place en attendant que l'on nous appelle pour rentrer à la maison.

Daniel et moi avons alors décidé d'insuffler un peu de fantaisie dans l'esprit des gamins du village. Juste avant la tombée de la nuit, nous avons rassemblé tous les mômes pour les amener au vieux lavoir abandonné, à la lisière de la forêt de la Bannie. La mousse, les fleurs, les arbres et les mauvaises herbes l'avaient recouvert. Cela lui donnait un air féerique. Là, juste au-dessus de ce lavoir, habitait un ange. Pile au-dessus. « Là ! » Daniel a pointé du doigt le ciel, et la ribambelle de gosses ont levé les yeux avec crédulité. Certains tentaient d'apercevoir notre ange imaginaire, d'autres, sceptiques, haussaient les épaules et fronçaient les sourcils. « Moi, je le vois », a dit Gaston, un des Chassaing. « Regarde au bout de mon doigt. Il y a un truc dans le ciel un peu doré, un peu argenté, un peu brillant », a-t-il confié à Michèle. Elle a acquiescé avec certitude : « Ah oui ! Moi aussi, je le vois ! Tu as raison. » Aussitôt, Daniel et moi avons relevé la tête. Nous étions, comme les petits, prêts à y croire. Avides d'enchantements. « On aperçoit presque ses ailes. Elle a l'air gentille. – C'est une fille ? a demandé la jeune Colette. – Ben oui, ça se voit, quand même », a rajouté Michèle. Daniel se tordait le cou et écarquillait les yeux pour mieux scruter le ciel. La magie avait opéré. Sur les enfants et sur nous. « Elle a très peur du noir. Alors elle récolte des vœux pour les transformer en étoiles et les accrocher dans la nuit », s'est mis à raconter Daniel. La Lune est apparue, ravissante. Quelques étoiles, les plus brillantes, perçaient déjà, bien que le ciel ne soit pas tout à fait noir. « Il suffit de prendre une petite graine, de lui confier votre vœu, de la planter au niveau du lavoir, et l'ange l'accrochera. Vous verrez votre vœu briller et éclairer la nuit. » Les gamins fixaient les étoiles naissantes avec fascination. « Est-ce qu'elle va réaliser tous nos vœux ? a dit Colette. – Non, elle n'en a pas le pouvoir. Mais grâce à elle, chaque fois qu'il fera sombre, il vous suffira de lever les yeux pour voir briller vos souhaits. Ils vous éclaireront la nuit. Et le jour où vous les réaliserez, il se passera quelque chose d'incroyable ! » La nuit tombait sereinement, la forêt avait changé de son. Nous étions entourés d'une mélodie nocturne. « Qu'est-ce qu'il va arriver ? », a demandé l'un des petits. On entendait dans sa voix les palpitations de son cœur. Long silence. Le hululement d'une chouette. Puis un bruit de feuillage derrière nous, peut-être une biche. Nous avons sursauté. Suspendus aux lèvres de Daniel. « Lorsque votre souhait sera réalisé, l'ange enverra son étoile directement ici. » Il a posé un doigt sur mes lèvres. « Sur votre bouche, il y aura un sourire époustouflant. Un sourire radieux. Songez à tous ceux que vous voyez sourire généreusement. C'est vers eux qu'il faut aller, c'est eux qu'il faut respecter. Ces gens-là ont honoré leurs vœux. Pour les autres… tous les hargneux, les râleurs, les grincheux, les méchants… – Les Salauds ! », ai-je ponctué avec révolte. Daniel s'est arrêté. Il m'a fixée avec une légère gêne tout en retirant son doigt. J'étais comme déçue. Son doigt sur mes lèvres avait été une agréable gourmandise, de celles que je n'avais pas goûtées depuis longtemps. Je pensais souvent à André. J'avais très faim. Heureusement, il y avait peu d'hommes avec qui partager cet appétit, alors je ne faisais pas de bêtises. Quant à Daniel, il avait été pour moi un frère. « Il y a des gens qui ont cessé de regarder les souhaits briller la nuit. Ceux-là n'ont aucun rêve. Aucune lumière pour veiller sur eux dans l'obscurité. Et c'est parce qu'ils sont dans le noir total, parce qu'ils n'y voient plus rien qu'ils sont devenus ce qu'ils sont. La seule solution pour que le monde ne soit pas obscur, c'est de continuer, inlassablement, à faire des souhaits », a conclu Daniel. C'était sa touche personnelle. Ce passage-là, il l'avait inventé tout seul, sans mon avis. Cette fois, il me regardait avec malice et satisfaction. Nous avons récolté toutes sortes de graines, de feuilles, de brindilles, pour que les enfants aient un souhait à planter. Chacun a pris le temps de méditer en silence sur sa petite « graine de vœu ». Je me suis prêtée au jeu. J'ai choisi une jolie brindille. Je l'ai serrée dans mes mains, j'ai fermé les yeux et prononcé mon souhait en silence : « Je fais le vœu qu'André revienne. Non. Je fais le vœu d'avoir mes terres et qu'André nous y retrouve. Non. Je fais le vœu que la guerre cesse, qu'André revienne et que nous partions au sud. Non. Je fais le vœu que

Michèle m'aime comme sa mère et qu'André revienne en bonne santé. Non. Je fais le vœu qu'André rentre de la guerre et qu'il me voie, et qu'il soit admiratif de la femme que je suis devenue. Oui. Je fais le vœu qu'il n'y ait plus de guerre. Et qu'André revienne. Et qu'il m'aime encore. Et que Michèle soit en bonne santé. Et qu'elle m'aime. Et… » Un rire moqueur m'a fait sortir de ma méditation. « Ça a l'air bien compliqué. C'est censé être un moment agréable, tu sais. Fais un vœu simple, clair. Une étoile. Un point qui brille, s'amusait Daniel. – C'est pas si simple… – C'est très simple, au contraire. Ferme les yeux, et la première chose qui te vient, la plus évidente, c'est ton vœu. Tu vois quoi, quand tu fermes les yeux ? » J'ai ressayé. Et ce n'est pas André qui est apparu. Ni ma fille. C'est moi. Je me suis vue, grande. Belle. Libre. Bon Dieu, j'étais magnifique ! Un immense sourire aux lèvres. Dans mon champ. Sur mes terres. La paix. L'avenir sans restriction. Tout pouvait m'arriver, car j'avais confiance. J'ai rouvert les paupières en vitesse, j'avais honte. « Je… Je n'ose pas te le dire. » Il a ri encore plus. « Ce que tu peux être nunuche, parfois ! Allons, bon ! Je ne sais pas ce que tu as vu mais, de toute façon, c'est trop tard. C'est passé dans la brindille. Hop. Irréversible. Plus qu'à planter ton souhait. » À plusieurs reprises, tandis que nous creusions la terre avec nos mains pour y semer nos souhaits, les doigts de Daniel ont effleuré les miens. Cela m'a chaque fois dérangée. Un sentiment de vertige et d'avidité. Depuis quelque temps, il y avait un changement menaçant. Dans son regard ou dans le mien. Non, son regard avait toujours été ainsi, lorsqu'il posait les yeux sur moi, depuis gamin, il avait toujours eu un peu chaud. Alors c'était le mien qui avait changé. J'essayais ces derniers temps d'éviter ses yeux, je craignais qu'il ne voie en moi la Femme. Je devais me l'avouer, cette nuit-là particulièrement, Daniel n'était plus un frère pour moi. Lorsque je sentais monter en moi la fringale, je projetais immédiatement le visage de mon mari devant mes yeux. PAF. Le visage d'André. Or, voilà que cette nuit-là, l'image d'André a empiré la chose. Il avait grandi, Daniel. Il avait sacrément grandi. Il avait toujours été joli mais, désormais, il l'était férocement. Le temps passait et Daniel avait une voix plus grave, une taille plus haute, un regard plus franc. Tandis que les enfants étaient concentrés sur leurs futures étoiles, Daniel a sorti un énorme cigare de sa poche. J'ai explosé de rire. Il l'a allumé et s'est mis à le fumer avec beaucoup de manières. « Ce n'est pas n'importe quel cigare, ça, ma petite dame. » Je riais de plus belle tandis qu'il faisait le coq et jouait un personnage. « C'est un des cigares du maire. C'est un cigare politique. – Où est-ce que tu as dégoté ça, encore ? » Il a vérifié que les enfants ne pouvaient pas l'entendre puis il s'est approché tout près de moi pour ne pas avoir à parler fort. « Un matin, on est allés se plaindre du maire aux Salauds. Moi, Jacqueline, son fils et le postier, bref, toute une clique. On leur a raconté que le maire volait nos rations pour se les garder ou les redistribuer à ses copains. Figure-toi qu'ils étaient concernés et solidaires ! Ni une ni deux, les voilà qui sont allés lui foutre une dérouillée qu'il n'est pas près d'oublier, le cochon ! murmurait Daniel, surexcité. – Tu es allé avec eux ? » Il m'a regardée avec une immense fierté : « C'est moi qui les ai conduits à la planque dans laquelle le maire accumulait toute la bonne nourriture. On a débarqués là-bas, les Salauds se sont jetés sur lui. Ils lui ont demandé de sortir tout ce qu'il y avait dans le cabanon. Et pour marquer le coup, on les a forcés, lui, sa femme et ses enfants, à manger tout ce qu'il restait. À quatre pattes. À même le sol. On aurait dit des porcs ! – Ses enfants aussi, Daniel ?! » Il s'est insurgé. « Pas de pitié pour les arrivistes, y a pas d'âge pour être un con. » J'étais silencieuse. Cela m'avait flanqué la nausée, il le savait. Nous n'avions plus besoin de parler pour nous comprendre. Il me faisait penser à son père. Il me faisait penser au mien. Le plaisir indiscutable qu'avait pris Daniel à humilier cette famille me donnait des haut-le-cœur. Lui qui haïssait son père suivait tranquillement le même chemin. Pas à pas. Il glissait de la tristesse à la tyrannie. Je l'avais vu grandir. Enfant, il épongeait le front de sa mère dans les champs, il s'occupait sans rechigner de sa fratrie, il affrontait son père quand ce dernier avait l'alcool mauvais. Il avait été là, tous les jours, à mes côtés. Nous avions beaucoup ri et beaucoup pleuré ensemble. Je regardais Daniel et je pensais : « Ça lui passera… ça leur passera à tous… Ce n'est rien. Ce n'est qu'un instant de saloperie, un petit écart, nous sommes tous à bout de nerfs. Ça lui passera. » Puis j'ai pensé au Salaud accordéoniste. Celui qui avait tué Josette et Émile, froidement. Y avait-il sur Terre une femme qui, comme moi, pardonnait à cet homme son « petit écart », pour les mêmes raisons que je pardonnais celui de Daniel ? Il avait la révolte amère et l'espoir rancunier.

Daniel semblait déçu de ma réaction. Il aurait aimé que je m'amuse avec lui de cette histoire, que je partage le cigare de sa révolution. Mais je n'ai rien dit d'autre que : « Vivement que tout cela cesse. » Silence. Il me fixait. « Que quoi cesse ? – Eux. Vivement qu'ils s'en aillent. Vivement que tout redevienne comme avant. » Il m'a regardée longtemps. Ce qu'il m'a répondu semblait avoir été difficile à avouer. Il retenait ses mots. Il craignait sans doute que notre franchise n'ait une limite. Il a porté le cigare à sa bouche et a inspiré lentement. Puis, d'une voix que je ne lui connaissais guère, nue : « Avant, il y avait ma mère et Émile. Ils sont morts. Avant, cela n'existera plus jamais pour moi ni pour mes petiots. Le seul "avant" qu'il me reste, c'est mon père. Et je prie tous les soirs pour qu'il crève en jouant les héros. Vivement que rien ne redevienne comme avant. » Il a ramassé une brindille et, sans plus de mot, il est allé la planter près des autres vœux. Nous n'avions plus les mêmes ennemis. Daniel considérait son père, de par son départ, comme l'unique meurtrier de Josette et d'Émile. Nous nous aimions, la chose était certaine, mais nous ne vivions plus la même guerre. Ni lui, ni moi, ni les autres voisins, ni personne. Personne ne vivait la guerre de la même façon, et cette différence abyssale entre chacun d'entre nous donnait du pouvoir à nos ennemis. Nous n'avions pas les mêmes enjeux, pas les mêmes peurs, pas les mêmes deuils. Si j'avais su comprendre sa peine, s'il avait mieux su comprendre la mienne, nous aurions été victorieux.

Le soir, nous avons dîné tous ensemble dans sa grande maison vide. Les enfants se sont endormis apaisés par leurs vœux, protégés par leurs étoiles. Lui et moi jouions aux cartes. Il en a fait tomber une par terre, il s'est baissé pour la ramasser. Au moment de la reposer, j'ai cru qu'il se penchait pour m'embrasser. J'avais sans doute fantasmé la chose mais, tout de même, il avait approché son visage, il avait le souffle court, il regardait mes lèvres en étant affamé. J'ai hurlé : « NON ! » Comme un rappel à l'ordre. « NON ! », alors que je mourais d'envie de recevoir ses caresses. Il est devenu pâle. Il est resté en suspens. Le visage tendu vers le mien. Puis il a viré au pourpre. « Va pas t'imaginer des choses », a-t-il dit en riant. C'était un faux rire, je connaissais la mélodie de son vrai rire par cœur, or celle de son faux rire ne m'avait jamais été adressée. Nous n'allions pas nous embrasser. Nous étions, l'un pour l'autre, des amis nécessaires. Cet échange nous a coûté notre fraternité. Désormais, entre nous, il demeurerait une atmosphère floue dans laquelle nous marcherions tous les deux les bras en avant, sans y voir quoi que ce soit, en espérant ne pas nous cogner trop fort.

Il y en a un qui venait quasiment tous les jours. L'accordéoniste tueur. Il apportait des gâteaux et de la crème fouettée qu'il offrait à Michèle. Elle ne les mangeait pas. Elle les prenait discrètement et allait les jeter dans les toilettes sans que je le lui demande. Elle pensait qu'il y avait du poison dedans. À moi, il me faisait peur. Il avait les yeux glacés de la couleur de la banquise. Lorsqu'il jouait, c'était différent. Il tapait le rythme du bout de ses bottes. L'accordéon qui chantait, son soufflet qui absorbait l'air pour le recracher en note romantique, c'était la seule chose qui me faisait du bien. Il suffisait qu'une note se niche dans mon oreille pour que le feu de cheminée s'allume, qu'une odeur de semoule au lait envahisse mes poumons et que mon esprit se calme, comme bercé par les bras d'André. Mon André. Je sentais sa bouche au creux de ma poitrine le long de la gamme de *do*. Je lui plaisais, à l'accordéoniste. Je le voyais bien. Ça me pendait au nez. Il me faisait des battements de cils à provoquer des ouragans, des compliments sur ma robe et ma manière de passer le balai. Qui donc complimente sur ce genre de choses ?! Il me faisait la cour à la façon d'un tueur maladroit. Il m'avait payé en avance dix meubles que je devais lui fabriquer. C'était sa manière à lui de se faire passer pour quelqu'un d'aimable, qui tue des enfants, certes, mais ça, « ce n'est que son boulot », évidemment. Il me regardait travailler des heures dans l'atelier. Il me fixait sans rien dire. Il créait des sueurs froides au niveau de ma nuque quand je sentais son souffle atteindre mon épiderme. Lorsqu'elle le voyait arriver, Michèle me glissait : « Tu ne vas pas tomber amoureuse de lui, maman, quand même ? » Et je riais. « Michèle, si j'osais, je lui broierais les testicules. Mais ne le répète à personne et souris. »

Il venait le matin, après leurs exercices sur la place. Tout un bataillon qui s'agitait comme des anguilles, faisant briller leurs muscles pour se donner en spectacle devant nos maisons. Nous passions tout près d'eux lorsque j'emmenais Michèle à l'école. Je rentrais seule, esquivais leurs regards insistants et fermais la porte mais, au bout de quelques minutes, l'accordéoniste tueur venait y cogner ses phalanges. Il restait des heures à me parler de sa ville, de sa mère, de sa petite sœur à laquelle Michèle lui faisait penser. Il me disait regretter « la situation » pour une seule raison : que je ne puisse pas offrir à ma fille le concours de chant dans la capitale. Parfois, il m'effleurait du bout des doigts, en ayant pour excuse un morceau de bois qui s'était posé sur mes cheveux, ou bien ma nuque, mon épaule, ma taille, mes joues. Mais je ne tremblais pas. Sauf une fois. Il s'est planté devant moi, violemment. La casquette sous l'aisselle, les muscles contractés. Il a parlé comme on lance des boulets de canon. Bien décidé à atteindre sa cible. « Vous portez toujours votre alliance. » « Évidemment, que je porte mon alliance. Je suis mariée au plus grand des hommes. À André l'artiste, le visionnaire, l'aventurier. Celui qui tire sur les crânes vides des crétins comme toi. Tête de chiotte. » Ce n'est pas ce que j'ai répondu. J'aurais eu du mérite si j'avais osé. Je me serais trouvée palpitante ! Mais je me suis contentée d'être désincarnée :

« J'étais mariée, mais il est mort. Je vous l'ai déjà dit.

— Vous n'enlevez jamais votre alliance. Même pour faire le ménage.

— Il est mort. Mon mariage n'est pas fini, nous n'avons pas divorcé ni cessé de nous aimer : il est mort. Je reste sa femme. Je serai toujours sa femme. Même lorsque je fais les poussières.

— Vous êtes mariée à un souvenir.

— Je préfère être mariée à un beau souvenir qu'à un présent triste.

— Vous êtes plus courageuse que cela.

— Je n'aspire pas à plus de courage.

— Vous ne pensez jamais à l'avenir ?

— Je n'en ai pas le temps.

— Votre fille grandit.

— C'est bon signe.

— Vous voulez qu'elle continue à grandir ?

— Pas trop non plus. Les grandes asperges ont la discrétion difficile.

— Vous préférez rester discrètes ?

— J'ai l'air d'être une tape-à-l'œil ?

— Il faut penser à l'avenir et affronter la réalité, Rose.

— Je ne vous fais pas la morale, alors ne me la faites pas en retour. Cordialement. Au revoir.

— Il y a des hommes qui se battent clandestinement, des terroristes.

— Et alors ? Qu'est-ce que ça peut bien me faire ?

— Vous trouvez ça normal ?

— Vous trouveriez ça normal que les gens ne défendent pas leur pays, vous ?

— Nous défendons votre pays.

— Ah ! Eh bien, alors, il faut le leur dire. Ils arrêteront sans doute.

— Votre mari, Rose…

— Mon mari est mort. Avant la guerre. Il a mangé un mauvais champignon.

— C'est idiot.

— C'est idiot, la mort, oui.

— Rose, les gens parlent, dans le village. Des voisins. Ils disent que votre mari est parti.

— Eh bien, oui, il est parti. Au Ciel. Avec les oiseaux, si ma fille vous le demande.

— Vous faites semblant. Je le sais.

— Je fais semblant d'aller bien, je fais semblant de rire, je fais semblant d'avoir faim, je fais semblant d'apprécier le vent, le soleil, les arbres, les oiseaux, je fais semblant d'aimer la vie car en réalité je n'aime plus grand-chose, à part mon enfant. Même Dieu commence à me sortir par les trous de nez.

— Vous croyez en Dieu ?

— Vous aimez ça, avoir des rêves, vous ?

— Je ne vois pas le rapport.

— Dieu, c'est mes rêves et mes espoirs. Je donne à ces choses le nom que je veux et je leur rends hommage à la manière qui me convient. À moins que, même cela, votre tyran de chef prévoie de me l'interdire ? Est-ce qu'avant de me coucher, vous et vos autres soldats allez vérifier que je ne fasse pas de prière ?

— Je sais, pour vos faux sourires. »

Il m'a tendu une enveloppe. Je l'ai ouverte en tremblant. J'y ai trouvé deux places pour un voyage à la capitale et l'inscription de Michèle à un concours de chant national. Il avait payé le déplacement, l'hôtel, l'inscription et les repas chauds. « C'est dangereux pour vous actuellement. Je le sais et eux s'en doutent. Nous vous aimons bien, mais je ne peux pas vous protéger… Partez un peu, acceptez mon aide. Ce ne sont que des rumeurs, alors ça se tassera mais ne restez pas ici en ce moment. » Il m'a confisqué mes papiers jusqu'à notre retour. « Par mesure de sécurité. » Il avait sans doute peur que je ne revienne plus. J'ai regardé le ticket encore et j'y ai vu une date terrible. Bientôt quatre ans sans André. Quatre ans à vivre avec le souvenir de ses baisers, et les histoires farfelues que je racontais à Michèle. J'inventais. Je commençais presque à me perdre entre le vrai et le faux. À confondre ce qu'il était avec ce que je me tuais à imaginer de lui. Il était absent. Il était juste absent. Quatre ans. École. Nourriture. Salauds. Daniel. Élever Michèle. L'accordéon. La faire chanter. Manger. Avoir faim. Trouver des astuces. Une vie d'astuces. Et les meubles et les prunes et la gnôle et les morts partout, les morts et les rumeurs et ces voisins qui avaient disparu. Et ma mère ? Et Christiane ? Des lettres et des fantômes. Des lettres fantômes. Des lettres de fantômes. Quatre ans ? Quatre ans. Josette avait raison, cette liste me faisait tenir bon et tordre le cou aux morosités.

Je suis allée chez Daniel. J'ai sauté le muret de mon jardin pour passer chez lui sans frapper. J'ai atterri dans sa cour triste, sans jouet. Tout avait été vendu. Il n'y avait même plus de chaise. Sa fenêtre était ouverte. Je l'ai escaladée et je suis entrée. Il faisait la vaisselle. J'ai plongé dans ses bras. Je me suis laissée tomber tout à fait. Et j'ai pleuré à n'en plus tenir debout. J'étais surprise par sa force. Il m'a soulevée et portée jusqu'au canapé. Il a posé une main sur mon front et l'autre au-dessus de mon cœur. Je n'étais qu'un sanglot. Mais il n'avait pas l'air dépassé. Il était calme, rassurant. Il répétait : « Je suis là. Tout va bien. C'est mieux dehors que dedans. » Il m'a même fait un peu rire lorsqu'il m'a lancé : « Je pourrais donner un bain aux gosses avec ce que tu pleures, tiens ! » Je ne savais plus respirer, alors il respirait avec moi, fort, en me tenant la main. Inspirer. Expirer. Au bout de quelques heures, je lui ai parlé du ticket, du concours.

Il a réfléchi longuement. Puis il m'a embrassé le front en disant : « Je crois que c'est une très bonne chose. De toute façon, si tu refuses… » J'ai acquiescé.

Je n'ai jamais su ce qu'il se serait passé si j'avais refusé. Car nous y sommes tous allés. Michèle, sa voix et ce qu'il restait de mes illusions.

Deuxième temps

I

Lettre n° 1 462

Ce matin j'attendais une lettre, et rien. Moi je t'écris tous les jours. Parfois j'ai de l'espoir, parfois ça s'en va. Ça revient toujours, me répète Jojo. La petite Michèle me dit de te dire qu'elle dépasse les rosiers en taille. Écoute la radio nationale le 27 au soir, vers vingt heures. Tu auras une surprise. Ta Rosette

Dans un autre monde, dans un autre temps, la petite trépignerait. Elle sautillerait de wagon en wagon. Elle se régalerait de sandwichs, nous regarderions le paysage en rêvassant. Devant nous, il y aurait un paquet de cartes, et tout cela ne serait qu'un grand jeu de joie. Nous aurions réservé un hôtel miteux mais nous y serions heureux car nous serions tous les trois. Nous irions au cinéma regarder des choses qui n'existent plus, voir des visages qui ont disparu. Nous nous régalerions dans des bistrots qui sentent le tabac noble, nous irions visiter des musées qui possèdent des collections venues du monde entier. Mais nous étions dans ce train, dans ce monde, dans ce temps. Michèle allait passer le concours.

Sur le chemin jusqu'à notre hôtel, nous avons croisé un tas de citadins. Leur façon d'habiter la ville était étonnante. Ils avaient un port de tête légèrement relevé, fixant l'avenir. Tout à leurs pensées, tout à leur rendez-vous, leur regard ne s'attardait pas sur les passants, les vitrines, ni même la beauté de l'architecture. Leur démarche faisait du bruit. Clap clop clap. Un rythme déterminé et bien aise. Sans tressaillement ni hésitation. Lorsque nous sommes arrivées dans notre chambre d'hôtel, Michèle et moi avons essayé de reproduire cette allure et cet air digne. Nous les trouvions élégants.

« Ça t'irait si bien, d'être une dame des villes, maman. Avec des gants en cuir et des cheveux courts, m'a-t-elle dit en m'observant faire le tour de la chambre comme un mannequin de haute couture.

— J'ai eu les cheveux courts, avant. Quand j'ai rencontré ton papa... Tu étais petite, tu ne t'en souviens pas.

— Moi aussi, je veux des cheveux courts.

— Au village, une petite fille avec les cheveux courts, ça s'appelle une pouilleuse, pour le moment.

— Alors ne retournons pas tout de suite au village... »

J'ai ri. Michèle se tenait face au miroir. Mes ciseaux sont venus lui couper ses boucles. Puis nous avons fait les magasins. Elle s'est trouvé un pantalon de costume noir et une chemise dorée.

La salle de concert était majestueuse. Le sol brillait sous nos pieds, et le plafond était recouvert de dorure. J'aurais pu ne pas m'y sentir à ma place, mais le panache de ma fille me donnait l'impression inverse. C'était la capitale et la pièce tout entière qui s'étaient faites belles pour plaire à Michèle. Les autres enfants faisaient la queue, toutes portaient des robes à frous-frous. Lorsqu'est arrivé notre tour pour l'inscription, la femme postée derrière sa table avec une mine de juge a légèrement baissé ses lunettes pour nous regarder par au-dessus. « C'est un concours pour petites filles, il y a une erreur. – Non, il n'y a pas d'erreur. » Michèle lui a offert un immense sourire. J'aurais aimé qu'André nous voie. « Voici la liste des chansons qu'il reste. Vous pouvez très bien choisir la même qu'une de vos concurrentes, mais cela est fortement déconseillé. » Michèle a passé un temps drôlement long à scruter chacun des titres inscrits sur le papier, faisant mine de savoir lire parfaitement. Puis elle me l'a tendue avec un air d'adulte agacé : « Je ne vois pas "Le ciboulot". » J'ai moi aussi survolé tous les noms des chansons et n'y ai pas trouvé celle de ma fille. Je cherchais du soutien chez la bonne femme à lunettes. « Si elle n'y est pas, c'est que les musiciens ne la jouent pas, m'a-t-elle répondu. – Et donc ? – Et donc votre fille doit choisir une chanson dans la liste, sinon elle sera disqualifiée. » Michèle tirait sur ma manche. Elle m'a fait signe d'approcher mon oreille de sa bouche pour entendre ses confidences. « Je la chanterai quand même. » J'ai acquiescé, tendu de nouveau la liste à la dame, feint un sourire et posé mon doigt sur un titre au hasard.

Les loges collectives étaient pleines de petites poupées faisant leurs vocalises. Certaines mères étaient plus apprêtées que leur fille. Dans leurs yeux, j'ai vu l'espoir que la radio diffuse la voix de leur enfant, que leur mari l'entende et garde du courage pour rentrer à la maison. La loge des musiciens était juste à côté. Là, sur un banc, se tenait l'une d'eux. Elle fumait sa clope, l'esprit ailleurs, les mains ankylosées. Je laissai Michèle sympathiser avec ses camarades et tentai le tout pour le tout. Je me suis approchée de la femme, j'ai sorti une cigarette pour lui demander du feu. Sans me répondre, sans même me regarder, elle m'a tendu un briquet en argent qui semblait pesant pour ses poignets fins. La manche de sa robe en soie noire s'est relevée sur son avant-bras. Il était couvert de cicatrices fraîches qu'elle n'a pas pris la peine de dissimuler. Puis elle a tiré de nouveau sur sa cigarette. Je me suis adossée au mur en face d'elle et j'ai fumé un temps. « Vous êtes musicienne ? » Elle a relevé son visage, auparavant masqué sous une masse de cheveux blonds. Elle m'a regardée de haut en bas, puis elle a souri. « Ça se voit tant que ça ? » J'ai souri à mon tour. « Sympa, la tenue. Vous l'avez volée à votre mari ? », m'a-t-elle lancé en se permettant de toucher un bout de mon costume. « Volée, non, empruntée, plutôt. La vôtre est pas mal non plus. » Elle a haussé les épaules, la cendre de sa cigarette est tombée sur sa robe. Elle l'a enlevée avec lassitude. « C'est de la loc'... Je préférerais porter vos fringues. Ça serait plus pratique pour courir. » Sa voix est devenue lourde. Elle a planté ses yeux dans les miens. Ils étaient graves. Elle a souri encore en passant ses cheveux derrière ses oreilles, puis elle a ri, ouvertement. « Je ne disais pas ça pour vous mettre mal à l'aise. On serait tous un peu mieux ailleurs, en ce moment, non ? » J'ai confirmé. « Bon, vous voulez me demander quelque chose ? »,

J'ai rougi. « Ma fille veut chanter une chanson qui n'est pas sur la liste. C'est “Le ciboulot”. Je vous paierai ce qu'il faut. » Elle s'est penchée et a tourné la tête vers la ribambelle de petites filles qui demeuraient dans le couloir. « C'est laquelle de ces poupées polies, la vôtre ? – La seule qui n'est ni une poupée ni polie. » Elle a écrasé son mégot sous la semelle de ses chaussures à talons. « Elle tient de sa mère, donc ?! » Elle m'a fait un clin d'œil. J'appréciais cette femme qui me donnait l'impression d'être une amie de longue date. « Voyons voir… », a-t-elle dit en se levant. Elle s'est avancée dans le couloir. Déambulant entre les fillettes, les épiant une à une. Après un temps, elle est arrivée face à Michèle. Elle lui a parlé, ma petiote m'a montrée du doigt, elle a prononcé son nom et son prénom. Soudain, la musicienne s'est pétrifiée. Elle s'est retournée vers moi. Son regard était différent. Elle a dévisagé de nouveau Michèle, puis elle a fait volte-face. Elle a marché jusqu'à sa loge, passant devant moi et me soufflant : « Je m'occupe de tout, vous ne me devez rien », avant de fermer la porte.

Ses petites chaussures neuves et cirées se sont avancées sur le plancher noir de la scène. Elle ne tremblait pas, semblait n'avoir peur de rien. On l'a annoncée. « Michèle, sept ans, va vous interpréter “Les bonnes manières”. » Elle a pouffé de rire dans le micro. La salle est restée de marbre. Ma fille s'est tournée vers moi, j'étais cachée derrière le rideau, le cœur battant. Elle m'a fait son sourire de petite insurgée, fière d'envoyer paître les us et coutumes. L'orchestre attendait son signal. Elle leur a lancé un regard. Le silence, interminable. La musicienne du couloir a relevé son archet, elle pleurait. Michèle lui a fait signe. Elle a frotté les cordes de son violon. Une violoniste. Mon cœur est tombé jusqu'à mes tripes, pendant que Michèle chantait de toute son âme devant le public pantois. De dos, le contre-jour créé par les projecteurs dessinait sa silhouette avec splendeur. Elle envahissait l'espace, sa voix faisait vibrer les murs. Elle existait, seule et libre. Et moi, je voyais cette violoniste la dévorer des yeux. Elle. La violoniste.

Eh voilà qu'ça fait l'fier ! Ça montre ses biscotos
Pour moi, 'y a rien faire, c'est rien qu'des gigolos
Si tu veux d'la matière, écoute dont mes propos :
La puissance, mon p'tit père,
ça s'trouve dans le ciboulot !

Les musiciens ont applaudi mon enfant mais le public est resté muet. Elle leur avait coupé la chique. Michèle a quitté la scène et s'est vautrée dans mes bras. Au-dessus de son épaule, j'apercevais cette femme qui nous fixait sans cligner des yeux. J'en avais froid dans le dos. J'entendais la voix d'André résonner en moi. « Blonde. Regard grave. Beaucoup de cicatrices. »

Tenant Michèle par la main, j'ai traversé l'arrière-scène puis les loges. Je suis entrée dans celle de la violoniste. J'ai fouillé dans son manteau. Ma fille me regardait faire sans oser me demander quoi que ce soit. Dans la poche, j'ai trouvé la carte d'un bistrot. Au dos, j'y ai inscrit : « Vingt-trois heures, à cette adresse. » J'ai remis la carte à sa place et nous sommes parties.

*

« Ils ont besoin de gens, qui ont connu le terrain. Pour l'instant, ils batifolent avec des théories qui n'ont aucun sens. Ils ne savent pas qui nous sommes, combien nous sommes ni ce que nous sommes capables de faire, avec rien. »

Plusieurs organisations ont vu le jour de l'autre côté de la mer, dans des pays qui ont échappé à la guerre des Salauds. Elles mènent des missions en secret, recueillant des agents. Ici, sur place, sans arme ni aide, les petits groupes comme celui dont fait partie Épervier ont peu de poids et se sentent démunis. N'arrivant que rarement à communiquer entre eux, ils organisent des attaques, parfois au même endroit, le même jour et se mettent des bâtons dans les roues plutôt que de s'entraider. « Il faut aller là-bas directement. Savoir ce qu'il se prépare, ce qu'il s'y dit, et travailler avec eux. Il faut faire la traversée. » Dans les ports de l'Ouest, on dit que des pêcheurs indociles les accueillent à bras ouverts, offrant un toit, de la nourriture, des cartes de navigation, une embarcation, mais, surtout, qu'ils sont en mesure de prévenir les pays alliés de leur arrivée. Après des jours de marche, Épervier et son groupe s'enfoncent dans le paysage des pêcheurs. Là-bas, ils sont reçus par Marthe la grande, une femme ronde comme un cul de poule, au sourire aux dents propres et à la poigne d'un matelot. Sans discours, elle les installe dans le hangar qui sent bon les marées. Une cocotte remplie d'un bouillon chaud les attend. Marthe la grande impose le silence, aucun d'eux n'ose demander quoi que ce soit tandis qu'elle les sert. « Vous avez ma pinasse. C'est la seule qu'il me reste. Les autres ont été perdues en mer. Mais les hommes qui étaient dessus, rassurez-vous, ils vont bien. Je m'occupe de cela. Posez pas trop de questions, grimpez sur ma barque, elle vous portera là où il faudra. Et quand elle ne le pourra plus, j'aurai pensé à vous. » À l'aube, ils découvrent l'embarcation. Un peu comme sa propriétaire, elle a une croupe imposante et fatiguée qui chaloupe sur le port. Elle est faite d'un bois clair et sa coque est rouge tel le maquillage d'une femme. C'est un petit bateau qui a un air de vacances. Ils embarquent sous les derniers conseils de Marthe la grande. « Il faut y aller doucement. Elle est délicate. Ne forcez pas les choses. » La pinasse les emmène dans une traversée tendre de quelques heures. Elle glisse sur l'eau, dansant légèrement sur les ondulations de la mer, sans à-coups ni violence. Épervier pense à sa femme. « Si elle avait été un petit bateau, elle aurait été celui-ci. » Ainsi, lentement, il oublie presque pourquoi il est là, imaginant plutôt qu'il est dans les bras de sa douce épouse. Ce que ne sait pas Épervier, c'est que tous les hommes qui l'entourent fantasment la même chose. Le bateau comme les bras de leur femme. Au milieu de la mer, sans prévenir, la barque s'arrête. C'est là qu'apparaît à l'horizon la silhouette d'un cargo allié. Les marins présents à bord saluent avec enthousiasme la bande d'Épervier et les accueillent auprès d'eux. L'embarcation est abandonnée à son sort. Sur ce navire, Épervier ne regarde pas devant lui le bout de terre libre qui s'approche. Il regarde la pinasse, seule au milieu de nulle part. Il a presque envie de lui dire au revoir. « C'est un bateau, mon vieux, redescends sur Terre », pense-t-il comme pour se reprendre. Mais là, sur le pont, dans un mirage que seuls les exilés connaissent, il aperçoit les silhouettes de sa femme et de sa fille. Il entend même dans le souffle du vent : « Sauve-toi toi-même. »

II

L'horloge du bar n'en était pas une. C'était une horloge de gare qui n'avait rien à voir avec le lieu, elle était trop grosse, trop imposante. Elle était faite pour les rails, les valises, les vendeurs de journaux, les retrouvailles, les étreintes, les au revoir et les sifflets des contrôleurs. Surplombant un tel décor, elle aurait été grandiose. Les voyageurs auraient été suspendus à son rythme. Tout un monde à ses pieds qui l'aurait regardée comme une dame. Mais l'horloge de gare était en plein milieu de cette brasserie coquette et elle n'avait l'air de rien d'autre qu'une décoration grotesque, ridicule, un vilain petit canard. Tous les objets du monde ont été conçus pour remplir une fonction. Lorsqu'on les sortait du cadre pour lesquels ils avaient été créés, ils devenaient encombrants. Cela devait être la même chose pour les gens. Peut-être que sur nos visages figuraient notre fonction, notre condition, là d'où on venait, là où on allait, ce que l'on croyait, ce que l'on aimait, les choses pour lesquelles nous étions doués, celles pour lesquelles nous étions gauches. Étais-je une horloge de gare ? Faisais-je pitié aux citadins qui me voyaient, là, sur la table du coin, face à la vitre, sans rien consommer, enfoncée dans la banquette en velours vieillie qui m'avait parue confortable et qui ne l'était pas du tout ? Vingt-trois heures avaient sonné depuis dix minutes et la violoniste n'était toujours pas là. Lorsque l'aiguille de l'horloge avait donné l'heure pile, mon ventre s'était retourné et j'avais été prise de sueurs froides. Depuis, mon palpitant remuait dans tous les sens chaque fois que la porte s'ouvrait.

Ici, on avait la sensation de boire un café corsé, d'avaler un plat en sauce dans lequel on vient tremper un pain croustillant, de déguster un grand vin, de plonger sa cuillère dans une tarte tiède à la pâte feuilletée pleine de beurre et tout cela rien qu'à l'odeur. Cela mettait de joyeuse humeur et me permettait de me distraire pour supporter l'attente. Je pensais à Michèle que j'avais laissée seule dans la chambre. « Demain, je l'emmène boire un chocolat et croquer dans une pâtisserie. Nous ferons le tour des brasseries dans lesquelles tout est bien trop cher et on achètera trop et on croquera, on avalera, on ne finira pas nos plats car nous n'aurons plus faim, et tant pis pour l'argent car nous ferons semblant que ce n'est pas un souci », pensais-je. J'espérais que Michèle ne s'éveillerait pas à cause d'un mauvais rêve. Souvent, vers minuit, elle criait un peu alors je venais près d'elle, je la rassurais, lui caressais le front, elle se blottissait contre moi. C'était toujours à cause d'un oiseau à qui on arrachait les ailes. Parfois elle pouvait être très en colère contre moi : « Pourquoi tu n'entendais pas les cris de l'oiseau ? – Parce que c'est dans ton cauchemar, Michèle, je ne peux pas entendre ce qu'il s'y passe. – Comment on va faire, alors ? », s'inquiétait-elle avant de se rendormir.

La porte de la brasserie s'est ouverte sur une femme. Elle a regardé autour d'elle. J'avais mal aux entrailles. Elle m'a observée, je n'ai pas reconnu son visage, elle est partie vers une autre table. J'ai de nouveau respiré. J'attendais la violoniste en espérant qu'elle n'arrive jamais. Au fond, je ne savais pas très bien ce que je faisais là. J'avais donné ce rendez-vous de façon impulsive, comme pour lui dire : « Je ne suis pas lâche, je n'ai pas peur de vous, j'ai le pouvoir, j'ai le contrôle, c'est moi qui commande. » Si elle ne venait pas, c'était encore mieux. L'heure était passée depuis quinze minutes. J'aurais pu rentrer victorieuse, mais je restais à attendre quelqu'un que je ne souhaitais pas rencontrer pour lui demander des choses que je redoutais d'apprendre. J'étais là sans y être. En pensant à l'avant, en pensant à l'après. N'habitant nulle part, pas même mon corps. Le garçon du bar me lorgnait de biais, il s'est adressé à son serveur qui a filé droit vers moi, sans sourire.

« Vous vous êtes décidée, mademoiselle ?

— Pas tout à fait.

— Boisson chaude, vin, digestif ?

— Vous avez de la gnôle de prune ?

— De la gnôle ?!

— De prune.

— De la gnôle de prune ?!

— Ben oui.

— Je n'ai pas de gnôle, non. Attendez-vous quelqu'un ?

— C'est ça.

— Alors je vous propose qu'on attende cette personne et nous aviserons à ce moment-là. »

Il est reparti vers le garçon du bar, amusé par notre échange. Puis celui-ci a ri franchement. Je ne voyais pas en quoi un petit coup de gnôle pouvait être source de moqueries. C'était assez désagréable pour que je décide de partir. Après tout, je n'étais pas accrochée au mur comme l'horloge de gare. J'avais des pieds et une tête pour les guider, j'étais bien libre d'exister là où je ne faisais pas tache. Voilà, je partais. Tant pis. Qu'elle aille se faire voir, la violoniste. Pourquoi diable avais-je besoin de me fabriquer un souci supplémentaire ? Il y avait la guerre, il y avait André, il y avait Michèle, il y avait l'argent, il y avait le monde qui change et tous ces points de vue différents sur une même chose qui rendaient impossible la certitude. La paix. Je me suis levée sans un regard vers ceux que j'avais divertis par mon manque de mondanité. J'ai tourné la poignée pour sortir.

Je suis tombée nez à nez avec elle. Il y a eu un instant comme ça, l'une face à l'autre, pâles et muettes dans le courant d'air. « LA PORTE ! », a hurlé un client. La violoniste a pivoté face à la sortie, me présentant son dos. Elle est restée un bon moment ainsi, la main sur la poignée, silencieuse. J'étais sûre qu'elle allait repartir. Mais elle a dit dans un souffle : « Ma chérie… » Elle s'est tournée brusquement vers moi et m'a sauté au cou. « Ma merveilleuse chérie ! Comme tu m'as manqué ! » Elle m'a étreinte fort et avec frénésie. Son élan a failli nous faire tomber au sol. « Oh, ma cousine, ma si douce ! Oh ! As-tu fait bon voyage ? Comme tu es belle, regardez-moi cette silhouette ! » Elle m'a fait tourner sur moi-même en plein milieu de la brasserie. Tout le monde nous regardait. « Tu as faim ? Lucien ! Tu nous mets une bouteille de ta réserve et des œufs en sauce et une portion de velouté et des coquillages au vin pétillant ! » Le garçon de bar a acquiescé, recevant ses envies comme un ordre. Elle me couvrait de baisers sous le regard de chacune des personnes présentes dans cette pièce, qui ne pouvaient se détacher de sa beauté. « Il te reste des gourmandises, Lucien ? – Choux au café, feuilleté à la crème montée, tarte aux agrumes… » Elle a claqué dans ses mains pour l'applaudir de sa récitation. « Tu emballes le chou dans un joli carton et tu la donnes à la dame à son départ. » Elle m'a fait un clin d'œil. « C'est pour la petite. » Elle s'est penchée vers le garçon du bar, a déposé une bise sur sa joue tout en glissant une main dans les poches du jeune homme. Il a rougi. On ne voyait qu'elle. Sa voix, ses gestes, elle prenait tout l'espace. Parfois, elle se retournait vers un Salaud et lui faisait une œillade. Elle était la reine. Elle embarquait tout le monde dans sa ronde. « Va t'asseoir, ma poulette, je vais saluer les copains et j'arrive… Choisis la table qui te plaît. Lucien, tu me la chouchoutes ! » Elle s'est éloignée au fond de la salle. Elle embrassait tous les hommes, toutes les femmes, tous les Salauds, toutes les cocottes. Je la dévisageais, hypnotisée par son charisme. Désarmée. Elle jouait si bien la comédie qu'elle m'avait offert un vent de chaleur. J'étais plantée là où elle m'avait laissée, debout au milieu de la brasserie, je la découvrais et j'avais envie que ce soit vrai. Qu'elle soit ma cousine. Elle, cette femme-là, qui m'accueillait avec tant d'allégresse et de convivialité. Le serveur m'a installée à une jolie place. Même ce dernier était devenu plus amical, souriant, soudainement inquiet de mon bien-être. Il a dressé la table, a rempli nos verres de vin, déposé les œufs farcis de sauce et d'herbes, la soupe, flanquée d'une énorme cuillère de crème fouettée – « pour rendre le velouté plus aérien » –, une petite assiette de déclinaisons de beurres, « l'un est au sel de mer, l'autre relevé au piment, celui-ci est un beurre d'ail, et enfin, le dernier est au thym », m'a-t-il expliqué tout en déposant une corbeille de pain bourrée à craquer. « Les coquillages arrivent. » J'aurais tout mangé, même le ventre plein, simplement pour avoir ce goût dans ma bouche : celui de l'abondance. Une saveur moins rugueuse que celui des repas quotidiens. Le fumet des choses qui ne sont pas nécessaires, un bouquet non essentiel. Comme cette crème que nous avions dans nos campagnes. Après avoir reçu une portion de lait chez Fernande, je la faisais bouillir et je récupérais la crème qui s'était formée au sommet de ma casserole, et oui, nous aussi nous la mettions dans nos assiettes, bien sûr, mais non, jamais je ne l'avais fouettée pour « aérer » le potage.

J'étalai une noix de beurre au thym sur un gros morceau de pain moelleux pour capturer à jamais cet instant sur mes papilles, en faire un souvenir gustatif. Lorsque j'approchai le pain et le beurre de ma bouche, je sentis quelque chose tomber de ma poche intérieure. Je découvris à mes pieds une liasse de billets. Je regardai la cavité d'où s'était échappé cet argent qui n'était pas le mien, d'autres billets y pendaient encore. Le serveur remarqua les sous au sol, il me fit un signe et vint se poster devant moi pour me dissimuler aux yeux des autres clients. J'en profitai pour vite ramasser l'argent et le remettre dans ma veste. Pendant qu'il me cachait, je fouillais mon vêtement. Il n'y avait pas une seule poche que la violoniste avait laissée vide. Ses étreintes lui avaient servi à m'en mettre plein les fouilles, sans doute pour m'acheter. J'observais la violoniste occupée à faire du charme à l'assemblée. Je ne mangeais rien. Devant moi, un festin, dans mes poches, l'abondance, dans mon cœur, une amitié fictive qui m'avait donné de l'amour comme je n'en avais pas reçu depuis longtemps. Un amour dont je manquais cruellement. Je regardais les femmes assises dans cette brasserie, qui parlaient entre elles, qui fumaient, riaient, buvaient, se régalaient, se confiaient, se soutenaient, se complimentaient, et je voyais toutes celles que j'avais aimées. J'étais cueillie par la nostalgie. Je fermai les yeux et les imaginai à table avec moi, à mes côtés. Josette, à ma droite, sirotait son verre de vin en faisant des « Hummm, oh, hummm », elle était belle, elle portait sa tunique bleu marine, elle était débarrassée de son tablier jaune sur lequel chacun de ses enfants avait brodé un cœur, elle descendait son verre en culpabilisant de s'offrir quelque chose d'aussi bon sans le partager, alors je lui dis, comme si elle était là pour de vrai : « Finis la bouteille à toi toute seule, si ça te fait plaisir, après tout. » Elle rougissait, riait, puis se resservait : « Hummm, oh, hummm, c'est vrai, après tout. » Ma mère était en face de moi, elle examinait les plats un à un, les décortiquant du regard. Elle s'était apprêtée, elle avait mis la robe que je lui avais offerte et qu'elle n'avait jamais portée car « il n'y avait pas d'occasion ». Je savais qu'elle l'essayait parfois à la maison, seule, quand nous n'étions pas là, mon père et moi, et se mirait de profil dans le miroir. Quand elle enfilait cette toilette, elle ne ressemblait plus à ma mère, elle avait l'air d'une femme qui se trouvait avoir une fille qu'elle aimait par-dessous tout. Le vêtement la libérait des barrières qu'elle s'était fabriquées, de l'unique fonction pour laquelle elle se croyait désignée : être ma mère. Elle contemplait les plats avec l'envie de les avaler comme une ogresse, mais elle n'osait pas y toucher car elle ne voulait pas se salir. « Mets la serviette sur tes genoux, ou bien autour de ton cou, et profite, maman », je l'imaginais hausser les épaules : « En voilà des manières, on n'est pas à la maison. – Et alors quoi ?! Tu ne vas rien déguster du tout ? » Son ventre faisait un bruit de détresse, elle me répondait, coquette et déterminée : « Je n'ai pas très faim, de toute façon. Et je n'aime pas beaucoup les coquillages au vin pétillant. » Pour finir et fermer le tour de table, il y avait Christiane. Habillée comme de coutume, c'est-à-dire comme bon lui semblait. Des tenues coquettes sur des galoches. Elle, à l'inverse des deux autres femmes de ma vie, ne se privait de rien. « Et puis quoi encore ?! » Elle goûtait tout à la fois, se léchait les doigts sans honte ni gêne, elle n'émettait pas de bruit d'extase, seulement des commentaires qu'elle adressait à ma fille, assise à ses côtés. « Ça, Mimi, tu le savoures en imaginant la mer et le soleil sur la plage… Non ! Malheureuse, ne souffle pas sur ton assiette, ça se mange chaud et pas tiède, tu veux avoir une vie tiède ? » Michèle dévisageait mon amie d'enfance, intimidée : « Non, madame. – Bien, alors ne souffle pas sur ton plat. La chaleur, c'est une saveur à part entière. »

« Je ne vais pas pouvoir rester très longtemps ». J'ai ouvert les yeux. La violoniste était en face de moi. Elle n'avait plus cet air de fête. Son visage avait recouvré la part d'ombre que je lui avais trouvée dans le couloir des loges. « Je comprends que vous n'ayez pas très faim. Mais il faudrait croquer dans une ou deux choses. » Elle a levé son verre. « Trinquons, s'il vous plaît. – Je n'en ai pas envie. – Je comprends. Nous allons parler, mais il faut trinquer. S'il vous plaît. » Je n'ai pas levé mon verre alors elle s'est mise à rire à gorge déployée. Très fort et sans introduction. Elle feignait un fou rire spontané, tout en murmurant : « Buvez un peu, je vous le demande, buvez un peu votre verre. » Il était impossible de saisir la multitude de choses qui semblait se passer dans la tête de cette femme. Elle a enfoncé sa cuillère dans la soupe et mangé sans appétit ni plaisir.

« Je suppose que vous avez des questions. Je ne sais pas exactement ce qu'André vous a dit, mais je suppose qu'il s'en est tenu à nos accords.

— Michèle est mon enfant.

— Vous devez trouver cela incongru, mais je vous demande de me faire confiance et de manger un peu. Ou bien de feindre de manger. Prenez au moins votre fourchette dans votre main, votre verre dans l'autre ou un morceau de pain. Avez-vous regardé dans vos poches ?

— Si vous pensez acheter ma fille…

— André a dû vous raconter des choses terribles pour que vous envisagiez ce genre de choses. »

Elle a bu son verre cul sec. Elle a regardé autour d'elle puis, discrètement, elle a échangé mon verre avec le sien. « Cette brasserie est un endroit prisé. Les gens meurent de faim partout dans le pays, particulièrement dans notre ville, et pourtant, il n'y a pas l'ombre d'une pénurie sur notre table, dans nos verres, sur le menu. Avez-vous remarqué quel type d'individus peuplait ce lieu ? Regardez, Rose. »

J'observais autour de moi comme je l'avais fait en l'attendant. Plutôt que de me concentrer sur la décoration de la brasserie, je scrutais un à un tous ceux qui animaient cet endroit et que la violoniste avait embrassés. Oui. Des Salauds, vivant ici, mangeant ici comme s'ils n'avaient affamé personne. « Ils ont une tendance à la paranoïa, ces derniers temps. C'est devenu une mode de douter de tout le monde. Ils vont trouver étrange que deux amies ne boivent ni ne mangent dans la brasserie la plus cotée de la capitale. Faites au moins semblant de dîner. » J'ai de nouveau regardé les Salauds. Je n'avais pas remarqué leurs airs soupçonneux mais ils me faisaient assez peur pour que je me force à enfoncer ma fourchette dans l'un des plats. Elle a souri. Soulagée. « Ne prenez pas le risque de vous exposer toutes les deux. » Elle a ponctué sa phrase d'un autre rire absurde et, quand elle a fini de glousser, le rire a alors laissé place à une expression qui ne livrait aucune fantaisie. « Vous êtes malade, lui ai-je dit. Vous avez abandonné votre fille dans une poubelle. Alors c'est moi qui donne les ordres, ce soir. Vous n'approcherez plus de Michèle. Vous ne poserez plus un regard sur elle. Vous n'essaierez plus jamais de lui parler, de la voir. Je vous l'interdis. Vous ne m'impressionnez pas, je ne vous crains pas. » Elle a haussé les sourcils. Elle a mangé un œuf entier, la sauce gourmande emplissait sa bouche de sorcière. « J'imagine », m'a-t-elle dit pour seule réponse. Le mépris que j'avais pour cette femme est remonté en moi comme un torrent de boue. Son jeu de charme avait conquis ma solitude, c'est vrai, mais c'était passé. Désormais je voyais son visage véritable. Elle n'était plus belle, elle était pédante, cocotte, opportuniste, vile, manipulatrice. La petite ne lui ressemblait en rien.

« Michèle et vous portez le même nom ? Quand vous êtes arrivées ici, avez-vous montré des papiers sur lesquels Michèle et vous portiez le même nom ? Vos papiers sont-ils à jour ?

— En quoi ça vous regarde ?!

— Où sont les papiers de l'adoption ?

— Je ne comprends pas à quoi vous jouez.

— Lorsque vous rentrerez chez vous, brûlez les papiers de l'adoption. Brûlez tous les papiers sur lesquels Michèle et vous ne portez pas le même nom de famille. »

Son autorité me réduisait au statut d'enfant capricieuse. « André n'est plus à la maison, je suppose », a-t-elle dit en s'allumant une cigarette. J'ai eu un frisson. Non, André n'était plus à la maison. Il n'avait pas été à la maison très longtemps. Il n'était nulle part ailleurs que dans ma tête. Et parfois, je la court-circuitais pour le faire revenir. Inventant sa présence. Ma mémoire et moi le faisions apparaître devant un feu de cheminée ou lors d'une valse à l'accordéon. « Ne pleurez pas », a-t-elle chuchoté en posant sa main sur la mienne. J'ai dégagé ma main de sa caresse. « Je ne pleure pas, c'est la fumée de votre cigarette qui me chatouille les orbites. » Elle a ri de bon cœur, cette fois. Étrangement, elle m'est apparue de nouveau charmante et je n'ai pu m'empêcher de l'apprécier. Mon cœur trahissait mon esprit en la couvant d'amitié. Elle provoquait en moi un véritable manège émotionnel. Déroutant mon instinct, perturbant mes sentiments, et je vacillais entre haine et envolées fraternelles. Elle a saucé les assiettes. Émietté un peu de pain de mon côté. Posé ses couverts salis ainsi qu'une assiette vide devant moi. Elle a fait signe au serveur qui est venu avec le dessert emballé dans un joli paquet sur notre table, on aurait dit un cadeau. « Vous l'ouvrirez à l'hôtel. Je dois y aller. Rentrez chez vous, faites-vous discrète et gardez précieusement l'argent au cas où. » Elle s'est levée et penchée au-dessus de la table pour m'enlacer. Je n'avais pas été étreinte depuis longtemps. Mes bras, sans que je les y autorise, l'ont entourée à leur tour. Elle a revêtu cet air de reine. « Sur ma note, Lucien ! » Devant la porte, avant de sortir tout à fait, elle s'est retournée vers moi, elle m'a envoyé un baiser puis elle a dit : « Prends soin de toi. Je t'aime. » La porte s'est fermée sur son déhanché. Elle a disparu dans la rue sombre.

Tous. Ils l'ont tous regardée partir. Pas un, pas une n'a su détourner le regard. Aucun homme n'a pu dissimuler sa déception au départ de la violoniste. Je comprenais d'où venait le charisme de Michèle. Cette capacité innée à être au centre du monde, à se faire comprendre, à ne pas avoir peur de sa voix, de son existence, de sa puissance. Cette étincelle de panache et de classe, qui ne doute pas d'elle-même ni des autres, qui ne doute de rien. C'était la seule chose dont elle avait hérité de sa génitrice. J'avais bien regardé sa bouche fine et délicate, son visage anguleux, la forme de ses yeux amandes et clairs, ses cils immenses, son nez retroussé, sa peau de porcelaine, rien ne donnait l'indice d'une filiation. Ce que Michèle avait gardé de sa mère biologique était un air. Un air mieux que les autres. Et c'était bien comme ça. Michèle pourrait s'asseoir dans une brasserie chic sans passer pour une horloge de gare.

Je marchais dans les rues de la capitale. Il faisait nuit. Je tenais le chou contre moi. La pluie était venue déposer une petite couche huileuse sur les pavés pour faire s'y refléter les réverbères. La violoniste picorait toutes mes pensées, grignotait chaque instant de flottement, de silence. Elle n'avait pas l'air méchante. Elle avait l'air folle. Ses histoires, l'argent dans mes poches, les papiers, ses rires absurdes, sa façon de manger sans appétit. Nous nous étions serrées dans les bras. Mon nez dans ses cheveux, son corps contre le mien, je n'avais pas senti de méchanceté. Pas une once. C'était un problème. C'était de cela que j'avais besoin, cela que j'étais venue chercher, sans doute. Voir la femme méchante pour conforter mon opinion. Pour réparer mes fatigues, pour rassurer mon destin. « Ça n'aurait pas pu être autrement, Rose. Tu es sur la bonne route. C'est ton chemin. Celui que la vie a choisi pour toi. Le bon Dieu est content. Continue. Courage. Amen. » Voilà les pensées que je souhaitais entendre. Mais je n'avais pas rencontré la méchanceté, j'avais rencontré une violoniste chaleureuse et amicale. J'avais imaginé l'abandon de Michèle mille fois. Cette femme odieuse, qui jetait ma fille dans une poubelle et moi qui venais la sauver. Moi, la gentille maman. Je voyais ce tableau. Il me faisait me tenir droite lorsque j'étais épuisée et que je ne souhaitais m'occuper de personne, pas même de moi. Lorsque je rêvais de me laisser dépérir en buvant jusqu'à tomber, en fumant jusqu'à vomir, alors je pensais : « Je ne peux pas, il y a la petite. J'ai un devoir. J'ai une mission. Le bon Dieu m'a donné un enfant. » Et je ne cédais pas à la décadence. Je ne me prenais pas pour la Sainte Vierge, mais tout de même ! Le bon Dieu m'avait confié Michèle. Disons plutôt que toute une série de « circonstances » m'avait confié Michèle, comme André aurait préféré que je le formule. Comment allais-je faire pour continuer à imaginer cela ? J'avais le visage, la voix, la gestuelle, le charme, la chaleur, l'étreinte de la violoniste désormais incrustés dans mon esprit et cela barrait le chemin à la réalité que je m'étais façonnée. Je devais repeindre le tableau. J'aurais aimé dormir. J'étais épuisée et mon esprit ne savait plus se taire. Je serrais fort le chou à la crème. Je me cramponnais au paquet. J'aurais donné n'importe quoi pour m'évanouir, juste un petit peu, un petit coma gentil de quelques jours, puis me réveiller dans un hôpital où l'on m'aurait droguée de tranquillisants.

Je suis passée devant une affiche sur laquelle était dessiné un enfant qui soufflait ses bougies. Je me suis arrêtée et j'ai souri. Cela m'était sorti de la tête. Cette nuit-là, je changeais d'âge et j'avais oublié mon anniversaire. Je n'y avais pas pensé depuis le départ d'André. Je m'étais donné un âge de façade, un âge de femme mariée, de mère, de celle qui voit partir son époux, sa mère, son père, son amie d'enfance, qui se trompe de monde et de réalité. Quel âge c'était, tout ça ? J'avais oublié le mien. J'ai compté. Vingt-trois ans et un dessert à la crème dans les mains. Quel âge avait la violoniste ? Qu'est-ce que j'allais bien pouvoir me raconter pour tenir ? Fallait-il que je réinvente tout ? Je me sentais orpheline. Une petite troupe de Salauds, bien ivres et bien repus, est passée à côté de moi. Ils sont venus m'entourer, ils parlaient dans notre langue, ils étaient d'humeur guillerette. Ils m'ont proposé de me joindre à eux. J'ai eu envie de les suivre. J'avais des pensées à noyer et le désir furieux d'avoir mon âge. Je me voyais bien, à boire, à rire, à parler, entourée de monde et de poudre de perlimpinpin. L'un d'eux a voulu ouvrir le paquet, que je partage le chou avec lui. J'ai refusé, alors il s'est fâché. Il m'a insultée, il a dit que j'en étais une. « Une quoi ? », ai-je demandé. Ses amis, des Salauds moins irritables, se sont excusés auprès de moi. « C'est compliqué, en ce moment, il y a des meurtres. Ils sont cachés partout », a répondu gravement l'un d'eux. « Mais qui ? » Il a chuchoté : « Les terroristes… » Puis ils sont repartis, ils sont allés continuer la fête ailleurs et sans moi. J'ai regretté un peu. J'aurais dû ouvrir le paquet, on n'en aurait pas fait toute une histoire et je serais allée m'amuser avec eux. Arrivée à l'hôtel, j'ai posé la boîte à gâteau sur la table de nuit et je me suis glissée tout habillée contre ma fille. J'étais soûle de fatigue. Je me suis recroquevillée contre Michèle, j'étais bien. Elle sentait bon le repos. J'ai trouvé la paix blottie contre son dos, entourée par la chaleur que dégageait son corps endormi.

III

Au petit matin, j'ai entendu Michèle mâcher joyeusement et avaler ce qui semblait être des bouchées énormes. J'ai ouvert les yeux. Elle avait de la crème au café plein le visage et les doigts. Elle dégustait le chou avec un dévouement extrême, elle fermait les yeux et méditait sur son plaisir. J'ai ri. Elle a sursauté. Honteuse. Elle voulait m'en laisser, m'a-t-elle dit, une fois la crème avalée, mais elle n'avait pas réussi à s'arrêter car quelque chose de plus fort la poussait à continuer à manger tant qu'elle le pouvait. J'ai ri de plus belle. « Ça s'appelle la gourmandise ! Et c'est bon signe. » Même si le bon Dieu la considérait comme un péché, ma mère m'avait toujours appris, au contraire, qu'elle était foi de bonne santé. La gourmandise et les projets. « Tant que tu te réjouis d'un repas ou d'un projet, alors tu vieillis sans trop de mal. » Puis j'ai remarqué, recouverte de crème et de traces de doigts, une lettre dans le fond du paquet. Michèle me l'a tendue en avalant la dernière bouchée : « Ah oui, il y avait ça dedans… C'est pour toi, je pense. » J'ai saisi la lettre. Je l'ai dépliée en vérifiant que Michèle ne puisse pas lire par-dessus mon épaule. L'écriture était soignée mais on devinait que les mots étaient venus dans l'urgence et l'hésitation.

Cousine,

Je sais que vous me pensez une parente de Michèle. Sa sœur ? Sa tante ? Sa mère ? Je ne vais pas vous conforter dans vos croyances. Je pardonne à ceux qui par crainte épousent des réalités rassurantes, mais je suis persuadée qu'il est impossible de vivre aveugle indéfiniment. Lorsque nous avons peur de perdre ce que nous possédons (nos biens et nos certitudes), nous déployons notre énergie à les adapter à un nouveau contexte car nous nous en pensons dépendants. La dépendance est une illusion bien confortable. Il ne faut plus penser à aller là où on le peut, il faut regarder avec clarté et abandonner ce qui, de toute façon, est vain, pour aller là où on le veut. Il ne faut plus réagir, il faut agir. Il ne faut plus penser à survivre. Il ne faut plus penser « en attendant ». Cela fait plusieurs années qu'un parti politique fasciste prend racine dans des pays voisins. Certaines familles de là-bas ont fait le choix d'abandonner leurs enfants à l'intérieur de nos frontières avec l'espoir de les sauver. Nous en avons caché bon nombre dans des orphelinats et des pensionnats. Nous n'avons malheureusement plus aucun signe de leurs familles respectives. Quand ces ennemis nous ont envahis et ont pris le contrôle de notre gouvernement, nous avons craint qu'ils n'épargnent aucun orphelin. Nous avons alors imaginé qu'à la campagne les enfants pourraient vivre incognito. Cette partie vous concerne directement. Nous avons commencé par envoyer les petits dans ces orphelinats, prétextant ne plus avoir de place dans les villes, et inventant une histoire pour chacun afin d'éviter

les soupçons. Puis nous avons cherché des familles dans ces régions pour les adopter rapidement et leur donner un nouveau nom. Je connaissais André d'une guinguette où il jouait tous les jeudis, je sortais parfois mon instrument pour l'accompagner. À force de jouer ensemble, nous étions devenus camarades. Il m'avait parlé du décès de son grand-père, de la vannerie, de cette maison dont il avait hérité. Elle se trouvait non loin d'un des établissements où nous avions caché des enfants. Il n'a pas hésité. Nous avons choisi un enfant au hasard, une petite fille que nous avions renommée Michèle, nous avons envoyé une photo d'André à l'orphelinat, et nous les avons prévenus que son père venait récupérer l'enfant, qui avait été abandonnée par sa mère. Il suffisait à André de convaincre l'orphelinat de changer le nom de famille de la petite par le sien, et Michèle serait en sécurité… Vous connaissez mieux la suite que moi, et je serais heureuse de l'entendre autour d'un bon repas, une fois toute cette folie terminée. Il est certain que notre façon de faire, effaçant toutes traces de leur passé, condamne ces jeunes enfants à vivre dans la méconnaissance de leurs origines. Mais nous comptons sur l'imagination de ceux qui les élèvent pour leur raconter ce qu'il convient le mieux. Ces ennemis ont aujourd'hui conquis nos terres et gouvernent notre pays. Ils arrachent aux gens toute empathie : ils discréditent, stigmatisent, rejettent, humilient, attisent la haine, si bien qu'aujourd'hui même des affiches aux propos ignobles décorent nos rues. Bien trop occupé à survivre, le monde passe devant sans les voir ou presque. Les aveugles ont bon dos. Brûlez cette lettre. Avec mon amitié.
Simone

Toutes ces choses qui existaient en silence. Cela donnait le vertige. Tant d'histoires, de réalités différentes qui vivaient les unes à côté des autres. Des réalités parallèles, comme des frontières, des barrages, des barbelés divisant le monde des autres et le mien. Fallait-il ne jamais croire tout à fait quelqu'un, ni une idée, ni un argument ? Existait-il un endroit où une vérité était absolue ? Alors je rêverais de m'y rendre. J'aurais aimé que mon bon Dieu soit un lieu et qu'il soit celui-ci.

La réalité que m'avait offerte André était devenue la mienne, elle m'allait très bien car je m'y étais habituée. Il avait sauvé sa fille d'une horrible femme, je participais à ce sauvetage et me faisais mère à sa place. Désormais, il y avait aussi la version de la violoniste dans laquelle un monde obscur se déployait, avec des familles qui abandonnaient leurs enfants par désespoir et des êtres à jamais désunis. Je m'étais imaginé que cette femme était folle à lier et qu'André m'avait épousée par amour. Pourtant, mon instinct m'avait fait aimer Simone dès le premier instant. À présent, il me répétait que mon mari avait sauvé Michèle, c'était là la seule chose qu'il avait faite, la seule chose qu'il avait eue en tête. Il avait sauvé Michèle et lui avait trouvé une mère. Point. Une multitude de questions m'ont envahie, revisitant chaque instant de notre rencontre, notre union, notre vie. Revisitant tout avec une insécurité si puissante que mon corps tremblait et ma poitrine refusait l'air. Je faisais partie d'un plan. Moi ou une autre femme, cela aurait été la même chose. Il lui fallait une mère pour la petite, pour mieux la cacher, pour mieux l'élever, pour mieux s'en aller.

Qui était cet homme ? Qui étais-je ? N'avais-je été qu'un instrument ? M'avait-il aimée vraiment ? Sinon, pourquoi m'avoir choisie, moi ? Avais-je même été choisie ? Ou bien était-ce moi qui avais choisi ? J'avais provoqué notre discussion, nos rencontres, notre baiser, notre mariage, l'adoption. Qui s'adapte et qui se révolte ? Qui ? J'étouffais. Je hurlais en silence et mes muscles, mes os, ma peau allaient craquer sous la puissance de ce cri. André n'avait été qu'un homme en mission, un homme qui faisait les choses et les cochait sur son petit carnet une fois qu'elles étaient accomplies, à la manière de mon père. Se marier : Fait. Avoir une maison : Fait. Avoir un enfant : Fait. Sauver le monde : En cours. La musicienne n'était peut-être qu'une vile manipulatrice qui se jouait de ma crédulité pour récupérer Michèle. Peut-être que rien dans cette lettre n'était vrai. Ou bien alors peut-être qu'André… À moins que la violoniste… « Maman ? » J'ai relevé les yeux vers Michèle. « On pourrait sortir, non ? – As-tu lu la lettre ? », lui ai-je demandé, hantée par sa réponse. Michèle a hésité longtemps. Elle me regardait dans les yeux, elle me regardait tout entière. Elle cherchait la réponse à ma question, là, en moi, sur mon visage, dans un recoin de mon être, la réponse, c'était moi qui la lui donnais. Alors elle a souri, très rassurante. « Non. J'espère que ce n'est pas une mauvaise nouvelle et que tu es de bonne humeur car je voudrais me balader, maintenant. » Elle s'est levée. Elle est allée se débarbouiller le visage, elle a passé de l'eau sur ses cheveux courts pour leur donner une forme qui lui convienne. Il y avait à présent la réalité de Michèle, celle que je décidais de croire. J'ai brûlé la lettre avec une allumette de l'hôtel. J'ai revu André lorsqu'il avait brûlé le message apporté par le petit Émile le jour de son départ, comme s'il avait eu, par ce geste, les pleins pouvoirs sur son destin. J'espérais que moi aussi, j'arborais cet air-là.

Malgré ce qu'avait recommandé la violoniste, nous ne sommes pas rentrées nous cacher dans notre maison de campagne. Nous sommes restées dans la capitale une journée entière et avons foulé les pavés avec fierté. Tout cela librement, sans rien craindre ni personne, et bon sang ce que cela faisait du bien. Je voulais que Michèle aille partout, qu'elle mange de tout, qu'elle pose et ses mains et ses pieds à chaque recoin de la ville, sur les murs, les bancs, les vitrines, les lampadaires, il fallait qu'elle laisse sa trace. C'était une revanche secrète et jouissive. Nous sommes allées d'une brasserie à l'autre pour y boire des chocolats et déguster des mets gourmands avec l'argent de la musicienne. Je n'ai pas été raisonnable. J'ai payé ce sentiment de liberté en cramant les billets comme avait flambé la lettre. Les échoppes avaient des devantures racoleuses. Ici, on vendait les meilleures cigarettes du monde, là-bas, les livres les plus rares, ici encore, des bonbons qui n'abîmaient pas les dents, par là, des légumes pleins de vitamines. Il y avait des cinémas avec des affiches qui vous faisaient voyager rien qu'en posant l'œil dessus, et des théâtres et des salles de concert dont, aux balustrades, on pouvait apercevoir un musicien fumer une cigarette en lisant sa partition. Il y avait des musées dans lesquels on admirait des tableaux qui représentaient d'autres pays. La rue entière était une incitation : « Visitez ceci, visitez cela, tout en mangeant ci, tout en buvant ça, pensez à ceci, riez de cela, honorez Untel, huez celui-là... » Puis des manèges, avec des chevaux suspendus et des enfants qui riaient car ils n'étaient pas à l'école. En levant le nez, on pouvait voir des petites canailles se hisser aux balcons les moins hauts pour piquer des œufs dans les cages à poules. Et puis, aussi fou que cela puisse paraître, au milieu de toute cette vie citadine, s'étendaient des champs. Des femmes et des hommes tapaient la terre. Chaque lopin était utilisé pour faire pousser des patates, des poireaux, toutes sortes de racines. Au pied d'un musée, dans un parc, devant l'hôtel de ville, toutes les parcelles semblaient être réquisitionnées. Un mélange de richesse et de misère, de grandiose et de minable, de clinquant et de boueux. Quelques-uns n'avaient pas quitté leur costume de ville et on pouvait voir des souliers cirés recouverts de boue. Bon Dieu, ce qu'ils bêchaient mal ! Ces hommes et ces femmes que je pensais insaisissables, inaccessibles et méprisants, ressemblaient soudain à mes voisins. Ils étaient comme moi, ils se débrouillaient. Ils bêchaient la terre sans savoir bêcher, ils plantaient des légumes sans savoir planter. Dès lors, les gens de la ville m'ont fait moins peur, et j'ai découvert un autre visage de la guerre. Un visage d'humiliations. Nous avons parcouru les rues mais je ne saisissais plus la même chose, cette fois je voyais des affiches qui martelaient les murs de haine. J'ai noté les drapeaux, j'ai capté le regard de certains enfants, femmes, hommes. J'ai vu cet air sombre, cette injustice qui arrache la gueule. J'ai compris alors comme avait vibré André. J'ai compris le feu de la violoniste.

J'ai senti ce désir d'insurrection remonter, il avait toujours été là, en bon vieux camarade qui s'était tapi discrètement en mon sein et n'attendait que d'être convoqué.

Ce sentiment de révolte était en moi depuis l'enfance, tandis que je voyais ma mère n'avoir aucun rêve et se contenter de l'errance quotidienne. Je la voyais dépossédée d'elle-même, de ses désirs, de ses opinions. Une femme qui se racontait des histoires dramatiques afin de se sentir habitée. Elle s'était abandonnée à travers son enfant, en faisant de moi ce qu'elle serait devenue si elle avait dit « non » à ce qui convenait de faire et « oui » à ce qui lui convenait à elle. Elle voulait que je ne sois pas comme elle, elle voulait que je n'aie peur de rien. Que je n'aie rien à perdre. Ni mariage, ni mari, ni maison, ni enfant. Elle voulait que je m'en aille au sud, que je tienne ma ferme seule. Enfant, je frappais, je cognais et les garçons et les filles, j'étais une sale gosse car c'était ce dont rêvait ma mère. Elle ne me punissait jamais. Elle disait : « Qu'est-ce que j'ai fait au bon Dieu pour avoir une fille pareille… ? », mais elle me regardait avec fierté. Et si tout avait commencé là, dans le regard de ma mère ? Mes choix, mes rêves, mes bagarres, la ferme, mon aversion pour le mariage, ma haine envers les hommes, ma haine envers les femmes qui désirent leur plaire, mon amour pour André le différent, mon mariage avec André le vaillant, la rencontre avec Michèle, le départ d'André l'insondable et ma petite fille orpheline dans les rues de la capitale. Est-ce qu'une seule de ces choses m'appartenait vraiment ? En aurais-je fait le choix si ma mère n'avait pas été celle-là ? Quelle était ma révolte originelle ? Mon père avait lui aussi rêvé d'autres choses. Emprisonné par celles à faire, celles à dire, celles à penser. Toutes ses manigances et le plaisir qu'il avait pour les choses officieuses. Lui qui passait son temps à mettre ses chaussures et à claquer la porte, n'était-elle pas là, sa révolte ? Il me semblait que mon père ne rentrait à la maison que pour en ressortir, simplement pour revivre le plaisir d'en franchir le seuil. De s'affranchir de la maison. Claquer la porte derrière lui. Et si tout venait d'eux ? Qui serais-je devenue si, comme Michèle, d'autres parents m'avaient été donnés par un coup du sort ? Serais-je une violoniste ou bien une cocotte ? Aurais-je été une femme dans un costume de Salaud, heureuse de trouver mon pouvoir dans la tyrannie ? Et si je n'avais pas choisi André, si j'étais restée bien au chaud plutôt que d'aller au bal ce soir-là, serais-je dans ma ferme, accompagnée d'un mari que je n'aime pas et qui ne m'aime pas, mais qui serait bien pratique et tout cela avec des enfants ? Aurais-je eu une petite fille qui ressemblerait à Michèle ? Mon enfant. Elle avait l'air de penser à des choses tout aussi vertigineuses. Elle ouvrait ses grands yeux et examinait autour d'elle avec avidité. Elle fixait longuement les gamins, quand elle croisait le regard de l'un d'entre eux, son souffle se coupait et elle baissait la tête. Elle était là, ma réponse. Je la tenais au creux de mes mains. Ses doigts entrelacés aux miens. Michèle voyait en moi un foyer, elle cherchait en moi son avenir. Ses petits doigts ont fait le silence dans mon esprit, les si, les pourquoi, les comment se sont tus. L'enfant était là, j'étais avec l'enfant. Elle était bien décidée à vivre et moi décidée à tout réinventer.

Je contemplais l'horizon. Sur l'un des bateaux qui passaient sur le fleuve, j'aperçus un gamin se glisser discrètement à l'arrière, entre les cargaisons, sans attirer l'attention du capitaine. Il n'avait rien avec lui, pas de baluchon. Je l'enviais. Et pourquoi pas nous ? Partir sans valise ni poids à porter. Dans notre maison, tout pesait une tonne : l'accordéon, le cheval de bois, le bureau en pin, les lettres inexistantes, les dessins de Michèle, l'absence d'André, la première fois que j'avais aimé, la mort des voisins par la fenêtre et la Lune au-dessus du clocher. C'était bien encombrant ! Nous allions partir nues. Abandonner. Lâchement. Nous allions, mon enfant et moi, lâcher du lest. Daniel, les meubles, les croquis de la machine pour aller sur la Lune, les promesses, les rêves complices, je laissais tout ainsi. En plan. De ce bonheur gâché je faisais un vestige. Michèle connaîtrait autre chose, je m'en faisais le serment. Michèle connaîtrait la vie et comme cela virevolte. Nous allions vivre sans n'avoir jamais rien à attendre. Ni personne. Daniel, lui, nous attendrait longtemps, d'abord à la gare, puis devant la porte, ensuite il sauterait le muret et viendrait frapper aux carreaux de la cuisine. Il attendrait un jour, deux jours, une semaine, quelques mois, que je revienne. Enfin, qui sait, peut-être qu'il lui prendrait l'envie à lui aussi de virevolter. De nous rejoindre. Je n'allais pas le prévenir. Ce n'était pas gentil de ma part. Je n'étais pas gentille. Peut-être que je ne l'avais jamais été. Au fond, j'étais une femme qui faisait des vœux qui n'engageaient que son bonheur. Ce n'était pas gentil, ça. Voilà une chose à transmettre, qu'aucune enfant sur cette Terre n'avait entendue : « Ne sois plus gentille et sois honnête avec tes vœux. » J'avais été en colère, je m'en rendais compte en m'entendant penser. Je n'avais plus envie de l'être. Ni gentille ni en colère.

« Nous n'allons pas rentrer à la maison ce soir.

— Nous allons rentrer quand ?

— Nous n'allons pas rentrer à la maison. »

Michèle m'a regardée sans trop d'inquiétude. Elle semblait même soulagée. « Tu as fermé à clé, au moins ? » Elle m'a fait rire. Elle faisait bien sûr un peu le pitre en me posant cette question. Elle est devenue plus sérieuse quelques minutes après, quand l'allégresse du moment est passée. « L'accordéon. Il faut récupérer l'accordéon de papa. » J'ai mis la main autour de ses épaules et je l'ai serrée contre moi. Le bateau démarrait et le gamin qui s'était faufilé à bord admirait la rive s'éloigner avec victoire. L'accordéon d'André ne ferait pas partie de notre voyage. Il y avait bien d'autres façons d'emporter le souvenir de quelqu'un. La mémoire a d'autres talents que de se hisser sur notre dos pour nous courber sous son poids. Il fallait trouver comment en faire une chose qui donne de l'élan.

« Et si papa revient à la maison ?

— Alors il nous attendra. »

IV

Le sauf-conduit que m'avait fourni l'accordéoniste tueur était difficilement modifiable. Les dates y avaient été inscrites à l'encre bleue et au tampon. Le motif du voyage : « Concours de chant pour enfants/futures vedettes » à telle heure, dans tel lieu, recouvrait tout. Il avait été prévoyant, le bougre. Il avait débordé sur toutes les lignes, redoutant que je me serve des espaces vides. Ce n'était pas un laissez-passer, en y regardant de plus près, c'était un morceau de prison. Puisqu'il avait conservé nos pièces d'identité, il fallait user d'astuces. Notre absence allait être remarquée.

J'avais pris le temps d'expliquer à Michèle ce que je comptais faire et combien de temps cela prendrait avant que nous partions toutes les deux dans la ferme de mon oncle. Il fallait trouver un endroit où dormir et se procurer de l'acétone. J'avais souvent vu mon père utiliser ce liquide odorant pour effacer des informations sur les papiers du maire et les remplacer par d'autres. Nous sommes allées à l'hôtel de luxe récupérer le peu d'affaires que nous avions emportées, puis nous sommes parties à la recherche d'un endroit plus discret, dans un quartier populaire. « Nous avons loupé notre train. Il nous faut prendre le prochain, qui part dans trois jours », expliquais-je, mais en voyant la date d'expiration sur le laissez-passer, les gérants nous accordaient un sourire de convenance et nous refusaient dans leur établissement. « On ne veut pas d'ennuis », disaient-ils sans amitié. En seulement quelques heures, à cause de numéros sur un bout de papier, on nous chassait comme des chats errants. Allez, oust ! La ville, ce n'était pas ce que je pensais. La ville, c'était la jungle. Entre les murs, les ruelles et les immenses bâtiments, si vous n'aviez nulle part où dormir, personne à qui parler, alors il fallait parler tout seul et roupiller sur les trottoirs. Je comprenais ce soir-là que, si les citadins étaient si beaux et si propres, c'était parce qu'ils gardaient toute l'eau pour eux. « On ne partage pas, par là-bas. On vend ou on achète », m'avait confié mon oncle de son expérience dans la capitale. Cette phrase me donnait tristement du réconfort. On vendait ou on achetait, eh bien alors, si l'argent était un nouveau laissez-passer, nous en avions suffisamment grâce à la violoniste. C'était peut-être le seul argument à présenter. À la tombée de la nuit, entre un théâtre abandonné et une maison délabrée, nous avons trouvé un hôtel miteux. Cette fois, j'ai montré à l'homme la somme pour les nuits que je lui demandais. « Cachez ça, on fera les comptes plus tard. » Il a repoussé les billets et nous a conduites à la chambre la plus haute de son étroit bâtiment. Une des fenêtres du couloir de notre étage donnait sur l'ancien théâtre, dont les ouvertures étaient barricadées par de vieilles planches de bois. Au bout du couloir, une porte, qui menait auparavant à ce lieu, avait été condamnée par des briques. « L'entrée des artistes, a dit le gérant de l'hôtel avec nostalgie. À l'époque, les artistes dormaient ici. Ils allaient directement de leur chambre à la scène en passant par là. Il est possible que vous croisiez des fantômes d'un monde libre et hospitalier. Ne vous en faites pas, ils sont adorables. » La chambre sentait l'humidité et la poussière, mais elle était réconfortante. En guise de décoration, seule une vieille carte du monde trônait au-dessus du lit. Michèle s'est endormie immédiatement. Moi, j'étais obsédée par ce laissez-passer. Il était indispensable que je trouve de l'acétone, le plus vite possible. Je savais que notre absence à la gare ce soir-là allait semer la zizanie. J'imaginais l'accordéoniste se lancer dans une chasse à l'homme. Je ne pouvais pas fermer les yeux car, sous mes paupières, le Salaud menaçait ma fille. Demain, il irait frapper à notre porte, il n'y trouverait pas de réponse. Il forcerait l'entrée, il fouillerait tout, absolument tout. Il serait en rage, il saccagerait notre maison comme il aurait aimé saccager mon corps. J'étais dans un état second, incapable de dormir, alors je suis sortie de la chambre dans un élan, j'ai descendu l'escalier et me suis précipitée vers la sortie. Dehors, peut-être quelque part, un homme ou une femme, à qui acheter de l'acétone. « C'est trop tard pour la balade, madame, ils ont décrété un couvre-feu dans notre quartier. » Accoudé à son comptoir, le gérant a coupé net ma course. Je suis restée, immobile, face à la porte. Il a souri. Puis il m'a fait signe de le suivre dans les cuisines.

Il s'appelait Gaspar, on pouvait deviner dans le labyrinthe de ses rides une jeunesse festive. Il était vieux et tous ses plis étaient l'écho d'un sourire large et d'un regard frétillant. Il a ouvert les placards et posé sur la table du pain et de la charcuterie. Je les ai dévorés sous son regard amusé.

« C'est beaucoup, trois jours. En général, chez moi, les gens passent une nuit pour se dépanner. Ou bien une heure dans l'après-midi, pour se soulager, a-t-il dit en riant.

— On a loupé notre train. Le prochain est dans trois jours, ai-je menti.

— Il y a des hôtels plus commodes pour une femme et sa petite fille.

— Ils sont plus chers et plus regardants.

— C'est normal, on a des inspections quasiment trois fois par semaine. Ils vérifient nos caisses, nos chambres et notre répertoire. Si vous devez rester plus longtemps, il faudra s'organiser… Qu'est-ce que je peux faire pour vous aider à partir plus tôt et éviter les ennuis ?

— Me donner de l'acétone. »

Il a acquiescé, il n'était pas surpris.

« Vous n'en trouverez nulle part, en tout cas plus en magasin.

— J'ai de l'argent.

— Alors arrêtez de le dire et arrêtez de le montrer. Jeune femme, les oreilles ont des murs, par chez nous. »

Le vieil hôte s'est levé, il a enroulé dans un chiffon de la nourriture puis il est sorti de la cuisine. Je l'ai entendu me parler tandis qu'il montait l'escalier : « J'en ai pour une petite dizaine de minutes. Placard de gauche, au fond à droite, bouteille de rouge, c'est de la piquette mais ça réchauffe, servez-nous, j'arrive. »

La cuisine de l'hôtel n'avait plus été utilisée depuis longtemps. Les tiroirs étaient remplis de vieux bocaux et des mites bien dodues grouillaient dans des sacs de légumineuses. Rien n'était ragoûtant, pourtant on s'y sentait bien. Lorsque je tendais l'oreille, j'entendais les râles de plaisir des quelques clients venus se « dépanner ». J'ai rougi. Ils m'ont donné envie de les imiter. Ça faisait des lustres que mon corps n'avait pas été collé à un autre, peau à peau. J'avais peur d'avoir oublié comment s'y prendre pour se faire du bien. J'ai trouvé la piquette et nous ai servi un verre. C'était du vinaigre, mais c'était bienvenu. Deux clients ont descendu les marches, ils se sont arrêtés au niveau de l'accueil. Je me suis planquée pour les épier. J'étais avide du monde extérieur. Je ne pouvais m'empêcher de les espionner comme une petite commère. Ils ne me voyaient pas tandis que je les observais par l'entrebâillement de la porte. C'étaient deux hommes. Un Salaud et un citadin. Ils étaient rayonnants. Ils avaient l'air follement amoureux. Leurs bouches étaient gorgées de désirs. Le citadin a embrassé le Salaud sur les lèvres. Celui-ci a rouspété dans sa langue natale. Alors l'autre a haussé les épaules, vexé, puis est parti. Le Salaud a déposé les clés sur le comptoir en soupirant tristement. Il y avait quelques larmes sur ses joues, qu'il est venu essuyer de la main. Il a relevé les yeux vers la porte, nos regards se sont croisés. Dans un sursaut, je me suis dissimulée derrière le mur. Le Salaud ne respirait plus. Moi non plus. J'entendais ses pas se rapprocher. Je cherchais un endroit où me cacher, mais ne trouvais aucune planque. La main du Salaud s'est posée sur la poignée quand, enfin, la voix du vieux Gaspar a résonné dans l'entrée. Il a parlé dans la langue du Salaud, celui-ci semblait fâché, il a haussé la voix. Gaspar a ri, il lui a répondu sur un ton doux et complice. Après un temps, la porte a claqué puis le gérant est entré dans la cuisine. Il s'est remis à chantonner comme si de rien n'était, puis il a posé sur la table une petite fiole contenant mon précieux liquide.

« Tenez. Ça devrait faire l'affaire. Hop, planquez-moi ça dans votre culotte.

— Il y a beaucoup de Salauds qui viennent chez vous ?

— Ils ont vite adopté mon établissement. Au dernier étage, vous n'entendrez pas trop leurs batifolages. Et tant que vous les croiserez dans les couloirs ou dans la rue de l'hôtel, ils baisseront les yeux et ne vous embêteront pas. Ils n'ont pas d'intérêt à dénoncer ceux qu'ils rencontrent entre ces murs, sinon ils perdraient l'un de leurs endroits favoris. Ils se taisent, je me tais. Tout le monde est content. Mais veillez à ne pas être ni trop curieuse ni trop jolie. Ce serait dommage que l'un d'entre eux me demande de lui organiser un rendez-vous en votre compagnie. »

Tandis que ma fille gesticulait dans son sommeil, je fixais la fenêtre, en direction de ce nouveau monde qui se présentait. J'étais sans peur, traversée par un autre sentiment pour lequel je ne trouvais pas de mot dans mon dictionnaire. J'avais un but et il me tardait de faire chacun des pas qui m'en rapprocheraient. Mon corps, fougueux avait contracté mes muscles, fait de mes mains des poings solides, serré ma mâchoire, ouvert grand mes yeux. Il tremblait de détermination. Il était prêt à trafiquer les papiers, à courir, se planquer, éviter les balles, se cogner, mordre, sauter par-dessus une barrière. Mon corps aurait fait le tour du monde à pied, usant sa peau jusqu'à l'os, avec une conviction : la vie était ailleurs. À l'étage d'en dessous, durant cette première nuit en fugitive, j'entendais les Salauds s'offrir du bon temps. Nous nous cachions, Michèle et moi, de ceux qui, juste sous nos pieds, prenaient le leur sans trop de pudeur.

Nous avons passé la première journée enfermées dans la chambre à effacer toutes traces d'écriture de l'accordéoniste. Michèle m'assistait méticuleusement, il fallait parfumer la pièce pour éviter que l'odeur de l'acétone ne descende jusqu'aux Salauds. Le vieux Gaspar montait nous voir de temps en temps pour nous apporter de l'eau, du pain et quelques morceaux de viande séchée. On reconnaissait sa démarche vive. En venant, il ouvrait la fenêtre du couloir et aspergeait la moquette d'eau de Cologne. Gaspar avait tenu à m'écrire la traduction en langue de Salaud de ce que je comptais inscrire sur le laissez-passer. « À mon avis, votre accordéoniste, là, c'était pas un tendre et il ne vous voulait pas du bien. Je serais vous, je ne remettrais jamais les pieds chez moi et je quitterais au plus vite possible le pays. » Le vieux ressortait de notre chambre les mains encore pleines de nourriture pour aller dans une chambre inoccupée, au bout du couloir. Il s'y enfermait quelques minutes puis ressortait les poches vides. « Il nourrit les fantômes du théâtre », affirmait Mimi en frissonnant. Au-dessus de mon épaule, silencieuse et calant sa respiration sur la mienne, Michèle observait chaque lettre disparaître sous le liquide. Le vide créé nous remplissait de joie. Tout était possible, nous pouvions choisir notre destination. Chaque fois qu'un mot s'évanouissait, nous respirions un peu mieux, comme déjà libres.

« On va aller au sud, on y sera bien, tu verras. Il y aura mon oncle, ma mère et mon père. Nous serons en sécurité.

— Est-ce qu'il y a la guerre là-bas aussi ?

— Oui, mais nous ne risquerons rien. »

Michèle a planté son doigt à l'endroit où nous pouvions inscrire une destination.

« Il faut aller vivre là où il n'y a pas la guerre puisque nous pouvons partir n'importe où.

— Nous serons bien à la ferme du Sud. Je t'en ai déjà parlé : quand j'étais enfant, je rêvais d'y vivre.

— Sauf que tu n'es plus une enfant, alors il faut rêver à autre chose. Partons là où il n'y a pas de guerre, a-t-elle répété avant de se poster devant la carte du monde accrochée au mur.

— Il n'existe pas vraiment de lieu où il n'y a pas de conflit.

— Alors, il faut soit faire quelque chose pour que ça s'arrête, soit partir vivre sur la Lune. »

Le temps s'est arrêté, comme le jour où j'avais découvert l'atelier d'André. Je l'avais regardé des heures dessiner les plans de notre machine qui nous emmènerait sur le satellite lumineux. J'avais fait confiance à ce sentiment de liberté fantasque et je l'avais laissé guider mes choix.

Le sauf-conduit ne demandait qu'à être rempli. J'étais celle qui dictait notre destination. Je me suis levée jusqu'à la mappemonde pour rejoindre Michèle. J'ai observé mon Sud puis, longuement, j'ai scruté toutes les frontières, tous les pays, tous les océans. Peut-être que la seule façon d'être fidèle à ses rêves d'enfant était de les laisser grandir eux aussi. Peut-être qu'il y avait un endroit qui pourrait devenir un nouveau rêve et non plus un lieu où fuir. « On pourrait devenir qui on veut », a insisté Michèle.

J'ai entendu les pas du vieux Gaspar monter jusqu'à nous. Ils étaient lourds et pressés. Lorsqu'il a toqué à notre porte, je savais ce qu'il venait nous annoncer. Je l'avais tellement redouté. J'ai pensé au joli curé et à son enseignement : « Si une chose vous fait terriblement peur, c'est qu'elle doit s'accomplir pour que vous découvriez que vous êtes capable de lui survivre. Mais si vous lui envoyez de l'amour et de la confiance, alors elle ne se produira pas, car elle saura que vous n'avez pas besoin d'en faire l'expérience pour accéder à la paix. » Il me faisait saigner les oreilles, celui-là, avec ses phrases toutes faites qui n'avaient lieu d'exister que dans un monde où il ne se passe rien de grave. Avais-je eu si peur que Josette se fasse tirer sur la tronche qu'elle s'était fait assassiner devant ma fenêtre ? Voyons !

Le visage de Gaspar était très sombre. Il était essoufflé.

« Vos noms circulent. Ils soupçonnent tout le monde à cause des insurgés.

— Les terroristes ?

— *Les terroristes…* a répété Gaspar, attristé par ce terme.

— Il nous faut des nouveaux papiers. Je sais à qui demander. »

Gaspar a secoué vivement la tête.

« Vous ne pouvez pas rester ici.

— Je n'ai besoin que de quelques jours et d'un intermédiaire. Je vous paie le prix que vous voulez.

— Ce n'est pas une question d'argent. »

Je le regardais avec détermination, cherchant son regard fuyant. Et j'ai osé :

« Les fantômes, mettez-nous avec les fantômes. »

V

Gaspar a enfoncé la clé dans la serrure de la chambre au fond du couloir. Il a poussé la porte et nous a fait entrer. La pièce était la même que celle que nous occupions. Un lit simple, une carte du monde, un bureau et une lampe de chevet, une armoire en bois massif rivée au mur. Le vieil homme s'est penché pour en dévisser les fixations, une à une. Il ne desserrait plus la mâchoire. Nous nous tenions la main, Michèle et moi. Soudées. Une fois l'armoire libérée de ses attaches, Gaspar l'a déplacée avec difficulté. Le mur a dévoilé un trou étroit, de la taille d'une personne fluette. Gaspar le regardait telle une pierre tombale. « Je ne peux pas faire grand-chose de plus. Je viendrais vous voir rapidement pour vos papiers. Et j'essaierai de trouver quelqu'un pour faire passer le message à votre interlocutrice, mais je ne vous promets rien. Ils me surveillent de près. » Nous avions convenu qu'il transmettrait à Simone une lettre de ma part. Je me suis faufilée de l'autre côté du mur et j'ai attrapé la petite. Derrière nous, Gaspar a repoussé l'armoire pour bloquer l'entrée. Nous l'entendions remettre les fixations, puis condamner l'accès.

Le plancher, rongé par les insectes et l'humidité, se dérobait sous nos pieds. Nous nous trouvions au plus haut du théâtre abandonné, sur une sorte de mezzanine dissimulée par des rideaux de velours. Sans doute la loge des artistes, car des costumes, des perruques et quelques restes de maquillage y traînaient encore. En contrebas, l'ancienne scène que nous pouvions deviner à travers les trous du sol. Le toit était ouvert sur le ciel. Les oiseaux, qui y avaient fait leur demeure, nous lorgnaient avec curiosité. Une dizaine de portants pleins à craquer de déguisements fantomatiques donnaient l'illusion de flotter dans les airs, au-dessus du vide, tenant par miracle sur les quelques planches qui formaient la charpente. La lumière naturelle leur rendait honneur. Elle sublimait leurs couleurs et leur restituait un instant de gloire. Le lieu, malgré son état déplorable, résonnait encore d'un air de spectacle. Les murs projetaient l'écho des applaudissements passés. J'ai essayé de faire quelques pas mais les planches se sont rompues sous mon poids, me laissant à peine le temps de reculer vers Michèle. Bloquées, nous ne pouvions que constater le vestige de ce qui avait été un lieu de joie. Soudain, nous avons entendu un bruit de pas accompagné d'un léger mouvement dans les rideaux. Un nuage de poussière s'est dressé devant nous. Michèle m'a serré la main. Elle a indiqué du bout des doigts le mouvement furtif d'une silhouette sur la scène. « Les fantômes », a-t-elle affirmé. Je me suis penchée pour tenter de les apercevoir. « Bonjour, Je m'appelle Rose, et voici ma petite fille, Michèle », ai-je dit dans un murmure. Ma voix a ricoché contre les murs. Silence. Je cherchais autour de moi une issue. Non loin, ce qui avait dû être un escalier mais dont il ne restait plus qu'une fosse béante et un morceau de rampe. Sous nos pieds, une quinzaine de mètres et les planches de bois qui craquaient de manière menaçante.

Une corde a été lancée jusqu'à nous par l'un des trous de plancher. Puis une très jeune voix de fille : « Faites-la passer par-dessus la poutre et accrochez-vous à elle, on va vous descendre. » Je m'exécutai sans poser de questions. Michèle a grimpé sur mon dos, j'avais un petit singe soudé à mes côtes. Son souffle inquiet venait me chatouiller la nuque. J'osais à peine regarder vers la scène. Nous percevions des bruits, en bas, plusieurs silhouettes, beaucoup d'agitation. Je me suis cramponnée à la corde de toutes mes forces, l'enroulant autour de mes poignets et de mes chevilles. Michèle m'étranglait et son poids me faisait basculer dangereusement en arrière.

Lentement, nous nous sommes laissées glisser dans le trou. Au son de respirations fortes, de celles qui accompagnent de lourds efforts, la corde nous a fait descendre doucement vers la scène. Petit à petit, nous passions du grenier à la salle en ruine. Les rangées de fauteuils en bois, qui se succédaient sur deux étages, étaient surplombées de balcons chics. Aux premières loges, des nids d'hirondelle avaient pris place. De la mousse était venue recouvrir les tissus qui ornaient les sièges, donnant à la salle un air surnaturel. Le lierre crapahutait le long des colonnes, la végétation faisait le spectacle à sa façon. La scène s'offrait enfin à nos pieds. Des couvertures y avaient été installées en cas de chute. Une fois au sol, nous avons relevé les yeux vers eux, les fantômes du théâtre.

Une jeune fille, un homme à peine plus âgé que moi et une vieille dame. Nous nous scrutions en silence. À peu de chose près, nous nous serions reniflés les uns les autres comme le font les animaux. « Gaspar nous a cachées ici en attendant que nous ayons de nouveaux pa... », les trois ont mis un doigt devant leur bouche pour me demander de me taire. La vieille dame s'est approchée de Michèle et lui a caressé les cheveux. Puis la fille est montée à l'étage par la corde, elle l'a décrochée de la poutre à laquelle je l'avais fixée, avant de redescendre avec tranquillité en glissant sur les rideaux. Michèle la regardait avec extase, elle rencontrait une héroïne. Elle était sèche, habile et tonique. Une fois son numéro de cirque terminé, elle a enroulé la corde autour de sa taille. Cela lui donnait une drôle d'allure, l'illusion qu'un serpent était confortablement installé sur ses hanches. Pendant ce temps, la vieille dame et l'homme, toujours sans un mot, s'étaient occupés de ranger minutieusement les couvertures. La jeune fille s'est penchée vers mon oreille : « Je m'appelle Anna. Ma grand-mère, c'est Isabelle, et lui s'appelle Louis. Nous ne parlons pas, nous ne faisons pas de bruit, les Salauds sont à côté. Il faut se parler comme je vous parle, ou ne rien dire du tout. Compris ? » J'ai acquiescé. L'homme a fait un signe de la main à Anna, qui s'est inclinée de nouveau vers moi : « Gaspar vous a donné à manger pour nous ? » J'ai secoué la tête, désolée.

Anna avait treize ans. Pleine de fougue, elle vivait cette situation comme un défi. Elle ne doutait jamais d'elle-même, grâce à quoi elle réussissait tout ce qu'elle entreprenait. Adroite à la façon d'un chat, elle grimpait à n'importe quel endroit du théâtre et se glissait partout. La survie du groupe était due à l'énergie de cette enfant, couplée à la poésie de son insouciance. « Avant tout ça, je faisais de la gymnastique. J'étais la meilleure de mon école. » Louis la surnommait « la chapardeuse ». Elle n'en rougissait pas une seconde. Elle se permettait de sortir du théâtre en passant par un souterrain qui desservait plusieurs quartiers de la capitale. Elle volait tout un tas de bric-à-brac, son truc, c'étaient les magasins de luxe. La coutellerie la plus en vogue, la papeterie la plus renommée, la spécialiste des savons pour peaux délicates « Tant qu'à faire… », concluait-elle avec malice. Elle se servait dans les costumes du grenier et s'inventait des personnages. Un jour, alors qu'elle s'était déguisée en une certaine « Marjolaine Descombes » – la cadette de la famille Descombes, propriétaire des restaurants Le Cabot et La Cigogne dans un quartier chic de la capitale –, elle était allée se balader dans une épicerie connue pour la qualité de ses conserves. Une passante qui l'avait vue glisser dans ses poches deux boîtes de poisson l'avait dénoncée auprès des Salauds. Alors qu'ils lui demandaient ses papiers, elle s'était enfuie en courant. Persuadée qu'elle était fichue, elle s'éloignait des passages qui auraient pu la reconduire au théâtre, craignant de dévoiler aux Salauds les précieux tunnels. Elle se préparait à mourir quand elle avait aperçu au détour d'une ruelle une bande de garçons de son âge dégainer leurs fusils et tirer ses poursuivants comme des lapins. Depuis, elle en était tombée amoureuse – et pas d'un seul, de tous. Elle leur avait inventé des prénoms et désirait aller « dégommer les traîtres » avec « ses chéris ». Anna se prenait une bonne claque de la part d'Isabelle, sa grand-mère, lorsqu'elle se laissait aller à ce genre de fantasmes. Mais rien n'y faisait. Elle était éprise de « tous les insurgés du monde », soufflait-elle. C'était grâce à Anna que dans ce lieu délabré nous pouvions trouver des savons au lait d'ânesse et des shampoings aux odeurs florales pour se laver dans des tonneaux d'eau de pluie, ainsi que des crayons, des carnets, des cartes postales. C'était également grâce à elle que nous avions eu accès à de l'acétone. Isabelle et elle s'étaient installées là depuis presque une année. « En rentrant du marché, on a vu les Salauds vider notre immeuble. Ils ont emmené toute notre famille. Ma grand-mère nous a cachées dans la cave d'un autre immeuble mais les Salauds sont entrés dans ce bâtiment. En contrebas de la cave, une porte condamnée menait aux souterrains de la ville... » Elles avaient alors marché de tunnel en tunnel jusqu'à découvrir un passage vers la cave du théâtre, dissimulée sous le plancher de la scène. Louis, qui avait été caché là par Gaspar quelques mois plus tôt, les avait accueillies.

Anna évitait de s'épancher sur tout un tas de détails douloureux, épargnant ainsi sa joie de vivre. En revanche, elle me précisait les règles à suivre si nous voulions rester avec eux « quelque temps ». En premier lieu, il ne fallait pas faire de bruit. La seule façon de communiquer était de chuchoter aux oreilles des uns et des autres, ou de se livrer aux signes basiques qu'ils avaient établis ensemble. Le silence était un moyen d'entendre tout ce qu'il se passait à l'extérieur et de devancer la moindre visite malencontreuse. C'était assez joli à voir, quand leur prenait l'envie de rire, ils le faisaient par les yeux, cachant leur bouche dans leurs mains. Les contrôles des Salauds étaient réguliers, et pour cause, ils redoutaient que le théâtre ne devienne un repaire pour les insurgés. Heureusement, comme il était mitoyen d'un bordel pour Salauds, ils ne s'attardaient jamais, et leurs inspections restaient superficielles. Bien trop pressés qu'ils étaient d'aller approfondir leurs fouilles dans le bâtiment voisin. « Parfois, tout de même, ils tirent un peu partout dans le plancher et en l'air… » Pour avoir le temps de se cacher dans ces cas-là, il était interdit d'aller plus loin que la fosse d'orchestre, afin de pouvoir se faufiler par la trappe à apparitions sous la scène et s'échapper par les souterrains. Rien ne devait traîner au sol, aucune trace de vie ne devait être laissée. Tout était à porter sur soi. La lourde corde, qui nous servait pour nous rendre à l'étage ou faire levier, était enroulée, à tour de rôle, autour de la taille de chacun d'entre nous et nous devions faire nos besoins dans un recoin aménagé par Isabelle, dans les tunnels. Il fallait aussi dormir à l'étage, en équilibre sur les quelques planches encore solides, au cas où une inspection aurait lieu dans la nuit. Une fois en haut, il était facile de passer sur le toit ou bien de se cacher dans les costumes. Lorsque les Salauds débarquaient en plein jour, on devait glisser sous la trappe, traverser le dessous de scène jusqu'à la salle de dépôt des décors, puis s'y fondre. Une petite porte en métal rouillé qui donnait sur la cave était dissimulée derrière les restes de toile de fond.

À l'inverse d'Anna et Isabelle, Louis n'a pas négligé les détails lorsqu'il m'a raconté son histoire. Il parlait de la mort de sa femme avec précision et lenteur. Il prenait le temps d'appuyer les mots, de choisir son vocabulaire. Cela n'était en rien macabre car il le faisait avec amour. En parlant d'elle, il lui rendait hommage. Il la faisait revivre. Il ne disait pas, comme Anna, que sa famille avait « disparu ». Il disait : « Ma femme a été assassinée par les Salauds. » Il le répétait avec puissance, se décollait de mon oreille, posait son regard dans le mien puis revenait me chuchoter : « Il faut dire les choses comme elles sont. Il faut les nommer. »

Il s'est écoulé quatre longues journées durant lesquelles Gaspar n'a apporté ni eau ni nourriture. Nous buvions dans les réserves l'eau de pluie qu'ils avaient récoltée. Je guettais le trou du mur depuis la scène, la tête relevée vers l'étage de la même façon que je priais Dieu, frottant entre mes mains mon laissez-passer. Puis, lorsque nous avions trop faim, nous trompions notre appétit par des jeux de mime.

Les trois fantômes du théâtre nous ont initiées à leurs coutumes « coupe-faim » : chacun devait aller sur scène et mimer un repas entier. Il fallait deviner ce qu'il mangeait pour prendre sa place. Et celui qui jouait le mieux pouvait choisir le meilleur coin pour dormir. Michèle a savouré des tartines à la confiture de prunes avec de gros morceaux dedans, un lait chaud à la cannelle et au miel, puis une assiette de petits pois au lard. Louis s'est englouti un poulet mijoté au citron et aux olives, recette de sa tante, accompagné de frites de racines et un pain frais pour saucer le plat. Anna a dégusté un plateau de fromages, il y en avait six différents qu'elle a pris soin de nous faire deviner un à un, puis des oranges à la menthe et une pâtisserie au miel. J'ai mangé la délicieuse semoule au lait que préparait André, les carottes crues du jardin de ma mère que je sortais du sol, rinçais de leur terre et croquais aussitôt. Mais Isabelle a remporté haut la main la partie. La grand-mère d'Anna avait un appétit d'ogre. Elle prenait tout l'espace sur scène. Elle était magnétique. Son silence rendait sa présence encore plus imposante car il fallait guetter dans ses rides, ses yeux, sa bouche, son souffle, ses états d'âme. Elle s'est enfilé des haricots blancs à la tomate, un rat des champs fumé puis passé au four, une jardinière de légumes, des meringues à la crème et une tarte au lait. Nous sommes tous montés nous asseoir avec elle, pour partager cet entremets imaginaire. Nous y plongions lentement nos cuillères avant de la porter à notre bouche, avec un regard complice. Sans un bruit. Seules nos mastications exagérées faisaient écho. Il était bon de tromper la mélancolie de nos vies de fugitifs dans un dîner fantaisiste, partagé sur une scène de théâtre. Chacun savourait cet instant. Soudain Isabelle, comme repue, a roté de tout son coffre. Le rot a envahi la salle. Et nous l'avons imitée. Dans la rue, en longeant le vieux théâtre, on pouvait entendre des rires étouffés s'extraire des ruines. Les fantômes dupaient leur inconsistance par des jeux de rots.

Le quatrième jour, alors que je commençais à perdre la notion du temps, Anna m'a offert l'un de ses plus jolis carnets et m'a conseillé de tenir un journal comme elle, qui notait les heures approximatives en fonction de la lumière nous parvenant du toit. Elle était notre horloge, capable de nous dire si nous étions le matin ou bien l'après-midi, là où je me laissais surprendre par la tombée de la nuit en m'imaginant à l'heure du déjeuner. Son cadeau m'a secouée. Combien de temps allions-nous rester ici ? Et si la guerre ne se terminait jamais ?

Anna et Michèle jouaient ensemble la plupart du temps. Michèle fredonnait ses chansons dans l'oreille d'Anna, ou allait sur scène et mimait un récital en caricaturant ses gestes. Moi, je me contentais de me poster face au mur où devait apparaître Gaspar. Louis venait parfois m'y rejoindre. « Il va falloir que l'on sorte », je lui chuchotais chaque fois, et chaque fois il répondait :

« Tant que les Salauds n'ont pas été vaincus, je ne pars pas d'ici. Il est hors de question qu'Anna risque encore de se faire attraper, quant à Isabelle, elle n'arriverait pas à soulever la grille des égouts.

— Comment Anna faisait-elle ?

— Je l'y aidais.

— Peux-tu m'aider, moi aussi ?

— Non. Je ne quitterai plus le théâtre tant que les Salauds... »

Il le répétait en boucle. J'insistais, espérant qu'un jour, las d'être sollicité, il cède à ma détermination. Louis avait développé une étrange folie. Ayant trouvé refuge dans ce lieu juste après la mort de sa femme, l'idée d'en sortir lui faisait perdre pied. Il se mettait à parler d'elle au présent, puis il tenait de grands discours sur la dictature. « Les gens sont seuls et tristes, ce dont ils rêvent, c'est de se sentir entourés, de mettre fin à leur solitude. Alors, il suffit que quelqu'un leur dise : "Moi, je vous comprends. Je ne vous abandonnerai jamais." Et paf ! Ils le suivent. Place au dictateur ! "Faites ci, pensez cela, achetez ceci et vous ferez partie d'un groupe." Méfie-toi, on va te tenir ce discours, Rose. Ma femme n'y croit pas, elle, à cette histoire… Mais dehors. C'est dehors qu'ils assassinent. Je ne sortirai pas d'ici. Je ne veux pas entendre ce qu'ils disent à tout le monde… Méfie-toi, Rose, on tombe vite, très vite, lorsqu'on se sent seul. Tu te sens seule ? Avec ma femme, je ne me sens jamais seul. Alors je ne sors pas, je ne veux pas tomber. » Au fond, Louis ne souhaitait pas la fin de cette guerre, qui lui donnait une excuse pour rester caché ici. Retourner dehors, dans les rues, dans un monde où le temps continuait de s'écouler malgré la mort de sa femme, lui était intolérable. Il préférait vivre terré dans ces ruines. C'étaient les siennes, désormais. Un lieu où la vie, sans son amour perdu, n'avait pas repris. Mais de l'autre côté du mur, au bout des tunnels, se trouvaient Simone et de nouveaux papiers. Contrairement à Louis, je n'avais plus peur de l'absence d'André. Je l'avais côtoyée, elle m'était devenue familière. Une absence comme une sœur.

Il y avait au-dessus de ma tête un large choix de costumes. Les Salauds recherchaient une femme, alors je serais un homme. Se grimer en jeune garçon était facile. Je devais rester dans les quartiers chics, me fondre dans le décor, cacher mon visage sous un chapeau, ainsi je ne risquerais pas grand-chose, d'après Anna. J'ai bandé ma poitrine avec de la toile. J'ai choisi un joli costume gris bien taillé et une paire de chaussures cirées. J'ai enfoncé des boules de tissu au bout de mes souliers afin qu'ils paraissent à ma taille. J'ai rembourré ma tenue à l'aide de collants, pour me donner une stature plus masculine, puis j'ai glissé le costume dans un sac étanche. Il a fallu pâlir mes lèvres tandis que mes cils et mes sourcils ont été teintés d'un noir profond. Je devenais un homme. Les rumeurs sur l'homosexualité de mon mari prenaient du sens. D'une certaine manière, les gens devaient savoir qu'un jour sa femme serait un homme.

Il y avait dans cette métamorphose une impression de déjà-vu. Isabelle a rassemblé mes cheveux en une natte qu'elle a coupée à la racine. Je me revoyais dans ma salle de bains quelques années plus tôt, brandissant ces mèches avec joie. Le jour où je les avais taillées, j'avais choisi André. M'amputer de cette tresse m'avait amenée jusqu'ici, dans ce théâtre en ruine. La première fois que j'avais coupé mes cheveux, ma jeunesse ne faisait pas de détour. Elle identifiait l'objet de son désir, trouvait le chemin pour s'y rendre et consacrait son énergie à l'atteindre. Ma jeunesse rêvait de cette ferme du Sud comme d'un lieu où fuir ce qui, dans ce village, me retenait captive : le manque de perspective. Une natte, quelques années plus tôt, m'avait éloignée de mon chemin. Celle-là ferait-elle la même chose ? Il faudrait être aveugle et sourd pour avancer tout droit sans se laisser perturber. Ne rien ressentir pour ne pas dériver vers une caresse. Négliger son âme pour parvenir jusqu'au bout de ses rêves sans jamais s'en détourner. Le détour, voilà le droit chemin. Je n'étais plus une enfant. Je n'avais plus peur de la compagnie des autres. C'était, au contraire, devenu l'une des choses les plus chères à mon cœur. Pourtant, je m'accrochais à mon Sud car je refusais que l'homme des foins l'ait meurtri. J'étais révoltée à l'idée d'abandonner ce rêve à cause d'un dégueulasse qui m'y avait fait vivre un cauchemar. Il avait fait de cette ferme le tombeau de ma candeur. Il m'y avait fait haïr les hommes. Il y avait volé mon corps. Je le lui avais laissé pour ne pas lui céder mon âme. Je m'étais scindée en deux. Et c'était cela que je tenais dans les mains. Ma natte. Mes détours. Il était temps de les accepter. Je m'écartais de mon chemin car j'en souhaitais un nouveau. J'avais changé d'idéal.

VI

Lorsqu'ils ont fermé la porte derrière moi, le visage de Michèle a disparu lentement. Le noir est devenu total. Je les entendais remettre à leur place les toiles de fond et les décors en lambeaux. J'étais sur le point de cogner sur la porte en métal pour leur dire de m'ouvrir de nouveau. Revoir le visage de ma fille. Je me pensais essentielle à la survie de Michèle mais je me rendais compte que sa présence l'était tout autant pour moi. Elle m'offrait contenance et courage. Sans elle, dans ce tunnel sombre, je croyais disparaître du monde. Il n'y avait pas d'air. Anna avait noué, au niveau de mon nez, un foulard imbibé d'eau de Cologne pour que je supporte l'odeur de nos « toilettes » improvisées, dans les premiers mètres du tunnel. J'ai allumé le briquet. Sous mes yeux, une galerie obscure, interminable. Anna m'avait expliqué comment me rendre dans le quartier du bistrot où j'avais rencontré Simone. Il fallait s'enfoncer dans les souterrains pendant une bonne heure. Cela me parut durer des jours. L'eau était omniprésente, transparente et fraîche. Elle me montait jusqu'aux hanches. Dans certains passages très étroits, il était impossible d'avancer debout. Je devais me recroqueviller à quatre pattes, ou bien ramper à même le sol. J'étais alors immergée tout à fait. Contrainte d'éteindre le briquet et d'avancer à l'aveugle. Je maintenais l'un de mes bras en l'air, le plus haut possible pour ne pas mouiller mon costume, l'autre me permettant d'avancer, tout en gardant la tête hors de l'eau. Aucune lueur. Aucun son. Aucun bruit à part les miens. Si je m'arrêtais, que le silence se faisait de nouveau, j'aurais pu me croire défaite d'une partie de mes sens. Ce dédale coupé du monde portait des noms de rues. J'avais l'impression d'épouser le tracé de la ville par ses souterrains. Le lieu possédait une âme. Il donnait le sentiment d'être suivie, épiée. Je ne pouvais m'empêcher de me retourner régulièrement pour vérifier qu'il n'y avait personne derrière moi. J'ai dû me glisser dans une chatière sur une dizaine de mètres, reliant une galerie à l'autre. Enfin, je suis remontée jusqu'aux égouts. Le couinement des rats, le bruit de leurs pattes, le son des gouttes, l'écoulement de l'eau rythmaient désormais mon parcours. Anna aimait les rats, elle m'avait dit apprécier retrouver leur compagnie après ce long temps de solitude dans les souterrains. Je la comprenais. Leur vivacité redonnait de l'élan. J'ai aperçu une grille d'égout quelques mètres plus haut. Comme une porte de prison. J'ai enfilé mon costume, en prenant soin de le salir le moins possible. Mes propres affaires l'ont remplacé dans le sac qui resterait ici. La grille donnait sur une impasse peu fréquentée. D'après Anna, la plupart n'étaient pas scellées car utilisées régulièrement par les Insurgés. Je suis remontée grâce à l'échelle. En équilibre, le dos collé contre la paroi opposée aux barreaux, j'ai soulevé de toutes mes forces la grille en fonte, surprise par son poids. Elle a manqué me tomber sur le nez. Je l'ai fait glisser sur le trottoir et j'ai passé enfin la tête dehors. J'eus la sensation de renaître. Le vent frais me caressait le visage. On entendait le bruit du boulevard de l'autre côté. Je suis ressortie tout à fait et j'ai refermé la claie derrière moi. La ruelle était en vieux pavés, si peu entretenue que les mauvaises herbes léchaient les trottoirs. Un enfant se penchait par la fenêtre, à l'étage d'une des habitations. Mon doigt est venu se poser sur ma bouche en le regardant.

La capitale était clinquante. Les vies trépignaient, sautillaient, râlaient, parlaient fort, se faisaient coiffer, discutaient le prix d'une pomme, bavardaient autour d'un café, les billes des enfants couraient sur les pavés. Nous, nous survivions dans les décombres, invisibles, mais ici, les messieurs-dames profitaient librement des choses simples. Il y avait des Salauds partout. Certains, en peloton, se promenaient en inspectant les papiers des gens « suspects ». D'autres venaient régler des conflits et brutalisaient les femmes, les hommes, les enfants qui n'avaient pas respecté leurs règles. Bien sûr, il y en avait des plus tranquilles, des plus coquets. Ceux-là achetaient une fleur pour l'offrir à une cocotte ou encore se vantaient auprès des jeunes d'être des guerriers. Ce genre de Salauds-paons traînaient dans le bistrot chic où j'avais retrouvé la violoniste. De l'autre côté du trottoir, je les regardais s'approprier l'endroit. Simone devait penser que, plus on était près d'eux, moins on était exposé. Je bombais le torse. Il ne fallait pas que la trouille se détecte dans mon souffle court, car ils étaient pareils à des chiens. Ils reniflaient nos peurs et s'amusaient à nous croquer.

J'ai poussé la porte de la brasserie et me suis dirigée sans hésiter vers la table où je m'étais assise quelques jours plus tôt. Peut-être que les objets et les lieux avaient une existence bien à eux et connaissaient de vraies transformations, ou bien peut-être que mon regard avait mué, quoi qu'il en soit, cette fois, l'horloge m'a paru puissante. Elle donnait l'heure avec classe, dominait la salle avec élégance. De même, le bistrot ne m'intimidait plus. J'avais la sensation d'être plongée dans un décor de théâtre, de ceux qui pourrissaient dans le nôtre. Je voyais en chacun des clients un acteur. J'avais envie de papoter avec l'horloge. « Comment ça va, depuis la dernière fois ? Tu n'es pas retournée en gare ? – Et toi, tu n'as pas regagné ton village ? – Je pars bientôt, pour un endroit que je choisirai. Où l'on m'accueillera et où je me sentirai à ma place. Un endroit que je pourrai quitter si ça me chante, un endroit sans condition. » L'horloge aurait levé ses sourcils avec scepticisme, ou plutôt elle aurait levé l'aiguille des secondes pour se donner un air dubitatif. « Et où cela se trouve-t-il ? » J'aurais haussé les épaules. « Je le cherche. » L'horloge aurait alors souri avec malice. « Ma petite chatte, commence déjà par habiter tes heures. Le lieu se présentera de lui-même. » Le barman, le même qui nous avait servies, Simone et moi, est venu prendre ma commande. « Je voudrais un café et parler à Simone, s'il vous plaît ». Il a tressailli et s'est éloigné. « L'arrière-cuisine. Passez par la rue. Le code pour le portail : quatorze dix », m'a-t-il dit en revenant avec mon café sur un plateau. Je l'ai bu rapidement, j'ai salué l'horloge. « Je n'aime pas ce type. Fais attention », m'a-t-elle avertie, mais je ne l'ai pas écoutée. Ce n'était qu'une horloge de gare qui parlait dans ma tête, après tout.

C'était tout de même bien moins coquet de ce côté-ci. Derrière le portail, dans une petite cour, s'entassaient un tas de bidules dégoûtants. Des chaises, des tables, des seaux d'huile, des légumes passés, des torchons sales et une myriade de mégots. Des cadavres d'animaux en tout genre débordaient des poubelles. Les cuistots étaient en sueur, des gouttes perlaient sur leur front, manquant tomber dans les assiettes. Ils criaient les uns sur les autres. Ils avaient oublié, sans doute, qu'il n'était pas nécessaire de se trouer mutuellement les tympans pour que les informations atteignent le cerveau. Je me suis avancée jusqu'à la cuisine et suis restée devant la porte ouverte, en attendant le serveur.

Il est sorti, a posé son plateau et s'est allumé une cigarette. Enfin, il m'a fait signe de le suivre. Nous avons traversé la cuisine pour arriver jusqu'à une porte. Celle d'une chambre froide. Nous y avons pris place en silence. Il fumait sa cigarette, laissant tomber ses cendres à côté des étagères, qui étaient recouvertes de denrées magnifiques. Des fromages entiers, des fruits gourmands, des légumes pleins de couleurs. Je n'avais pas mangé depuis des jours, la vue de ces aliments me rappelait ma faim. Je les dévorais douloureusement du regard. Il l'a remarqué. Il a saisi un chèvre, des grappes de raisin et des légumes, les a fourrés dans un sac qu'il m'a tendu en ajoutant : « Elle a disparu. Simone a disparu. » J'ai failli lâcher le sac de provisions. Incapable de prononcer un mot. « Ils l'ont emmenée. Je suis désolé, a-t-il dit sans l'être une seule seconde. Vous lui vouliez quoi ? Je peux vous aider, j'ai du réseau. » Il avait une façon très étrange de fumer, aspirant la fumée de la cigarette comme s'il lui volait son âme. Il a pris une posture dominatrice. Il a étendu ses bras le long des étagères, puis il s'est mis à marcher autour de moi. « J'ai besoin de nouveaux papiers. – Vous pouvez vous les offrir ? – Oui. » Il s'est posté devant moi et a souri avec un air désagréable qui puait l'imposture. « Dites-moi où vous logez, je vous enverrai quelqu'un. » La fumée de sa cigarette se déposait sur les aliments frais comme une couverture empoisonnée. « Je préfère m'y rendre. – Pas de problème. Donnez-moi l'argent et je vous donne l'adresse. » Tout chez lui m'invitait à partir. Ses tics, sa voix, sa présence, son regard méprisant. Ce même regard qu'il m'avait jeté lorsque j'étais venue la première fois dans ce bistrot. J'ai amorcé un pas vers la sortie. Il s'est mis devant la porte. « Je vais réfléchir, je reviendrai. – Qui me dit que vous n'allez pas me dénoncer ? » L'enfoiré inversait les rôles. « Je vous retourne le compliment. » Comme seule réponse, il a tendu les mains vers moi. Il frottait ses doigts pour mimer les billets que je devais placer dans sa paume. J'ai refusé et me suis dirigée vers la porte, il m'a retenue. « Donnez-moi ce que vous avez et je vous laisse sortir d'ici. » Je l'ai repoussé. Il m'a giflée. Ma tête a cogné contre l'étagère. Je n'y voyais plus clair. Il a mis ses mains dans mes poches et m'a tripoté les fesses au passage. Je l'ai frappé. Il m'a giflée de nouveau, plus fort cette fois, et en me tenant pour que je ne tombe pas. Il a ouvert la porte en me serrant le bras. Nous avons traversé la cuisine. Une dizaine de personnes étaient présentes. Je les ai suppliées de m'aider. Elles ont baissé les yeux. Une fois dans la cour, il m'a frappée au ventre avec son poing. Un coup maîtrisé, consciencieux. Je suis tombée au sol, la respiration coupée. Il était calme. Il fumait toujours. Il a regardé mon visage, y a posé son pied et m'a écrasé la gueule dans les ordures. Par miracle, il a été appelé par quelqu'un à l'intérieur de la cuisine : « Ta pause est terminée, Lucien ! » Cela a mis fin à son petit jeu sadique. Il a ouvert le portail puis m'a jetée dans la rue de la même façon qu'il aurait balancé sa clope.

Je n'ai pas eu le temps de reprendre mes esprits. La rue, bien que peu passante, était à découvert et les Salauds y régnaient en maîtres. J'avançais sans réfléchir, portée par l'adrénaline. Chaque coin de rue, chaque bruit, chaque regard, tout ce qui m'entourait prenait l'allure d'une menace. Mes pieds couraient sur le bitume aussi vite que possible.

Il me tardait de me retrouver dans les souterrains qui me paraîtraient, cette fois, par leur silence et leur obscurité, réconfortants. La ruelle. J'y suis entrée sans prendre le temps de vérifier si quelqu'un me suivait. Je me suis baissée pour soulever la grille. Impossible. Je pensais manquer de force à cause des coups, alors j'ai de nouveau tenté en m'aidant d'un levier mais la plaque ne bougeait pas. J'ai cherché autour de moi une autre issue. À la fenêtre où l'enfant s'était penché, les rideaux ont frémi. Quelqu'un m'observait. Dans un élan de frayeur, je me suis précipitée hors de l'impasse, à la recherche d'une autre grille. J'apercevais des Salauds à tous les coins de rue. Je baissais les yeux, espérant plonger sous la terre et disparaître.

Dans chaque ruelle, s'il y avait peu de monde, j'essayais de déplacer la grille. Scellée. Elles étaient toutes scellées. Les barreaux des égouts avaient changé de camp. La prison n'était plus la même. La ville était une cage. J'errais de ruelle en ruelle, d'impasse en impasse. J'ai fait le tour du quartier en longeant les murs, en baissant la tête, en empruntant les trottoirs les plus fréquentés pour me fondre dans la masse. Un petit parc. J'y suis entrée pour reprendre mes esprits et mon souffle. Je me suis assise contre un arbre, dissimulée par des buissons. J'essayais de garder mon calme. Anna m'avait parlé de caves, c'était en passant par l'une d'entre elles qu'elle et sa grand-mère avaient trouvé les chemins vers les souterrains. Des guerres, il y en avait déjà eu, dans notre capitale, et des galeries avaient été creusées à l'époque, reliant certaines caves aux égouts. Même si la plupart étaient condamnées, d'autres restaient accessibles. Je devais me faufiler dans un immeuble… Un Salaud lisait les nouvelles sur un banc non loin de moi. Dans la rue, de l'autre côté, une jeune femme est descendue de son vélo. Elle portait une belle robe à fleurs et s'était apprêtée. Elle était ravissante. J'enviais sa légèreté. Elle a posé sa bicyclette contre la grille du parc puis est entrée. Elle s'est avancée dans ma direction sans me voir. Fixement, elle regardait le Salaud. Il avait la tête dans son journal. Elle s'est penchée vers un buisson. Ses doigts ont fouillé les branches et les feuilles pour en ressortir quelque chose, puis elle s'est approchée du Salaud avec sensualité. Ils se sont salués gaiement puis il s'est levé pour l'embrasser. Tout s'est passé très vite. La femme lui a donné deux coups au niveau de la gorge.

Il s'est effondré sur le banc. Elle l'a allongé près de son journal en lui refermant les yeux. Ainsi, il avait l'air de dormir sereinement. Tout comme Émile et Josette, en un claquement de doigts, il avait été rayé du monde. Il était facile de donner la mort et ce pouvoir guidait les deux camps telle une règle de conjugaison : je te tue, tu me tues, il se tue, nous nous tuons, etc.

La jeune femme a de nouveau plongé la main dans un buisson pour y déposer l'arme, puis elle est repartie dans le sens opposé, d'un pas frêle. J'observais la scène depuis ma cachette, entre deux arbres. Un gars est arrivé. Lui et elle ont échangé un regard furtif, puis il a fouillé à son tour le buisson où l'arme avait été déposée. Il l'a récupérée et l'a mise dans sa sacoche. En relevant la tête, il m'a aperçue. Il s'est figé un instant avant de se diriger vers la sortie la plus proche de moi. En passant à mes côtés, il a ralenti pour m'observer plus longuement. Il n'y avait pas de crainte mais de la fraternité dans ses yeux. La bicyclette de la tueuse était toujours posée contre la grille, le jeune homme s'en est emparé. Il m'a examinée de loin alors qu'il grimpait sur le vélo. Il n'a pas démarré. Il lançait quelques regards discrets dans ma direction, puis tout autour de lui. Il a fini par descendre de la selle et a avancé en poussant lentement la bicyclette à bout de bras. J'ai pris ça pour une invitation, alors je l'ai suivi. Je ne saurais dire si c'était par instinct ou bien par désespoir. Combien de coups fallait-il recevoir afin d'apprendre à faire la différence entre l'intuition et la résignation ? En progressant de l'autre côté du trottoir, j'étudiais sa démarche. Elle était d'une décontraction insolente. Il avançait tranquillement, une main sur le guidon, le couteau dans les poches. Il passait près des Salauds, les saluait d'un sourire provocateur. Devant une grille d'égout, il a fait mine de renouer son lacet pour y jeter l'arme, puis il a repris sa marche en jouant du déhanché. Son joli derrière se balançait de droite à gauche. J'ai ri.

Il se retournait vers moi de temps en temps. Puis, à un croisement, il a bifurqué pour disparaître dans une rue. Je l'ai vu entrer dans un garage où des hommes étaient occupés à réparer des voitures ennemies. La silhouette du gars a disparu derrière une porte. Avant de la claquer derrière lui, il m'a lancé un dernier regard engageant.

C'était une petite pièce aménagée en garage à vélos. Toutes sortes de bicyclettes étaient accrochées au mur, démembrées pour la plupart, si bien qu'on avait l'impression que l'Insurgé cherchait à créer d'étranges sculptures. Je suis restée debout sans trop savoir quoi dire. Il était occupé à remplacer le guidon du vélo de la tueuse de Salauds. Il s'est levé et m'a frôlée pour récupérer une nouvelle pièce. Du bout des doigts, il m'a montré un endroit dans le fond. « Il y a de l'eau et du savon. Je crois qu'il reste une serviette propre suspendue à la fenêtre. » « Pardon ?! » Il a souri, amusé que je m'offusque. « Y a un miroir. » Je suis allée me regarder. Le maquillage se promenait sur mes joues et me donnait un air de folle. Le sang qui sortait par ma bouche se prenait pour un rouge à lèvres. Mon costume n'avait plus de forme, un des collants que j'avais glissés en boule au niveau de mes épaules était tombé sur mon bras pour donner l'illusion d'un biceps disproportionné, l'autre était remonté et me créait un trapèze de taureau. J'ai enlevé les collants et me suis savonné le visage. Le miroir m'offrait le reflet du jeune homme occupé à donner un coup de peinture sur la bicyclette. « Il faut rester caché, ils ont augmenté les contrôles. » Je me suis tournée vers lui, j'essayais de voir un peu mieux sa tête mais il s'est dirigé au fond du garage pour y ranger le vélo.

« Les grilles étaient toutes fermées.

— On les ferme pour certaines actions.

— Je me suis retrouvée coincée dehors !

— Je suis désolé… Vous êtes seule ?

— On est cinq.

— Vous avez des vivres ?

— Peu. »

Il a placé une caisse sous la fenêtre, l'a ouverte pour m'indiquer l'extérieur. « Vous allez passer par le local à poubelles. Vous escaladerez le petit mur et vous atterrirez chez le Boucher. Demandez-lui *la part du chasseur*. Il vous donnera des vivres puis vous vous glisserez dans sa cave, il y a un passage au quatrième sous-sol pour rejoindre les égouts. » J'ai avancé vers la fenêtre. Cette fois nous étions tout près l'un de l'autre, il ne se dérobait plus à mon regard. Je découvrais une figure d'une extrême douceur. « Est-ce que c'est vrai, pour Simone ? » Le gars a baissé les yeux puis, d'un mouvement de tête à peine perceptible, il a confirmé. « Elle s'est fait avoir par les types du bistrot. » J'imaginais ce Salaud de serveur emmener la belle violoniste dans l'arrière-cuisine et lui réserver un sort similaire au mien. Je l'avais senti. Je l'avais détesté dès le premier regard. Un homme à ce point capable d'adapter son cœur en fonction de son interlocuteur était forcément dépouillé de sa substance. J'en ai pleuré. Je n'étais pas triste. J'étais en rage. L'image du serveur s'est mélangée à celle de l'homme des foins puis de tous ces Salauds, pour ne créer qu'un seul et même monstre. Un monstre à détruire, à tuer mille fois. Des larmes de haine dévoraient mon visage. En prenant Simone, j'avais l'impression terrible qu'ils avaient pris Michèle. Je me suis débarrassée de mes larmes en me tapotant les joues comme on chasse un moustique. Le gars au vélo a posé la main sur l'une de mes épaules. *A contrario*, lui dégageait quelque chose de familier et d'honnête.

« J'ai besoin de nouveaux papiers.

— Simone a emporté tous ses contacts. Je suis désolé.

— Alors il m'en faut d'autres. Je ne retournerai pas dans ma cachette tant que je n'aurai pas une solution.

— Je n'ai malheureusement pas ce genre de contacts. Il faut être patient.

— Et alors quoi ? On doit se tapir dans l'ombre et rester patient cent ans ?!

— La guerre va prendre fin.

— C'est vous qui allez l'arrêter avec vos petits bras, peut-être ?!

— Mes petits bras, ceux des voisins, les vôtres aussi. Oui ! Pourquoi pas ?

— D'accord. Je vous donne mes bras en échange de nouveaux papiers. »

Il a souri. « Je suis désolé. » J'ai acquiescé, déçue mais déterminée. Je ne savais pas où aller, mais j'allais trouver. À force. Avant de sortir tout à fait, j'ai gonflé mes biceps, retroussé mes manches et serré les poings. Puis je lui ai montré mes muscles, histoire de détendre un peu l'atmosphère. « C'est dommage. Ils vous auraient été utiles. » Le gars a ri. Il a palpé mes biceps. « En effet. » Je me suis hissée sur la fenêtre pour partir, mais il m'a retenue et m'a invitée à attendre. Il s'est dirigé vers ses vélos, il en a extrait un pour enfant sur lequel il a accroché une étiquette avant de s'armer d'un stylo : « Votre nom ? » Je n'ai pas hésité. Je m'étais déjà posé la question. Quel nom me donnerais-je si je pouvais être mon propre père, mon propre mari ? Quel nom si je pouvais m'adopter aujourd'hui même, être ma famille ? « Épervier. » Il a écrit mon nouveau patronyme sur un bon de commande, puis me l'a tendu. « Venez récupérer le vélo de votre enfant demain. En début de soirée. Passez par le boucher, vous ne risquerez rien, je le préviendrai de votre venue. Venez tous ensemble. »

VII

Le chemin du retour était réconfortant. Je me sentais en sécurité sous terre. Protégée par les murs et le silence. Je devenais une petite taupe. Bienheureuse dans les galeries, en danger à la lumière du jour. À l'écart de tout. À côté du monde, juste en dessous. La Madeleine avait un jour installé des pièges à taupes dans tout son potager, ma mère avait trouvé la chose aberrante car elle considérait cet animal comme l'allié des paysans pour nous débarrasser des limaces et des cochenilles, mais la Madeleine n'aimait pas les mottes de terre, elle s'y prenait les pieds et tombait de tout son long en injuriant Dieu et sa famille. Plus jeunes, avec Christiane, nous nous postions face à son potager pour la voir se casser la figure et rire à ses dépens. Puis un jour, las d'être moquée, elle s'était débarrassée des taupes de son jardin. Elle avait brandi avec fierté les pièges desquels pendaient les bestioles.

Nous étions devenues des taupes et, tout comme la Madeleine, les Salauds se faisaient une joie de nous capturer. Ils posaient des pièges ici et là. Le serveur en avait été un. Le gars au vélo pouvait en être un également, tout comme Gaspar, après tout, à qui se fier ? J'étais fatiguée de douter. Je rampais en espérant croiser d'autres petites taupes pour me sentir moins seule. Parfois, je me disais qu'André était passé par là, puis qu'il en était vite sorti, refusant la pénombre. Peut-être qu'il avait choisi de se battre à l'air libre, dans les forêts, ou bien dans les rues de la capitale, armé d'un couteau et d'un vélo. J'aurais aimé tomber sur lui. J'aurais été en pleine mission pour les Insurgés, lui aussi, dans un autre groupe. Nous nous serions reconnus mais nous n'aurions rien pu nous dire. Alors, plus tard, nous nous serions retrouvés à l'abri des regards. Il aurait demandé pardon de m'avoir menti, de ne pas avoir eu confiance en mon courage, mais je n'aurais pas eu de temps à lui accorder, car c'était à mon tour d'agir et à son tour de vivre avec des souvenirs.

J'ai retrouvé la porte du théâtre, je l'ai poussée lentement. Le silence régnait. Il faisait encore jour, les rayons du soleil se faufilaient par la toiture pour éclairer la scène. Afin de pallier la peur et l'ennui, les quatre s'étaient grimés en personnages fantasques. Isabelle portait la veste d'un médecin, Louis était paré d'une crinière de lion, Anna arborait le chapeau d'un capitaine et Michèle le costume d'un magicien. Les deux filles écoutaient une histoire d'Isabelle, tandis que Louis était allongé dans la fosse d'orchestre. Ni la fatigue ni la faim n'avaient épargné leurs traits, mais il y avait chez chacun d'eux une patience d'un autre âge. Le théâtre les couvait comme une poule pose son derrière dodu sur ses œufs. En les contemplant en silence, je constatais à quel point chacun fusionnait avec le lieu. Ils étaient eux aussi saccagés et emplis de trésors, ils se laissaient recouvrir de moisissures. Ma fille ne faisait pas exception. Je ne faisais pas exception. Louis avait glissé ses pieds sous les sièges en décomposition pour y trouver une couverture. J'imaginais la mousse l'envelopper, et le lierre s'enrouler autour des jambes de Michèle pour la momifier. Il fallait sortir d'ici. Je devais nous sortir d'ici.

Les petites dormaient à l'étage. Je tentais de convaincre Louis et Isabelle de quitter le théâtre. Nous étions tous les trois assis en tailleur sur la scène et nous devions presque coller nos visages les uns aux autres pour comprendre nos chuchotements. Cela n'a pas été compliqué de persuader la grand-mère, quant à Louis il s'enterrait dans ses craintes. Partir où ? Et pourquoi ? La guerre était partout. Encore quelques années, et les Salauds finiraient par s'en aller. La fuite n'était qu'une illusion. Nous étions folles de vouloir sortir. Mais je regardais bien à l'intérieur de ses pupilles, ses arguments n'étaient que des excuses. Je connaissais ses maux, je les voyais danser sur chacun de ses raisonnements. Louis refusait de quitter cet endroit parce qu'il avait incrusté sa femme dans les murs. Quitter le théâtre, c'était se séparer d'elle encore une fois. Vivre ? Rire ? Essayer, du moins ? Sans elle ? Et pour quoi faire ? Il s'accrochait à ce lieu comme à la main de sa femme. Il refusait de lâcher prise, quitte à l'accompagner dans son tombeau. Je me souvenais de ce sentiment. En voulant garder André près de moi, je nous avais retenues captives dans notre maison. Les murs, les photos, les habits, les parfums, je m'y serais soudée. J'en voulais aux minutes qui n'en faisaient qu'à leur tête et qui continuaient de s'écouler. Le temps avait été un ennemi. Je lui avais fait la guerre, comme Louis. Habiter ses heures, m'avait dit l'horloge. Louis voulait habiter la mort de sa femme. Point. À chacun sa demeure. Isabelle tentait de le convaincre, mais il n'y avait rien à infléchir chez lui, ce n'était pas la raison qui le faisait rester dans le théâtre. C'était son illusion. On peut renoncer à tout pour une illusion.

Le théâtre nous avait couvés, nous y étions protégés. En sortant, chaque heure serait plus rude mais apporterait son lot d'espoir. Nous serions en péril, mais au moins nous irions quelque part.

Nous avons menti à Michèle et Anna, « Louis reste ici pour le moment, il nous rejoindra plus tard », les privant de lui faire leurs adieux. « Nos âmes ont besoin d'histoires. Il faut faire de ce conte obscur un roman d'aventures », m'avait soufflé Isabelle. Alors nous sommes parties le cœur vaillant. Dans les souterrains, nous leur parlions d'explorations et de légendes qui dépeignaient des héros et des héroïnes pleins de courage face à l'adversité. Il fallait leur offrir des modèles, si bien que nous marchions sans crainte, un sourire aux lèvres. Isabelle dissimulait sa faiblesse physique. Elle ne se plaignait pas, elle arborait, au contraire, un air assuré. Elle avait confiance en nous, alors nous avions confiance en tout.

Le gars au vélo nous attendait. Il a pâli lorsqu'il nous a vues en si piteux état. Le boucher nous a apporté des boissons chaudes et sucrées pour nous donner un peu de force. « Nous avons beaucoup de marche à faire. » Des larmes de fatigue coulaient sur les joues de Michèle. Nous passions des ruelles aux égouts, des égouts aux boulevards, des boulevards aux caves, aux arrière-cuisines, aux toits. Aux côtés de l'Insurgé, nous pouvions aller partout. Il avait une aisance folle, la capitale n'avait pas de secret pour lui. Il en connaissait les moindres recoins, c'était un enfant de la rue, son corps était marqué par elle. Il avait tout de même de belles épaules, des cheveux libres, des yeux noirs dans lesquels on découvrait un horizon clair et scintillant. Un sourire s'épanouissait sur son visage. Pourtant, son ton était dur, sa démarche têtue, provocatrice, même. Dans sa façon de se mouvoir, il disait : « Je n'ai peur de personne. » Il roulait des épaules, bombait le torse. Ses pieds, quant à eux, sautillaient comme un enfant espiègle. Son visage était couvert de cicatrices qu'il cachait sous sa barbe noire, tandis que le reste, sa peau, ses joues, la courbe de ses yeux et sa bouche, était l'incarnation de la douceur. Il nous a fait entrer, par une fenêtre, dans une boutique. Il a ouvert une porte donnant sur une pièce qui servait au développement de photos. Michèle, Anna et Isabelle devaient attendre ici. Quant à moi, je l'ai accompagné de l'autre côté.

Derrière la caisse, un homme comptait son argent. Notre guide a posé sous son nez les billets qu'il me restait et que je lui avais confiés. « Quatre portraits. » Le type a sursauté puis il est devenu livide lorsqu'il a croisé le regard du gars au vélo. Il a mis son visage entre ses mains, il a expiré un long moment avant de rendre sèchement les sous. « Je t'ai déjà dit : non. – À moi oui, mais à elle pas encore. » Il m'a poussée un peu vers lui. « Dis-lui non à elle et à sa famille. » Le type en avait les larmes aux yeux. « Je suis désolé, mademoiselle. Ma femme vient d'accoucher. J'ai peur pour mon fils, j'ai peur pour elle », s'excusait-il en me regardant avec honte. Partout sur les murs de sa boutique, des photos de sa femme, de leur mariage et de leur nouveau-né. Toute la boutique du photographe respirait l'amour familial. « Je suis désolé, mademoiselle, vraiment. Ce n'est pas contre vous. » Le gars au vélo s'est approché et s'est penché au-dessus de lui avec un air menaçant.

« Alors quoi ? Tu restes chez toi et t'attends qu'ils viennent vous trouver ?

— Ils n'ont pas de raison de le faire. Ils n'ont rien à me reprocher.

— Ils n'ont rien à reprocher à personne. Tu sais comment ils procèdent.

— Politique, idéologique, religieux, économique. Toujours pareil.

— Ils vont frapper à ta porte, te tirer des balles dans la cervelle. Devant les yeux de ta femme et de ton enfant. Comme ça, sans raison. Juste parce que la boutique leur plaît bien. Et tu crois qu'il fera des photos, ton fils, après ça ? Tu veux qu'il ait la même vie ratée que la tienne ? Tu lui as dit quoi, à ton gosse ? Qu'il serait un grand ? Comme te disait ta mère : "Tu seras un grand photographe." Et tu es quoi, aujourd'hui ?

— Je suis marié, et je suis père. Ça vaut tout l'or du monde.

— Parce que t'as pas le choix. Ta mère est crevée, ton père est crevé, ton fils à nourrir… T'étais un gars qui faisait rêver tout le monde, un combattant des principes. T'envoyais chier les chemins prédéfinis et les ragots qui dégoulinent en bouillasse. Tu t'étais inventé ! T'étais libre. T'avais écrit tout seul ton courage. Mais aujourd'hui, regarde-toi. Voilà que t'hésites. Et pourquoi ? Parce que, avec le temps, t'as préféré foutre tes rêves dans une boîte, de plus en plus gros, tes rêves, de plus en plus grosses, les boîtes. Et te voilà aujourd'hui à faire tes nuits dans un coffre-fort. Tu te prépares à fermer bien les yeux et attendre que les balles passent. C'est triste. Et tu promets à ton gosse de faire du monde un beau tableau ? Tu es passé de rêveur à menteur, comme ça, en un claquement de doigts.

— Je ne suis pas courageux, ni combattant. Je ne cherche pas à jouer les héros.

— C'est pathétique. Tu t'entends ?

— Le plus judicieux pour moi, c'est de rester loin de vous et d'attendre que cela se tasse.

— Tu es devenu lâche.

— On n'a pas la même conception de la bravoure.

— Tu sais que ceux qui débarquent tuent tous ceux qu'ils considèrent comme dangereux ?

— Ils ciblent.

— C'est ta réponse ?

— Oui. Ils ciblent.

— Une cible dont tu ne fais pas partie, alors tout va bien ?

— Je protège ma famille.

— Ils ciblent tous les marginaux. Ils ciblent toutes les libertés. Ils vont tuer tous ceux qui sortent du rang. Tu ne te rends pas compte des ennemis qu'on a…

— Regarde-toi parler ! Prends un miroir et regarde tes yeux. T'as l'air aussi fou et dangereux que les ennemis dont tu parles. T'as les yeux qui sortent de leurs orbites. T'as juste envie de vider ta haine en égorgeant des gamins.

— Sois honnête avec moi. Tu vas en laisser crever combien avant de te réveiller ?

— Par pitié, tu ne m'as pas posé cette question…

— Je te parle de dictature et tu me dis : "Attendons que ça passe." Toi ! Alors oui, je te pose la question, et droit dans les yeux : tu vas en laisser crever combien ?

— Je veux protéger ma famille, Chasseur.

— La seule manière de les protéger, c'est d'agir.

— Je ne le crois pas. Pas comme tu l'entends, en tout cas.

— Tu t'en voudras toute ta vie.

— Je ne le crois pas.

— Tu vas rester auprès de ta famille, te cacher, ne rien faire, surtout ne rien faire. Tu brandiras tes petits poings quand ils menaceront ta famille, d'accord. Puis ils te tueront s'ils ont gardé un peu d'humanité. Sinon, ils t'accrocheront par les tripes pour que tu les regardes s'amuser avec ta femme et ton enfant.

— Je ne pense pas qu'on puisse en arriver là.

— Tout ce qui s'est passé de monstrueux un jour sur cette Terre est dû à des gens comme toi. Des gens qui se disent : je ne pense pas qu'on puisse en arriver là. Et les choses horribles perdurent, discrètement, silencieusement, parce qu'elles sont si éloignées de nos conceptions et de nos morales qu'on ne peut pas les voir. On n'est pas assez courageux pour affronter la dégueulasserie. Le problème, c'est que les dégueulasses, eux, ont bien compris tout ça. Ils font leurs petites affaires. Des choses qu'on ose même pas imaginer. C'est facile, pour eux. Ils n'ont pas à nous bander les yeux, on les ferme tout seuls. Et un jour, les dégueulasses, ils frappent à ta porte. Ta porte à toi. Alors tu fais quoi ? Tu ouvres et tu souris ? »

Le type pleurait. Sur les murs de sa boutique, les visages figés de sa femme et son jeune fils nous lançaient des appels de pitié. Je comprenais sa détresse, j'avais envie de partir et de le laisser en paix. Mais le gars au vélo ne le lâchait pas. Pour clore le débat, il a exigé du type qu'il se lève et le suive. Ce dernier se protégeait la tête en craignant d'être frappé. L'Insurgé a ouvert la porte de la pièce dans laquelle étaient cachées Michèle, Anna et Isabelle. Il y a poussé le photographe : « Dis-leur, à elles, que tu vas les laisser crever car tu as peur d'avoir des problèmes. » Isabelle était allongée sur le sol, épuisée par notre course à travers la capitale, les filles lui prodiguaient un massage. Le type est resté silencieux. Puis ils ont tous les deux échangé un regard entendu. L'homme a acquiescé. « Je reviens à l'aube », a murmuré le gars au vélo.

La photographe s'appelait Joana. Leur petit garçon était au creux de ses bras. Il avait quelques mois. Lorsqu'elle est descendue nous rejoindre, elle nous a regardées longuement toutes les quatre. Puis, après un sourire, elle a embrassé son mari, lui a confié le bébé et lui a dit : « Tu as bien fait. » Leur enfant était blotti entre eux, dans un écrin. Michèle et Anna l'enviaient. Tandis que Joana préparait l'atelier, le type nous a fait une collation et de petits lits à même le sol. Il nous a apporté de beaux habits propres et nous nous sommes apprêtées. Ce fut un moment merveilleux. Chacune de nous pomponnait l'autre. Nous prenions le temps d'apprécier nos gestes. Passer la brosse sur les cheveux, laver le visage avec de l'eau de rose, choisir le plus joli haut, mettre de la couleur sur nos joues, un peu de noir sur nos yeux, pour camoufler l'épuisement.

Je me suis assise sur le siège. La lumière m'éclairait tout entière. Devant moi, un drôle de tableau : Joana était concentrée sur son objectif et me donnait des conseils précis : « Légèrement plus bas, le menton, tournez le visage un peu vers la droite » ; son mari observait son travail avec admiration ; Michèle était belle comme un cœur, ses bouclettes rebondissaient, ses joues étaient roses, ses mirettes pétillaient de me voir sous les projecteurs ; Anna semblait fascinée par l'appareil et posait tout un tas de questions ; le regard d'Isabelle me donnait une force inouïe. Les yeux me piquaient un peu d'émotion, je tentais de garder une contenance malgré ces crapules de larmes qui se sont invitées sans permission. Et c'est à ce moment précis, tandis que je me fâchais avec mes yeux, que Joana a capturé mon image.

La chorégraphie pour mettre au monde le portrait était minutieuse. On a éteint toutes les ampoules, excepté les rouges. Cela nous projetait dans un lieu hors du temps. Puis ils ont plongé nos clichés dans une bassine contenant un liquide chimique, « le bain révélateur », a annoncé la photographe à Anna, anticipant ses questions. Elle nous a invitées à nous pencher au-dessus de la bassine pour observer l'apparition de nos visages sur la pellicule. Des fantômes qui ne se cachaient plus du monde. Nos regards, nos sourires se révélaient. Sur ces images, nous ne nous ressemblions pas. Nous ressemblions à qui nous pourrions devenir si nous arrivions à fuir. Radieuses, légères, mutines et pleines d'espoir. Quatre petits portraits de femmes à des âges différents. Nos visages ont encore été plongés dans trois autres bains, « On arrête, on fixe et on lave », commentait la photographe. Puis elle a suspendu nos trombines sur des cordes avec des pinces à linge. Pour dormir, nous nous sommes blotties toutes les quatre, les unes contre les autres. Nous faisions face à nos photos. Il était compliqué de trouver le sommeil devant ces drôles de miroirs. Nous regardions nos figures sécher. Elles étaient pleines de promesses. Michèle est venue me glisser à l'oreille : « Papa a peut-être travaillé avec eux. Il faudrait leur demander. » Je lui ai souri tendrement. « Bien sûr. Nous leur poserons la question. » Elle s'est endormie, rassurée.

Le gars au vélo ne connaissait pas mon prénom, alors il a posé une main sur mon épaule, il s'est penché vers moi et a murmuré : « Épervier, réveille-toi ! » J'ai ouvert les yeux. Surprise par mon nouveau patronyme. À contre-jour, avec la lumière rouge, la silhouette de l'Insurgé avait l'air d'une ombre chinoise. La couleur créait des reflets fauves dans ses cheveux. Nous sommes allés discuter dans l'autre pièce.

Durant la nuit, il avait trouvé un lieu où nous cacher en attendant d'avoir accès aux papiers. Plus je le remerciais, plus il rougissait tout en faisant le dur pour masquer son émotion. Il y a eu un moment de silence durant lequel nous écoutions la ville émerger lentement. Je dévisageais ce jeune homme qui n'avait, lui non plus, pas de nom, seulement le surnom que lui avait donné le mari de la photographe. « Chasseur », l'avait-il appelé. « Chasseur », quel étrange pseudonyme.

Il ne lui ressemblait pas. Il n'avait pas l'air d'un lion qui se jette sur sa proie pour lui déchirer l'épiderme. Non. Il avait l'air d'une gazelle, peut-être, mais pas d'un prédateur. Une gazelle aux yeux noirs et ronds. Un visage délicat ornementé d'une peinture de guerre. « J'aimerais participer », lui ai-je dit. Chasseur a évité mon regard. « Vous allez bientôt quitter le pays, ce n'est pas le moment de te mettre en péril. » Je lui ai attrapé le bras pour qu'il me fixe. « Je ne te demande pas ton aval. Je veux participer. Si ce n'est pas par toi, je passerai par quelqu'un d'autre. Je suis excédée de subir en silence. En rage contre moi-même de m'être contentée de la fatigue et de la peur. Je brûle et je vais finir en cendres si je ne gueule pas quand ça me chante, ni ne ris de tout mon coffre ! » J'étais à bout de souffle. J'avais parlé trop fort et sans m'inquiéter des voisins. J'ai aimé qu'il ne scrute pas autour de nous pour vérifier que personne n'avait été réveillé. J'ai aimé qu'il me sourie, simplement, sans craindre que mon zèle ne nous mette en péril. Nous avons alors récupéré les photos, réveillé les filles, et nous avons traversé la ville par ses toits et ses souterrains, une fois encore.

L'espoir donnait de la puissance. Escalader les toits, ramper dans les galeries, le mouvement créait de l'énergie et Isabelle, tout comme les filles, retrouvait son éclat. Sur le toit d'un énorme bâtiment, nous avons pu admirer une vue splendide sur la capitale. Être au sommet du monde après avoir été dans ses égouts nous faisait un effet décapant. Le gars a sauté sur un balcon et toqué au carreau. Un homme est apparu à la fenêtre pour nous ouvrir. Il était élégant, portait un costume démesurément chic. Un haut fonctionnaire ? Son bureau était en marbre et le luxe décorait ses murs. Il m'aurait été impossible d'imaginer que quelqu'un comme lui puisse s'inquiéter de nos existences, pourtant il était aux petits soins. Avant que Chasseur ne nous quitte, Isabelle est allée lui donner quelques légères tapes de gratitude sur le visage. Il en est resté pantois.

Nous étions dans un musée. L'un des plus grands de la capitale, et nous allions y habiter quelques semaines, le temps d'obtenir nos papiers. Nous l'avons traversé en empruntant ses longues galeries. « Vous ne risquerez rien. Je vous apporterai à manger tous les soirs avant de partir. Reposez-vous bien, reprenez des forces. » Tout au sommet, dans un immense grenier où des œuvres étaient entreposées, le haut fonctionnaire nous a installé des matelas et des couvertures, ainsi qu'un nécessaire de toilette. Sur les étagères, les trésors attendaient sagement d'être révélés à l'occasion d'une exposition. De magnifiques marines, des portraits, des natures mortes, des scènes mythologiques s'entassaient dans notre nouvelle cachette. Chacun nous proposait un regard différent sur le monde. Nous déambulions, étrangement privilégiées. Isabelle admirait un buste de femme qui semblait prier, Anna s'était arrêtée devant le portrait d'une adolescente, Michèle s'était assise face à un immense paysage de campagne, quant à moi, je ne pouvais détacher mes yeux d'un croquis. Un tout petit croquis. Je l'ai pris dans mes mains pour en détailler les coups de crayon. C'était l'esquisse d'une tête. À ce stade, on ne pouvait déterminer s'il appartenait à une femme ou un homme, seul le regard était plus ou moins achevé. Un regard fixant quelque chose au loin, en dehors de la feuille. Petit à petit, les traits d'André sont apparus sur le papier. J'y ai redécouvert son visage. Où avait-il été ? Dans quelle direction avait-il tourné les yeux ? Avait-il aimé quelqu'un d'autre ? Sa figure s'est transformée, ses traits ont laissé place aux miens. Mon visage. Ou plutôt son ébauche, et une seule évidence : il fallait aller voir ce qui se trouvait en dehors de la feuille de papier.

VIII

Il avait donné trois petits coups secs sur la trappe et j'ai découvert sa mine radieuse. Il ne s'en rendait pas compte, mais Chasseur m'offrait un goût d'indépendance. Celle-ci s'est mise à glisser tout au long de mes veines pour m'animer comme je ne l'avais pas été depuis des lustres. Je retrouvais cette sensation revigorante, la même qui me donnait rendez-vous au réveil, lorsque j'allais fouler nu-pieds la rosée du matin pour m'asseoir face aux vallées de mon enfance et croquer des fruits tout juste cueillis. Je me sentais vivante. On me rendait ma jeunesse. On me rendait mon âge. C'est ce visage lumineux et indocile que ma fille a aperçu avant que je m'en aille. Elle n'a pas eu peur de mon départ. Elle portait dans ses yeux le même ravissement que lorsqu'elle lisait les lettres d'André. Anna voulait venir avec nous, elle voulait être une « Insurgée », mais Isabelle le refusait et je voyais à quel point l'adolescente souffrait de ce tiraillement qui venait éteindre sa bonhomie.

Les premiers rendez-vous se sont déroulés chez Chasseur. Ils m'ont accueillie avec chaleur, en se présentant à moi sous leur surnom. Un grand homme, Mars, était l'organisateur des missions périlleuses.

Chevalier, la femme au couteau du parc, arborait un regard incisif, sans compromis, qui contrebalançait son air juvénile. Combat était un garçon à peine majeur, accompagné de son petit frère, de l'âge d'Anna, qui voulait se faire appeler Tigre, mais que tout le monde appelait Castor. J'ai reconnu deux musiciens de l'orchestre avec lesquels Simone jouait le soir du concours. L'un Coda, et l'autre Barboteuse. Et pour finir, une femme mûre, à la longue chevelure blanche relevée en queue-de-cheval, avait été rebaptisée Bienvenue. Je ne pouvais m'empêcher d'imaginer à quel souvenir intime était associé chacun de ces pseudonymes. Cela ajoutait du mystère à leur personnalité. Chasseur m'a présentée telle qu'il me connaissait : Épervier. Ils étaient peu nombreux mais entretenaient un feu commun : le refus de la terreur. Ils parlaient de la prochaine action. Trois d'entre nous iraient aux frontières de la ville se planquer dans ses sillons, là d'où partait le chemin de fer. La capitale avait trahi ses enfants. Il fallait la récupérer. Se tenir prêts à partir, n'importe quand. Le jour de notre mission nous serait communiqué d'une manière ou d'une autre. « Surveillez tout ce que l'on vous donne », a simplement dit Chasseur. Je me rappelais le matin où Émile avait apporté un pot de farine troué dans notre salon. André en avait extrait un mot puis il était parti cueillir sa révolte. Cette fois, c'était mon tour. Quand cette heure viendrait, il faudrait que je prenne mon sac pour me rendre en bas de la rue. Passer Chez Jacqueline, la vendeuse de pommes, prendre le petit chemin à droite qui donnait sur la boutique de vêtements en laine, descendre la rue pavée et longer le restaurant Les Coquelicots, tourner à gauche au niveau du rond-point et me poster devant l'étang du parc. Là, une voiture m'attendrait. J'y retrouverais certains camarades, le reste aurait pris un autre chemin. Plus nous nous disperserions, plus nous éviterions de nous faire remarquer. À chaque geste, chaque pas, chaque émoi : nous courrions un risque. Se faire attraper par la Milice ou bien se prendre une balle dans la tête, ce ne serait pas ce qu'il y aurait de pire. Le pire serait de craquer sous la torture, que des noms de famille sortent de nos coffres pour trahir nos camarades. Faire mourir, ce serait pire que mourir.

Chasseur m'avait décrite ainsi : « Elle part bientôt avec ses filles ; en attendant, elle nous propose son aide pour quelques actions. » Ils s'étaient tous entendus pour que je fasse les moins périlleuses. Alors j'ai opté pour les plus ardues. J'avais des choses à régler avec moi-même, avec ma capacité à agir, à prendre des décisions sans qu'on m'y guide. Afin de rendre la chose dramatique, j'ai dû décider à qui confier le sort de Michèle, d'Anna et d'Isabelle, si je venais à mourir. J'ai choisi Chasseur, en lui prenant la main. Il était fâché mais n'a plus lâché mes doigts de la réunion. Puis ils m'ont demandé de rédiger mon testament. C'était un tantinet cul-cul. Penchée au-dessus de mes dernières volontés, je retenais difficilement un fou rire. Cela ressemblait plus à une liste de vœux pour Noël qu'à un testament, mais soit. Une fois ma liste de vœux terminée, ils l'ont rangée dans un petit coffre. Ma lettre a été déposée au milieu de centaines d'autres. Elles se ressemblaient toutes, elles étaient sœurs. Des milliers de vœux de la même famille.

Chasseur m'a raccompagnée. Cela aurait pu avoir des allures romantiques mais, en réalité, cela ressemblait plutôt à du chaperonnage. Il ne s'éloignait jamais à plus d'un mètre et m'aidait à faire le moindre pas sur les tuiles. Il avait si peur que je ne me blesse que j'en venais à perdre confiance en mon agilité. Sa galanterie excessive devenait contrariante. « Dis donc, ça va aller, maintenant, hein ! Plus tu t'inquiètes pour moi, plus tu me donnes l'impression d'être une petite chose fragile ! Tu trouves que je suis une petite chose fragile ? » Non, bien sûr, il voulait m'aider, c'était tout. Il n'osait plus me regarder dans les yeux ni se retourner dans ma direction. Je l'avais vexé et cela m'a fait sourire, même si je m'en voulais un peu. Durant le reste du parcours, il a fait attention à ne pas faire attention à moi. Sa façon de se retenir de s'inquiéter était attendrissante. Il pivotait de temps à autre pour me jeter un coup d'œil, tout en faisant mine de regarder le ciel étoilé. Au loin, par-dessus les toits, j'ai aperçu l'hôtel de Gaspar. Le bâtiment avait été condamné par les Salauds. La porte et les fenêtres étaient barricadées. J'ai eu besoin de m'asseoir un peu. Gaspar avait à son tour « disparu ». On pouvait apercevoir un bout du toit du théâtre juste à côté. J'imaginais Louis, allongé dans la fosse d'orchestre, parlant à sa femme en chuchotant, le corps recouvert d'un manteau de mousse, plongeant lentement dans un sommeil définitif. Les Salauds retrouveraient son corps et le jetteraient dans la fosse commune. J'ai pleuré sans cacher mes larmes. « Il arrive que des gens s'enfuient à temps, et puis le gérant de cet hôtel connaissait beaucoup de Salauds, il a dû être prévenu… » Comme Isabelle, Chasseur me racontait des histoires. Ce n'étaient que des paroles, mais elles m'ont remise d'aplomb. Il fallait faire ainsi, choisir quelle version on incrustait dans nos cervelles pour rester vigoureux. Nous avons rejoint le balcon du musée. Nous nous reverrions le lendemain matin, avant ma première mission. Nous nous sommes pris dans les bras, pour nous dire au revoir. Nous sommes restés longtemps ainsi, sans oser effectuer le moindre mouvement qui aurait pu compromettre l'instant. Par-dessus son épaule, la Lune. Elle me regardait, fâchée que j'apprécie les étreintes de cet homme autant que j'avais apprécié celles d'André. J'ai eu envie de lui tirer la langue. « Oh, toi ! Arrête de faire ta mijaurée ! C'est bien normal qu'un gentil gars me donne chaud ! J'ai du sang qui coule dans mes veines, vois-tu ! Si j'existe, faut pas s'étonner que les choses vibrent autour, hein ! » « Pardon ? s'inquiétait Chasseur. – Non, rien. Je pensais à voix haute. » Je l'ai serré plus fort dans mes bras. La Lune s'est offusquée.

En retrouvant le grenier, je me suis jetée sur le cahier que m'avait offert Anna. Les filles dormaient toutes les trois. J'ai prié pour qu'elles ne se réveillent pas. Les phrases se sont déversées spontanément. Quelque chose guidait mes mains, une envie furieuse de retrouver de la cohésion, d'éclaircir un peu l'histoire. André prenait place sur ces pages, avec des mots simples. J'ai écrit pour ne pas l'oublier. Pour lui redonner du corps. Dans les bras de Chasseur, j'avais eu l'impression de condamner à jamais son souvenir, alors mes mains tentaient de rattraper mon mari. Plus les lignes s'enchaînaient, plus je me sentais apaisée. Gratte. Gratte. Gratte. Comme une ébauche, son visage apparaissait petit à petit, ainsi que ses expressions, son odeur, sa voix. Son âme renaissait à mes côtés. J'avais besoin d'aventures, j'avais besoin d'épopées, j'avais besoin d'un héros. Je ne savais plus grand-chose sur lui, alors je lui donnais tout ce que je pouvais. Ce n'était pas romantique car ce n'était pas par dévouement amoureux. Aujourd'hui, je sais que j'ai écrit ces choses pour me soutenir moi, pas lui. Certains diront que c'est malheureux, à mes yeux c'était une chance, car c'est en passant par lui et par des mots sur un carnet que j'eus foi en mes aventures.

Certains rituels avaient la consistance d'un toit, de quatre murs. S'y tenir, c'était rentrer chez soi. L'une de ces routines était de se raconter ce que nous avions vécu durant la journée. Bien que nous habitions dans le même espace restreint, nous étions étonnées de la diversité de tout ce que nous pouvions ressentir dans une même heure. Cela rendait le monde plus vaste. Je m'étais endormie avec le carnet d'Anna dans les mains, et ce matin-là, lorsque j'ai ouvert les yeux, j'ai trouvé leurs trois visages penchés au-dessus du mien, à attendre désespérément que je me réveille pour honorer nos habitudes. Elles avaient installé un petit coussin au centre du grenier afin que je m'y assoie. Je me suis mise à narrer. Je jouais le jeu, me servais du ton, entrais dans les détails pour les emmener avec moi. Elles m'incitaient à être précise. À la fin, Michèle s'est nichée contre moi : « Lui aussi a vécu de sacrées histoires sans doute. » J'ai acquiescé.

« J'en suis certaine, oui.

— J'aurais aimé qu'il puisse nous les raconter.

— J'en cherche le moyen. »

Grâce à nos nouvelles amies, nous avions désormais la place pour exister l'une sans l'autre. Et je voyais ma fille s'émanciper chaque jour. Je craignais qu'elle ne s'inquiète de mes départs ; à ma surprise, elle semblerait chaque fois soulagée de me voir vivre mes aventures. Et je la retrouverais plus libre, plus gaie, plus aimante. En m'éloignant d'elle, je la libérais d'une trop grande responsabilité. Durant toutes ces années, Michèle avait porté le poids de mes résignations, de la même manière que j'avais porté celles de ma mère. « Tout ce que j'ai fait pour toi ! », m'avait rabâché celle-ci comme pour m'arracher les ailes. Elle ne savait pas vivre sans moi, elle avait peur du vide. Il lui était plus facile de se trouver des excuses à travers mon existence que d'affronter les choix qu'elle n'avait jamais faits. Il ne fallait pas que ces mêmes mots sortent de ma bouche. Jamais. « Grâce à toi, j'ai fait bien plus que je ne m'en pensais capable. » C'était cela que mon enfant devait entendre.

IX

« Pourquoi “Chasseur” ?

— On m’a souvent couru après avec un manche à balai ou un rouleau à pâtisserie. Quand ils m’ont demandé de me trouver un surnom, j’ai eu envie d’inverser les rôles. C’est moi qui chasse, maintenant… Et toi ? “Épervier” ?

— C’est un animal qui me fait penser à mon mari. Un oiseau vif, un oiseau de chasse. Discret mais impitoyable.

— Discrète mais impitoyable.

— Non. Discret mais impitoyable. On parle de mon mari.

— Je ne crois pas, non.

— Je suis mieux placée que toi pour le savoir.

— Je ne le crois pas non plus… Tu fais pareil.

— Comment ça ?

— Tu inverses les rôles. »

La voiture s’est arrêtée à la lisière de la forêt. « On y est », a lancé Mars.

Nous sommes entrés dans la forêt non loin de la ville. Chasseur était mort de trouille. Il me fixait. Il n’était pas concentré. On aurait dit qu’il cherchait à incruster mon visage à jamais dans ses pupilles. Je m'étais portée volontaire la veille. Chevalier s'était blessée, il fallait la remplacer. Chasseur avait refusé que ce soit moi, il avait piqué une colère devant tout le groupe en les traitant d'irresponsables. « Elle n'y connaît rien, et deux petites filles comptent sur elle ! » Il allait le faire, lui. C'était un homme, il était costaud et il avait l'habitude du terrain. Quand Chasseur avait gueulé pour parler à ma place, je m'étais cru face à mon père, face à André et à Chassaing. À l'époque, je ne disais rien, je rongeais mon frein et subissais leurs décisions. Cette fois, je m'étais levée et je l'avais giflé sans préambule. Le débat avait été clos.

Le chemin de fer n'était pas très loin. À l'horizon, entre quelques arbres, j'arrivais à distinguer la machine à vapeur. Caché derrière les troncs, notre petit groupe reprenait son souffle en silence. J'observais chaque mouvement. Je me préparais. Mon cœur battait à tout rompre. Je scrutais Mars. Attendant ses directives. Il m'a fait signe de ne pas bouger. J'en profitais pour respirer l'odeur que dégageait la forêt humide. Je percevais au loin le bruit des pas de Salauds sur les graviers qui entouraient les wagons et quelques discussions en langue ennemie. J'ai croisé de nouveau le regard de Chasseur, mon ami était de plus en plus pâle. Il y a eu un craquement derrière moi. Je me suis retournée dans un sursaut. Prête à me défendre. Face à moi, une biche. Autant surprise que moi, elle me scrutait sans bouger. Si je l'effrayais, elle se mettrait à courir et nous dénoncerait. Je la suppliai des yeux de ne pas avoir peur, de faire comme si elle n'avait rien vu, et de repartir tranquillement. Mais la biche, méfiante, était sur le point de bondir. Elle me lorgnait, les muscles contractés. Là-bas, la locomotive a fait un bruit d'éternuement. La biche a sauté. J'ai regardé Mars : c'était maintenant. J'ai repositionné mon sac sur mon dos, puis j'ai pris une inspiration avant de m'extraire du cœur de la forêt. Une fois à la machine à vapeur, je me suis faufilée sous elle, entre les rails et la carrosserie. Le plus silencieusement possible, j'ai sorti les bâtons de dynamite et les ai enfoncés dans les rouages. Craquer l'allumette, enflammer les mèches, glisser entre les roues et courir vers les arbres en espérant qu'aucune balle ne me touche. Y retrouver Chasseur, me jeter dans ses bras, et fuir ensemble jusqu'à la voiture. Courage. J'ai craqué l'allumette, mais des pieds sont arrivés à mon niveau et se sont arrêtés. J'ai empoigné le métal de la locomotive pour me soulever par la seule force de mes bras. Je suis restée accrochée ainsi, tel un singe pendu au ventre de sa mère. Entre mes doigts, l'allumette se consumait, sa flamme venait me caresser la peau. Les pieds restaient immobiles. Au-dessus de moi, j'entendais les pas des Salauds qui se baladaient au sein des wagons. La machine a de nouveau éternué et démarré sans prévenir. Je suis restée suspendue. L'allumette s'est éteinte. J'ai tenté, tout en restant cramponnée, de saisir la boîte, de l'ouvrir et d'en craquer une autre. J'ai perdu un temps précieux, la locomotive accélérait, la forêt s'éloignait. J'ai manqué lâcher la boîte. Enfin, en coinçant le bâtonnet entre mes lèvres, me tenant d'un seul bras, j'ai réussi à faire éclore la flamme. J'ai allumé les mèches. Je me suis laissée tomber avec soulagement. La machine est passée au-dessus de moi, comme si elle voulait me dévorer. J'ai levé la tête légèrement et observé la dynamite s'en aller en se consumant. Je respirais un peu. Il était possible que j'explose en même temps que le train. Je le savais. Je le comprenais. Mais je ne l'acceptais guère. Des coups de feu ont retenti au niveau de la gare. J'ai aperçu les silhouettes de mes comparses et des corps ennemis s'affaisser. Je regardais les roues passer de chaque côté des rails en m'effleurant, elles créaient des barreaux et m'empêchaient de sortir. Il fallait que je me faufile. Je pouvais me faufiler. Un. Deux. Trois. Non. Impossible. J'allais me faire arracher les membres. Qu'est-ce qui serait le pire ? Survivre le corps déchiqueté ou mourir un bon coup ? Mourir un bon coup. J'ai entendu des cris, des encouragements. Puis la voix de Chasseur, plus distincte que les autres : « Épervier ? Épervier ? », et enfin, son visage. Il saignait. Les roues défilaient à toute vitesse entre nous. « Allez ! Tu peux le faire, allez ! » D'accord. Au moins, même le corps en lambeaux, j'assisterai à nos victoires. Je me suis jetée de l'autre côté des roues. Elles m'ont broyé les orteils gauches. J'ai hurlé, Chasseur m'a soulevée. Il a couru, moi sur son dos, le plus vite possible. Nous sommes arrivés à la forêt. Nous faisions la course avec les balles, qui s'échouaient sur les troncs. J'enviais les arbres d'être aussi imperturbables, ils regardaient les petits trous que faisaient les projectiles sur leur écorce, puis soupiraient et reprenaient leur méditation.

Il m'a soignée dans le grenier du musée avec l'aide du haut fonctionnaire. Ils avaient apporté des bandes et tout un attirail pour jouer aux infirmières. Un gros bleu en guise de pied gauche. Cassé, sans doute. La douleur n'était pas si terrible, en tout cas elle n'enlevait rien à mon bonheur. Je me sentais à ma place. Je pouvais respirer à pleins poumons, l'air s'y engouffrait. Je ne voyais plus de prison, plus de cachette. Je ne me sentais plus vermine, je ne me sentais plus chassée. Michèle me regardait avec ses grandes billes rondes et je comprenais que ma métamorphose opérait chez elle aussi un changement. Nous n'avions pas à subir, nous n'avions pas à fuir. Il était possible, malgré la situation, de se sentir libres.

En mangeant un délicieux repas que nous avait préparé l'homme du musée, nous discutions de notre avenir. Nous serions toutes les quatre de la même famille, et porterions le même nom. J'allais me donner quelques années supplémentaires, Anna pourrait passer pour ma fille et Isabelle pour ma mère. Notre nouveau patronyme a été choisi par les petites. Elles en avaient parlé des heures et s'étaient mises d'accord. Le haut fonctionnaire nous conseillait de changer de prénom également. J'y avais un peu réfléchi. Michèle aussi. « Si tu es d'accord, maman, je voudrais m'appeler Simone. » J'ai compris alors à quel point ma fille vivait dans un monde complexe et qu'elle avait quitté les histoires du soir depuis longtemps. Elle avait lu la lettre, ce nouveau prénom était sa manière de me le faire comprendre. Dans cette phrase, j'entendais tout ce qu'elle savait et tout ce qu'elle choisissait d'en faire. Elle m'appelait maman. Elle s'appellerait Simone.

Il était tout vieux, celui des papiers. Les mains tordues et plissées. Il faisait du bruit quand il respirait, le même bruit que son chien. Chasseur ne m'avait pas accompagnée, je souhaitais m'y rendre seule. Nous étions tous les trois, le chien, le vieil homme et moi dans cette chambre qui sentait la soupe et le cabot mouillé. Une toute petite pièce sous les toits. Le faussaire regardait les photos en fronçant puis en relevant ses épais sourcils blancs. Au premier abord, rien ne donnait l'impression qu'ici même de fausses cartes d'identité étaient fabriquées avec minutie. Seuls une table en bois verni et un énorme canapé dodu décoraient l'espace. Je finissais un café corsé que l'homme avait préparé. « Tu vas m'assister, gamine. » J'ai acquiescé. Il s'est avancé vers son canapé. Il l'a légèrement soulevé. Puis, en enfonçant sa main dans une partie déchirée du tissu, il en a extrait quelques outils d'orfèvrerie. Sur la table de sa cuisine, il s'est installé et a commencé à sculpter dans un morceau de caoutchouc des mots comme « État » et « Préfecture », à l'aide d'une aiguille. Je l'aidais comme je le pouvais. Pour l'instant, ma tâche consistait à ranger les outils sous le tissu du canapé après chaque utilisation, puis à les ressortir dès qu'il me le demandait. Des allers-retours incessants. Il était hors de question de laisser traîner le moindre objet, même une seconde, sur sa table. « Passe-moi le fil. » Le vieil homme a pris la bobine sur laquelle, à son sommet, il a collé le caoutchouc sculpté pour en faire un tampon officiel. Il a trempé le tampon dans l'encre, saisi une feuille jaunie pour le tester. L'illusion était impressionnante. J'étais enivrée par la débrouille de cet homme qui, là, avec un vieux bout de semelle, une bobine défraîchie et une aiguille, nous offrait de nouveaux passeports plus vrais que nature. Je me demandais combien de gens comme lui existaient dans mon pays, et comment avait-il été possible que, durant quatre ans, je n'aie rien vu. Je regrettais que Daniel n'ait pas connu tous ces héros de l'ombre. S'il avait su qu'un chemin comme celui-ci était à sa portée, il l'aurait pris au lieu d'aller s'enivrer avec les ennemis. L'homme m'a tendu le tampon. « Usez-le. – Que je l'use ? » Il m'a désigné un papier. « Tamponnez jusqu'à ce qu'il paraisse usé. Pas trop pour que ça reste lisible, assez pour qu'il ne semble pas neuf. » Puis, pendant que je martelais le papier de petits coups de tampon, donnant à ce moment une cadence, il a écrit nos nouveaux patronymes. Enfin, il a saisi nos passeports pour les tremper dans du vin rouge, dans du bouillon de poule et de nouveau dans le pinard. Il a ensuite attrapé des pinces à linge et a suspendu les documents au-dessus de la cheminée comme on suspend ses dessous. Le chien regardait les papiers qui laissaient goutter la vinasse. Nous aurions des passeports goût bouillon et piquette. Dès qu'ils ont été secs, le faussaire y a collé les photos avant de les tamponner d'un coup ferme. Ils étaient prêts. Ils étaient là. Sous mes yeux. Je n'osais pas les toucher. Le vieil homme me les a tendus en souriant puis, tout en me donnant une claque amicale dans le dos : « On va se boire un remontant, ça te dit, Andrée ? »

Andrée L'Épervier, âge : 30 ans. Profession : commerçante, vannière. Mère de : Simone L'Épervier et Anna L'Épervier. Fille de : Isabelle L'Épervier.

J'avais une boule dans la gorge. Le vide sous mes pieds. Tout à inventer.

X

J'avais dû en débattre longtemps avec Chasseur. Je voulais être ici. Je me sentais à ma place. Il était hors de question que l'on décide pour moi, même par bienveillance. Nous étions une centaine, dans le plus grand champ citadin de la capitale. Sous une motte de terre était cachée mon arme. Je faisais semblant de bêcher en attendant leurs signes. Nous cultivions la révolte. Les Salauds seraient une cinquantaine. Nous étions plus nombreux. À chaque fenêtre se trouvait une femme ou un homme armé, prêt à les abattre. On les a entendus arriver de loin, à l'heure prévue. Le bruit de leurs bottes sur le bitume créait une percussion menaçante. Le sol était un tambour sur lequel ils donnaient le rythme à suivre. Ils faisaient leur petit défilé et nous n'avions pas l'intention de les laisser mener la danse. Nous savions que nous risquions nos vies à cet instant. Leurs pas se rapprochaient. Je pensais à ma fille, à Anna et Isabelle, en sécurité. J'avais confiance. Elles seraient prises en charge, les pièces d'identité étaient entre leurs mains. Je ne leur avais pas dit ce qui se profilait. J'avais besoin de me trouver au cœur de tout cela. D'être avec eux, tous, sans me cacher. De sortir mon arme et de me battre. J'honorais

André, j'honorais Simone, j'honorais Josette et Émile. Ils étaient avec moi dans ce champ, ils guideraient mes tirs. Lorsqu'ils sont arrivés à notre niveau, le signal à la fenêtre a été lancé. Ils n'ont pas eu le temps de réagir, ils n'ont eu aucune chance. Nous étions réglés comme du papier à musique. Certains Salauds se sont avancés. Je me souviendrai à jamais de cette sensation. J'ai ciblé le visage d'un homme, à une dizaine de mètres. J'ai appuyé sur la détente sans réfléchir et je l'ai vu tomber. Je n'en ai abattu qu'un, je n'arrivais plus à viser. Nous nous sommes couchés au sol, comme on nous l'avait demandé, et les tireurs aux fenêtres ont pris le relais. Certains d'entre nous ont été touchés. J'ai attendu la tête dans la boue que les coups cessent. Il y a eu un court moment d'accalmie durant lequel je me suis assise sur les genoux.

Les corps se confondaient, ils avaient tous la même peau et le même sang, peu importait le camp. Ils avaient la même odeur, la même texture. Le même bruit de chair déchirée lorsque les balles les avaient transpercés, avec ou contre, alliés ou ennemis, tous les mêmes. Le silence brûlait mes tympans. Je restais agenouillée face aux restes de notre victoire, mes jambes ne faisaient plus qu'un avec la boue. Elles fusionnaient avec les flaques brunes, si bien qu'il me paraissait impossible de me relever. J'ai senti un camarade poser la main sur mon épaule : « Touchée, Épervier ? » Je l'ai rassuré, alors il est parti s'enquérir d'un autre, tout aussi statique, tout aussi immergé dans la tourbe de notre succès. Il fallait maintenant que je prenne leurs papiers et arrache leurs médailles. Nous devions les conserver tel un scalp, et brouiller l'administration de l'ennemi. Ensuite, leurs visages seraient brûlés afin qu'ils aient absolument tout perdu. Leur rendre la pareille. Ni héros ni martyrs. Affaiblir les familles en les privant de tout espoir, surtout. Le temps de rapatrier ces morceaux de chair pour les ranger bien en ligne. Les femmes déambuleraient entre les carcasses en étant incapables de reconnaître leurs propres fils, leur mari, leurs frères, leur père... Soulever leurs vestes poisseuses, glisser la main dans la poche, en extraire les papiers, lire le nom, le prénom, l'âge, le lieu de naissance. Puis faire couler l'alcool sur ces visages pâles pour y jeter une allumette sale. Je regardais mes camarades agir. Je n'en avais pas le courage. Je haïssais les Salauds, mais, une fois morts, ils ne soulevaient en moi plus de haine. Seulement du dépit.

Je devinais Chasseur accourir vers moi. Il m'a soulevée du sol. Il me tenait la main. Nous entendions de nouveau des tirs. Nous nous sommes réfugiés dans un appartement. D'autres Insurgés nous y attendaient. On nous a fourni des habits propres et des serviettes pour nous laver. Dans la salle de bains, devant le miroir, j'ai rencontré une inconnue. J'ai rougi, impressionnée par mon reflet. Je m'habillais en évitant de me regarder mais j'étais attirée par cette nouvelle image. J'ai pris une grande inspiration et affronté mon regard. J'y ai trouvé une alliée. On a toqué à la porte. Chasseur est entré, tremblant et livide. Il s'est jeté dans mes bras et m'a étreinte. Je l'ai serré à mon tour. Je sentais son cœur battre la chamade contre mon sein. Je tombais amoureuse de Chasseur et, comme il m'apparaissait que la vie ne tenait pas à grand-chose, je n'avais plus l'intention de me refuser le moindre instant de tendresse. Alors oui, quoi qu'en pensent mon bon Dieu, la Vierge, la Lune et mes aïeux, je l'ai déshabillé, je me suis déshabillée, et nous nous sommes fait don de volupté.

Nous étions allongés sur le carrelage. Encore ivres l'un de l'autre, reprenant notre souffle. Il caressait la sueur de ma peau. « Je vais aller là-bas. Mars m'a trouvé un bateau. Ils ont besoin de gens comme moi qui ont connu le terrain. Pour l'instant, ils batifolent avec des théories qui n'ont aucun sens. Ils ne savent pas qui vous êtes, combien vous êtes ni ce que vous êtes capables de faire, avec rien. »

Chasseur m'écoutait attentivement. « Je pourrais continuer à travailler pour vous, avec eux. On sera logées et les filles seront en sécurité. Et puis... Et puis, je n'aime plus ce que cela devient, ici. On nous demande de faire de ces choses... Il y a les petites. Je ne veux pas être ce genre d'exemple. Je ne retrouve pas mon courage dans la haine, dans la rage, dans le mal. Même si je comprends. Je te comprends, Chasseur. Tu es en colère. Tu veux rendre les coups. Je comprends... » Il m'a souri puis il a chuchoté : « Ce que nous sommes, ce que nous en montrons, ce que nous faisons, comme nous le pouvons. »

J'allais partir de l'autre côté de la mer, là où l'on comptait mettre fin à notre guerre. Plusieurs organisations avaient vu le jour dans les pays qui avaient échappé à la guerre des Salauds. Elles menaient des missions en secret. Ici, avec peu d'armes et peu d'aide, les groupes comme celui dont nous faisions partie manquaient de poids. Tout le monde se sentait démuni. Les années passaient, les gens « disparaissaient » petit à petit, le combat semblait perdu d'avance. « Il faut aller là-bas. Savoir ce qu'il se prépare, ce qu'il s'y dit, et travailler avec eux. Je serai plus utile qu'ici. Je dois faire la traversée. » Chasseur était resté nu. Je lui avais demandé de ne pas se rhabiller afin de regarder encore un peu les détails de sa peau. « Ton mari est peut-être là-bas, tu sais. Vous pourrez vous retrouver », m'a-t-il dit dans un souffle, pour approuver mon choix. André. Retrouver André. « Viens avec moi. » Il m'a souri sans tristesse, au contraire, plein de joie. « Non. » Chasseur œuvrait à domicile. Il n'avait rien ni personne à perdre. Il voulait voir les tyrans tomber morts. Nous avons passé des heures à ne pas dormir. Je m'efforçais de retenir par cœur les surnoms de tous ceux que j'avais croisés ici, leur âge, leur visage, leur voix. Je lui demandais de me les faire réciter comme une poésie. Ce que je n'avais pas réussi à faire pour André, je souhaitais le faire pour eux. Ne pas avoir peur du temps qui nous éloigne les uns des autres. Avoir confiance en ce qui a existé et ce qui existera. Le jour s'est levé. L'aurore est venue sublimer les courbes de son anatomie.

Nous nous quittions ici. Cette fois, je savais comment dire adieu. Il fallait d'abord planter son regard dans celui de l'autre pendant de longues minutes. Respirer ensemble en se tenant du bout des yeux. Il fallait être assez proches pour sentir nos souffles sur nos visages. Et s'étreindre, sans force ni fatalisme. Si des larmes coulaient, il fallait les dissimuler afin de ne montrer à l'autre qu'une certitude : ce n'était qu'un au revoir.

Troisième temps

I

Dans les ports de l'Ouest, on disait que des pêcheurs indociles accueillaient à bras ouverts les « passants » dans notre genre, leur offrant un toit, de la nourriture, des cartes de navigation, une embarcation mais, surtout, qu'ils étaient en mesure de prévenir les pays alliés de notre arrivée. Après des jours de marche éreintants, passant par les petits chemins, évitant au maximum les contrôles, nous nous sommes enfoncés dans le paysage des pêcheurs. Il y avait nous quatre, et deux jeunes décidés à se rendre de l'autre côté, eux aussi. De futurs collègues. Nous avions nos faux papiers, et de nombreux laissez-passer à sortir de façon judicieuse, en fonction du lieu et du contexte. Les femmes de la famille L'Épervier se rendaient dans leur maison au bord de la mer. Nous y venions régulièrement, car, au port, je récupérais les meilleures marchandises pour mon commerce. J'offrais un cadeau en osier aux Salauds lors des contrôles. Les deux garçons passaient plus tard, avec d'autres motifs. C'était pour eux bien plus compliqué, et nous devions souvent les attendre. Pour une fois, être des femmes était une chance. Les Salauds voyaient en nous de craintives créatures. Nous trimbalions des sacs pleins d'affaires qui n'étaient pas les nôtres. « Voyager léger semblera suspect pour une famille de bourgeoises. » Lorsque Mars nous avait dit cela, j'avais explosé de rire en pensant à ma mère. Si elle avait su un jour que sa fille se ferait passer pour une « sale » bourgeoise, elle se serait évanouie en faisant un pataquès. Nous nous coltinions donc des livres, des vêtements d'inconnus que les Insurgés avaient dégotés ici et là.

Nous avons été reçus par Marthe la grande, une femme ronde comme un cul de poule, au sourire aux dents propres et à la poigne d'un matelot. Sans discours, elle nous a installés dans un hagard qui sentait bon les marées. Une cocotte remplie d'un bouillon chaud nous attendait. Marthe la grande imposait le silence, elle et Isabelle se sont entendues comme larrons en foire. « Vous avez ma pinasse. C'est la seule qu'il me reste. Les autres ont été perdues en mer. Mais les hommes et les femmes qui étaient dessus, rassurez-vous, vont bien. Je m'occupe de cela. Posez pas trop de questions, grimpez dessus, elle vous portera là où il faudra. Et quand elle ne le pourra plus, j'aurai pensé à vous. »

Au petit matin, nous avons rencontré la pinasse. Un peu comme sa propriétaire, elle avait une croupe imposante et fatiguée qui chaloupait sur le port. Elle était faite d'un bois clair et sa coque était rouge comme le maquillage d'une femme. C'était un petit bateau qui avait un air de vacances. Nous avons embarqué sous les derniers conseils de Marthe la grande. « Il faut y aller doucement. Elle est délicate. Ne forcez pas les choses. » L'embarcation nous a emmenés dans une traversée tendre de quelques heures. Elle glissait sur l'eau, dansant légèrement sur les ondulations de la mer, sans à-coups ni violence. Je pensais à André. « S'il avait été un bateau, André aurait été celui-ci. » J'avais aimé d'autres hommes que lui depuis son départ et, curieusement, son souvenir m'avait accompagnée dans mes émois. Il avait veillé dessus, sans jugement. Nous étions trois, lorsque nous étions deux à faire l'amour. Chasseur l'avait remarqué et il m'avait aimée tout de même. Au milieu de la mer, sans prévenir, la barque s'est arrêtée. Malgré notre acharnement, elle refusait de bouger. C'est là que les pensées de Marthe la grande sont apparues à l'horizon sous la forme d'un cargo allié. Les marins à bord ont salué avec enthousiasme notre petit groupe. Nous les avons rejoints en laissant la pinasse abandonnée à son sort. Sur le navire, je ne regardais pas devant moi le bout de terre libre qui s'approchait, je fixais la barque. Seule au milieu de nulle part. Michèle était restée à mes côtés. Elle aussi contemplait le bateau en me tenant la main. « J'ai presque envie de lui dire au revoir », m'a-t-elle dit. Puis là, sur le pont de la pinasse, comme dans un mirage, j'ai aperçu la silhouette d'André. J'ai entendu sa voix dans le souffle du vent : « Sauve-toi toi-même, Rose. Laisse-moi, à présent. »

II

Dans ce pays, les choses étaient simples. Si nous avions faim, il suffisait de se rendre à l'épicerie. Nous disposions d'un appartement que nous partagions avec une autre famille et, lorsqu'il faisait chaud, il suffisait d'ouvrir la fenêtre. Le soir, nous pouvions nous installer sur le balcon et boire un verre. Quand nous croisions des connaissances dans la rue, nous nous arrêtions pour discuter. Parfois même, nous prenions le temps de partager un café. Le matin, en allant au travail, je montais sur ma bicyclette et empruntais les grandes allées. Je portais une robe à fleurs qui se soulevait un peu, lorsque je roulais trop vite, et cela me mettait en joie. Le vélo et la robe étaient mon uniforme. Isabelle et moi avons travaillé durant quatre ans dans le service de renseignement du pays allié. Chaque jour, la victoire se rapprochait. Ils nous payaient un peu, nous logeaient et prenaient en charge la scolarité des filles. Dans mon équipe, nous nous occupions de répertorier les réseaux des radios clandestines de la capitale, de traduire et d'envoyer des messages codés, et d'organiser les opérations. Les Salauds traquaient les émetteurs mobiles que nous fournissions aux Insurgés, si bien que les postes ne duraient jamais plus de six mois. La plupart des messages étaient entendus et enregistrés par les ennemis, il fallait trouver un codage complexe. Il arrivait que nous recevions des messages codés avec une erreur et nous savions alors que cette information perdue à jamais coûterait la vie à certains. Dans ces moments-là, nous étions plusieurs à perdre la tête. Nombreux étaient ceux qui, comme Isabelle et moi, avions des amis sur le terrain. J'étais chargée de temps en temps du réseau de Chasseur et, même si nous ne nous écrivions rien de personnel, quand je découvrais la lettre C, à la fin du message, j'étais euphorique. Je faisais partie d'un tout.

Il n'a pas été facile pour Michèle et Anna de retrouver une vie sans guerre. La petite n'avait connu que cela et la grande ne savait plus faire sans. Au bout de quelques mois, grâce à la musique, Michèle a repris son air joyeux. Tout l'extasiait. Cela a été comme découvrir un nouveau monde. Elle pouvait aller à l'école, chanter dans une chorale, porter de belles chaussures, faire les courses, jouer dehors avec ses camarades et, à table, le soir, il y avait toujours mille discussions pleines d'entrain avec la famille qui vivait avec nous. Michèle regardait souvent la tablée avec de grands yeux ébahis, comme nourrie par la chaleur du nombre. Elle s'épanouissait, maîtrisait une nouvelle langue, elle faisait du théâtre et tombait amoureuse. Je la redécouvrais parfois, lorsque j'allais la chercher à la sortie de l'école. J'étais surprise de la voir si confiante. Elle avait onze ans. Elle arborait un sourire majestueux. Il semblait que rien ne pouvait se mettre en travers de son chemin. Anna, quant à elle, s'enfuyait tous les jours du lycée où elle était inscrite pour se hisser sur un toit et regarder de loin la vie des autres. Elle était sombre et silencieuse. Ne desserrait plus la mâchoire. Parfois, elle se recroquevillait dans un coin et piquait des colères monstres. Seule Michèle savait la calmer. Anna ne comprenait plus rien. Elle ne comprenait pas pourquoi Isabelle s'était remise à préparer des plats familiaux que nous partagions avec enthousiasme. Elle ne comprenait pas que les visages autour de cette table ne soient pas ceux de ses parents, de ses frères et de ses sœurs. Elle ne comprenait pas qu'on lui fasse apprendre les mathématiques et l'orthographe. Pour elle, rien n'avait plus de sens. Il y avait trop de bruit, trop de gens, trop d'objets, trop de murs. Elle étouffait. Tout lui faisait mal, tout l'agressait. La seule chose qui semblait l'apaiser, c'était lorsque Michèle parlait de notre village. Anna posait sa tête sur les genoux de sa « petite sœur » et rêvassait. Il y avait la forêt de la Bannie dans laquelle on trouvait des fourmilières géantes et des marcassins au pelage tacheté qui couraient entre les arbres. Les buses et les éperviers qui volaient au-dessus des vallées. Les collines aux moutons, le lait de chez Fernande qui nous laissait traire ses vaches. Il y avait les champs d'asperges ressemblant à une étendue de plumes et l'oseraie de son papa qui changeait de couleur au fil des saisons. Le chemin aux mûres, le verger aux prunes, puis l'odeur de la gnôle fraîchement distillée dans l'alambic. La toute petite église dans laquelle on pouvait se glisser les jours d'été afin de profiter de sa fraîcheur, tout en mangeant des fraises. Michèle promettait à Anna de l'y emmener, alors le regard de celle-ci s'animait de nouveau. Puis un jour, enfin.

Un jour enfin, nous étions libres.

La joie nous a tous enivrés durant plusieurs semaines. Nous avions soif de tout ce dont nous avions été privés. Le monde est devenu une fête, chaque rue un lieu de danse, chaque restaurant une salle de bal, chaque place publique une scène pour musiciens. Nous célébrions cette libération que nous attendions depuis huit ans. J'ai pu contacter mes parents et leur fournir notre nouvelle adresse. Chasseur m'a écrit « À bientôt ? », et j'ai répondu « À bientôt ! ». Puis cette liesse a laissé place au vertige. D'abord, il y a eu la vengeance. Dans notre pays, quelques-uns ont été jugés « traîtres ». Ils ont été humiliés, torturés à mort. Ils ont subi ce qu'avaient subi les opprimés. Certaines des victimes devenaient les pires bourreaux. Ils vengeaient coup pour coup. Tu as tué mon fils : alors je tue le tien. Tu as brûlé ma maison : alors je te brûle. Ma femme est morte car tu as parlé : alors je t'arrache la langue et je la fais manger à ta femme. Les chats étaient devenus des souris mais, peu entraînés à se faufiler dans les petits trous des décombres, ils étaient vite retrouvés, puis on les déchiquetait pour finalement pendre leurs restes à des carrefours. Leurs cadavres comme étendards de la liberté. J'imaginais Daniel, à quatre pattes dans la boue, traité comme un chien, de la même façon qu'il avait traité le maire, en compagnie des ennemis. Quelqu'un lui avait-il donné le temps de parler de son père, de sa mère, des enfants, de sa terreur, de sa fatigue, de sa révolte, de sa solitude ? Les haines se sont mélangées les unes aux autres pour perdre tout sens commun.

Puis le trouble de l'avenir. Nous avions tous fait des choix par défaut, durant huit ans, et soudain nous étions de nouveau libres d'aller où nous le souhaitions. Que restait-il de nos vies ? Que restait-il de nos maisons ? Que restait-il de nos rêves ? Que restait-il de nos disparus ? Nous épluchions tous les registres afin de retrouver un nom familier et retracer le chemin de nos proches. Bien sûr, pas une seule fois le nom d'André n'est apparu. J'en venais à me demander si je n'avais pas été mariée à un mirage. Malheureusement, nous avons découvert dans la mauvaise liste la famille d'Isabelle et d'Anna. Cette fois, la grand-mère n'a pas raconté d'histoires. Sa petite-fille était assise à mes côtés, je lui tenais la main. Elle a écouté Isabelle en silence. Elle s'est levée, elle est allée se poster devant la fenêtre. Elle tremblait de rage. Elle voulait rejoindre les autres, ceux qui tuent les traîtres. Elle voulait arracher la vie. Elle s'est mise à parler avec une colère blanche, de celle qui rend fou, de celle qui possède si profondément les âmes qu'on n'en reconnaît plus la voix : « Il y a sur cette Terre une multitude de gens qui ont grandi dans l'estime et la confiance. Ils n'ont pas appris à baisser la tête, à raser les murs. On ne leur a pas appris à avoir peur d'exister. Ils sont fiers, ils sont heureux, ils sont intelligents, ils sont prêts à être couronnés de succès, et moi, je commence ma vie d'adulte à l'envers. Moi, je pars perdante. Je vais passer mon temps à désapprendre ce que la guerre m'a enseigné. Toute mon énergie va y être consacrée. Tandis que d'autres pourront être eux-mêmes, j'essaierai de me récupérer. Et je ne réussirai rien. J'aurai peur de réussir, car en moi est inscrite l'idée que je ne le mérite pas, que je suis un parasite, qu'il faut que je me fasse discrète, qu'on ne me remarque pas. Je ne sais qu'admirer les autres et imaginer qui j'aurais pu devenir si j'avais grandi dans un monde qui m'aurait accueillie. Un monde qui ne m'aurait pas arrachée à mon bonheur. Ce monde m'a haïe, il m'a volé toutes mes joies sans la moindre justice. » Isabelle a regardé sa petite-fille avec dureté. Elle l'a saisie vigoureusement. Elle ne la lâcherait pas. Elle ne laisserait pas la souffrance dévorer son esprit. « Au contraire, tu es victorieuse ! Tu commences ta vie par la victoire car tu as survécu. Voilà une chose dont peu de gens peuvent se targuer. Tu peux te faire confiance, faire confiance à ton instinct, ton espoir, ton courage, ton optimisme, ta résilience. Tu pars gagnante car tu sais que tu peux mourir et renaître. Tu pars gagnante car tu as quelque chose à transmettre au reste du monde. »

Dans une lettre de mes parents, j'ai appris qu'ils ne rentreraient pas au village. Ils s'installaient définitivement dans la ferme du Sud, auprès de mon oncle. Mon père y avait glissé un papier administratif. Il me léguait toutes les terres qu'il possédait. Toutes. La forêt de la Bannie, les vergers et les champs, ainsi que ceux de ma grand-mère. En ajoutant les hectares d'André que mon mariage m'avait offerts, je me retrouvais propriétaire de plus d'un tiers de la vallée de mon village. J'ai dû m'asseoir. Je suis restée là, sur le balcon, la lettre dans les mains, le regard dans le vide.

Puis j'ai ri.

III

C'est le moment où l'on fauche la terre. Dans les champs, chacun des villageois œuvre pour couper le foin. C'est un grand rassemblement solidaire et plein de gaieté. Une table est dressée sur un sentier à l'ombre. On vient s'y rafraîchir et grignoter un morceau de tarte. Je m'avance vers eux. Je reconnais les visages. Fernande, le postier, Jojo et les petits Chassaing. Nous nous étreignons tous. Même les voisins qui ne m'apprécient guère me serrent dans leurs bras. Je cherche Daniel. Jojo me sourit en me tapotant la joue. « L'heure n'est pas aux tristes nouvelles. Nous trinquerons ce soir à nos amis perdus. » Ce soir, nous nous réunirons pour célébrer la récolte. Puis on fera un grand feu autour duquel les enfants danseront afin de bénir les moissons, les troupeaux et les habitations.

J'entre dans le village. Je ressens la même chose qu'à un premier rendez-vous. J'ai le cœur qui bat d'impatience. Le soleil fait briller la cloche de l'église, les fleurs ont poussé. Beaucoup de maisons sont abandonnées. Leurs portes béantes, leurs fenêtres cassées. Mais la vie anime toutes ces ruines. Des stères de bois coupé en prévision de l'hiver prochain trônent devant les granges et les consignes de lait patientent à l'entrée. Je fais face à notre bâtisse. Elle ressemble à une amie. Un air frais, une couleur claire, des volets joyeux. Une maison qu'on choisirait pour y passer des vacances.

Je tremble en posant la main sur la poignée. Je pousse la porte. Je la laisse ouverte sans oser entrer. Je retrouve cette odeur. J'en ai le tournis. Je fais un pas. Puis un autre. J'avance à travers la salle et j'ai l'impression étrange de marcher à l'intérieur de ma mémoire. Mes pieds se baladent sur mes souvenirs. Les Salauds y ont habité. Ils ont laissé leur vaisselle, leurs habits, des restes de nourriture, des jeux de cartes, des bouteilles d'alcool. L'accordéon d'André est posé au sol comme un repose-pieds. Il a perdu la plupart de ses boutons.

Avant d'arriver dans la cuisine, je ferme les yeux. Puis j'imagine : il y a l'odeur de la semoule au lait qui chauffe. Une petite valse fredonnée du bout des lèvres. Un. Deux. Trois. Il y a les chevilles d'André, la courbe de ses mollets, ses cuisses. Il est assis. La figure cachée par ses partitions. Le doigt en l'air, il déchiffre les notes. Un. Deux. Trois. Je m'avance vers lui. Il pose les feuilles. Son ventre, son torse, ses épaules et son cou. Son visage. Il me sourit. Je l'embrasse. Nous caressons chaque parcelle de nos corps. Nous passons la journée à nous raconter des choses amusantes en nous épargnant les mauvaises. Nous installons une nappe dans le jardin et invitons nos amis pour un pique-nique. Il y a Daniel et son ivresse. Chassaing et sa rudesse. Il y a Josette et son éclat. Émile et sa jeunesse. Christiane et son panache. Ma mère et ses histoires. Mon père et ses silences. Madeleine et son lard. Simone et son charisme. Il y a Gaspar et son humanité. Louis et son fantôme. Isabelle et sa puissance. Anna et son adolescence. Chasseur et sa tendresse. Bien sûr, il y a Michèle et ses parents. Ce sont des spectres bienveillants et je leur promets de faire en sorte que leur fille ne les oublie pas. Puis une fois cette journée achevée, nous nous allongeons, André et moi, dans notre chambre. Là, sur l'oreiller, je me confie enfin.

« André, il y a tout un tas de choses que je ne saurai jamais. Si je me casse la tête à essayer de les comprendre, je disparais du monde pour glisser dans un autre : celui des hypothèses. Un abysse. Un vampire qui avale les secondes et me vole les instants. Alors, mon André, j'ai fait à ma manière. Lorsque tu n'étais pas là, je t'ai écrit tous les jours des lettres que je ne t'envoyais jamais. J'avais peur que les Salauds saisissent nos courriers et te retrouvent. Comme tu ne me donnais pas de nouvelles, je m'écrivais à ta place. Je faisais les questions et les réponses pour me conforter dans mon illusion. Parfois, des missives très courtes comme si tu m'informais de tes missions, d'autres fois, je m'épanchais un peu. Je brodais des trucs futiles, ça me plaisait. Les petites choses dont tu parlais. Si Michèle n'allait pas bien, alors j'écrivais un mot de ta part que je glissais dans la boîte aux lettres. Elle devenait radieuse et s'endormait avec. Bon. Je dois te le dire. Je l'ai su très vite. Tu as disparu bien tôt. Josette a pleuré ce jour-là, je lui ai ordonné de se taire, de ne rien me raconter, mais j'avais compris qu'elle vous pleurait, toi et Chassaing. Ils lui avaient transmis un message dans un pot de farine. Ils ne m'ont pas écrit à moi, heureusement. Juste à elle. Elle a commencé à me le lire : “Marcel Chassaing a été tué ce samedi. Il était accompagné de ses camarades An…” J’ai crié : “STOP !” Elle s’est arrêtée. J’ai continué à vivre comme si tu allais revenir. Ils ne m’avaient rien dit à moi, après tout. Et puis, quand Anna m’a offert ce carnet, j’ai trouvé un moyen de te faire exister encore un peu, au moins à travers moi. J’ai retranscrit tout ce que j’avais vécu durant cette longue période, tous mes périples et je t’en ai fait le héros. Épervier. Mes aventures, je te les ai données. Je l’ai fait tant qu’aujourd’hui, Andrée L’Épervier, c’est moi.

« Il faut désormais que tu existes par toi-même. Tu es peut-être enterré dans une forêt, ou bien jeté dans une fosse commune, mais moi, je t’imagine sur la Lune. Je te pose sur cette Lune avec ton accordéon, et tous les soirs, je te dirai bonsoir. Je reprends mon existence à moi. »

Avant de retrouver les villageois aux foins, je fais le tour du propriétaire. Je m’arrête dans l’un de mes champs, l’herbe sauvage a recouvert le sol. La Lune apparaît dans le ciel encore clair. Tout ici sent bon. Ça sent sans restriction, sans contrainte, sans amertume ni condition. Je m’allonge sur la terre encore chaude de mon enfance. Cette fois, je ne rêve pas de vivre ailleurs. Je me sens chez moi partout où je me trouve. Je n’ai plus peur, ni de moi ni des autres. Des petites araignées grimpent sur ma peau, mon corps ne trouble pas leur parcours, elles traverseront coûte que coûte. Leur détermination me chatouille. La Lune est pleine.

« Bonsoir, André. »

Pour le reste… on verra.

Pour en savoir plus
sur les Éditions Plon
(catalogue, auteurs, vidéos, actualités…),
vous pouvez consulter
www.plon.fr
www.lisez.com

lisez!

et nous suivre sur les réseaux sociaux

Editions Plon

@EditionsPlon

@editionsplon

MIXTE
Papier issu de sources responsables
FSC® C003309

L'éditeur de cet ouvrage s'engage dans une démarche de certification FSC® qui contribue à la préservation des forêts pour les générations futures.

Pour en savoir plus :
www.editis.com/engagement-rse/

CET OUVRAGE A ÉTÉ ACHEVÉ D'IMPRIMER SUR ROTO-PAGE
PAR L'IMPRIMERIE FLOCH À MAYENNE EN MAI 2022

N° d'impression : 100429
Imprimé en France